망고 한 조각

도서출판 **내인생의책**은 한 권의 책을 만들 때마다
우리 아이들이 나중에 자라 이 책이 '내 인생의 책'이라고
말할 수 있는 책을 만들고자 합니다.

망고 한 조각 (원제: The Bite of the Mango)

마리아투 카마라, 수전 맥클리랜드 글 | 위문숙 옮김

1판 1쇄 2010년 12월 10일 | **1판 5쇄** 2016년 6월 14일
펴낸이 조기룡 | **펴낸곳** 내인생의책 | **등록번호** 제10-2315호
주소 서울시 영등포구 당산로41길 11 SKV1 Center W1801호
전화 (02)335-0445, 335-0445(편집) | **팩스** (02)6499-1165
전자우편 bookinmylife@naver.com | **카페** http://cafe.naver.com/thebookinmylife
편집장 이은아 | **편집 1팀** 신인수 이다겸 | **편집 2팀** 조정우 김예지
디자인 안나영 김지혜 | **경영지원** 조하늘

The Bite of the Mango
Originally published in North America by : Annick Press Ltd.
ⓒ 2008, Mariatu Kamara and Susan McClelland / Annick Press Ltd.
All rights reserved.

Korean translation copyright ⓒ 2009 by The Book In My Life
This edition is published by arrangement with Annick Press Ltd.
Canada through Kids Mind Agency, Seoul.

이 책의 한국어 판 저작권은 키즈마인드 에이전시를 통해
Annick Press Ltd와 독점 계약한 **내인생의책**에 있습니다.
신 저작권법에 의해 한국 내에서 보호를 받는 저작물이므로 무단전재와 복제를 금합니다.

ISBN 978-89-91813-72-4 03840

* 책값은 뒤표지에 있습니다.
* 잘못된 책은 구입처에서 바꾸어 드립니다.

이 도서의 국립중앙도서관 출판시도서목록(CIP)은
e-CIP 홈페이지(http://www.nl.go.kr/ecip)에서 이용하실 수 있습니다.
(CIP제어번호: CIP2010004378)

> 책은 나무를 베어 만든 종이로 만듭니다.
> 그래서 원고는 나무의 생명과 맞바꿀 만한 가치가 있어야 합니다.
> 그림책이든 문학, 비문학이든 원고 형식은 가리지 않습니다.
> 여러분의 소중한 원고를 bookinmylife@naver.com으로 보내주시면
> 정성을 다해 좋은 책으로 만들겠습니다.

망고 한 조각

마리아투 카마라 · 수전 맥클리랜드 글 | 위문숙 옮김

내인생의책

처음부터 끝까지 이 여정을 나와 함께한 모든 이들에게
— 마리아투 카마라

나에게 거짓말은 꺼내지도 말며 진실만을 담대히 말하라고
가르쳐 주신 나의 할아버지이자 '나의 천사'에게
— 수전 맥클리랜드

고마운 분들

카디 나베와 아부 나베, 그들의 가족, 내 친구들,
시에라리온의 모든 주민들에게.
그리고
베스 헤드바 박사님
스티브 자로즈와 9 스토리 엔터테인먼트
조이스 앤 롱펠로우
제프 레이먼과 리타 레이먼
데비 카발리에의 기억 속에 깃든 캐롤린 카발리에 로젠버그
소리어스 사무라와 인사이트 뉴스 TV
그레그 울펀드와 린다 울펀드
온타리오 예술위원회와 캐나다 유니세프

이 모든 분들께 특별히 감사드립니다.

차례

아프리카와 시에라리온 지도

마리아투의 여정

시에라리온 소녀	11
악몽	23
잃어버린 두 손	34
망고 한 조각	42
포트 로코로 가는 길	52
베짜는새처럼	60
배 속에 남은 상처	66
프리타운	74
압둘 삼촌과 파트마타	83
꼬마 엄마	94
인터뷰	102
마르지 않는 눈물	109
새로운 무대	126
시에라리온이여 안녕	137

회색빛 런던	149
짧은 귀향	163
따뜻한 사람들	173
앞으로 나아가기	179
첫 수업	189
슬픈 소식	193
이스마엘과 만나다	198
나의 목소리	207
마리아투와 나 – 수전 맥클리랜드	220

아프리카와 시에라리온 지도

《망고 한 조각》은 마리아투 카마라와 저널리스트인 수전 맥클리랜드가 머리를 맞대고 완성한 이야기다. 수전은 마리아투를 인터뷰하며 마리아투의 고통과 희망에 관한 이야기를 들었고, 이를 바탕으로 이 이야기를 썼다.

※ 일러두기
본문에 나오는 괄호 안에 작은 글씨는 옮긴이의 설명입니다.

시에라리온 소녀

나는 마리아투고 이제 내 이야기를 할 참이다. 이 이야기는 시에라리온의 아담한 마을에서 고모, 고모부 그리고 사촌들과 함께 지내던 열한 살 시절로 거슬러 올라간다.

나는 아기 때부터 아버지의 누나인 마리 고모 그리고 알리 고모부와 함께 살았다. 내가 고모와 고모부를 얼마나 따랐던지 그분들을 엄마라는 뜻의 '이야'와 아빠라는 뜻의 '파'라고 불렀다. 다른 아프리카 나라도 그렇지만 시에라리온의 시골 아이들도 친부모가 아닌 다른 사람의 손에서 자라는 경우가 흔했다.

내가 살던 막보로도 자그마했으며 주민의 숫자는 200명 남짓이었다. 마을의 집들은 양철 지붕을 얹고 나무에 진흙을 붙여 만들었는데 고작해야 여덟 채뿐이었다. 이곳에서는 한 집에 여러 가족이 모여 살곤 했다. 어른들은 작은방에 모여 잠을 잤으며 우리가 응접실이라고 불렀던 거실은 주로 아이들 차지였다. 사람들은 너나없이 팔을 걷어붙이고 무슨 일이든 서로 도왔다. 여자들은 함께 모여 끼니를 장만했고 남자들은 힘을 합쳐 지붕을 고치곤 했다. 그리고 우리 아이들은 서로 어울려 놀았다.

학교에 다니는 애들은 없었다. 막보로의 다른 가족들처럼 우리 가족도 찢어지게 가난했다.

"자질구레한 밭일은 너희가 도와줘야지."

고모는 늘 우리를 타일렀다.

종종 부잣집이나 부유한 동네의 아이들이 학교를 오가느라 막보로를 가로질러 갔다. 시에라리온의 수도인 프리타운의 기숙학교에 다니는 학생들이었다. 그 모습을 보고 있노라면 설움이 밀려왔다. 그때 나는 커다란 도시에 한 번이라도 가보는 게 소원이었다.

일곱 살 때 즈음, 물을 채운 플라스틱 병이나 옥수수가 담긴 바구니를 들을 만한 힘이 생기자 나는 아침마다 마을에서 조금 떨어진 밭으로 가서 먹을거리를 심고 거두었다. 마을에 자기 땅뙈기를 가진 사람은 거의 없었다. 다들 아무 땅이나 나눠서 그곳에 조금씩 밭을 일궜다. 감자처럼 생긴 카사바와 땅콩, 쌀, 후추와 고구마 같은 농작물을 4년마다 바꿔 가며 심었다.

고모네 집에도 여러 가족이 같이 살았다. 하지만, 다들 가족이나 진배없었으므로 서로 삼촌이나 고모나 사촌으로 불렀다. 모하메드와 이브라힘 사촌 오빠는 젖먹이인 내가 마을에 오기 전부터 이곳에 살았다.

그때 모하메드 오빠는 열아홉 살가량 되었을 것이다. 내가 오빠의 정확한 나이를 모르는 이유는 우리 마을에서는 생일을 축하하거나 나이를 헤아리지 않기 때문이다. 오빠는 몸집이 통통했고 동글동글한 얼굴에 눈매가 선했다. 무시로 사람들을 배꼽 잡게 하였으며 장례식에서도 사람들을 웃겼다. 마을에서는 누군가 죽으면 다들 집에 들어앉아 사흘 동안 슬픔을 나눴다. 누구도 손가락 하나 까딱하려 들지 않았다. 어른들은 죄다 둘러앉아 눈물만 뚝뚝 흘려 댔다. 하지만, 모하메드 오빠는 집집마다 돌아다니며 사람들이 바보처럼 눈물만 흘린다며 놀려 댔다.

"곡소리를 들으면 죽은 귀신이 떼거리로 몰려와 우리들 몸속으로 들어간다고요."

사람들이 깜짝 놀란 표정을 지으면 모하메드 오빠는 말을 이었다. "그냥 갈 때가 돼서 간 거예요. 죽은 사람도 우리가 쪼그린 채 눈물이나 질질 짜면서 여생을 허비하는 걸 바랄 턱이 없죠."

또, 모하메드 오빠는 착했다. 먹을 게 모자란다 싶으면 자기 몫을 떼어서 나나 다른 애들에게 건네주며 "더 먹어라. 넌 쪼그매서 앞으로 키 좀 더 커야겠다."라고 말했다.

반면에, 이브라힘 오빠는 아주 딴판이었다. 모하메드 오빠보다 한 살쯤 많았는데 키가 크고 비쩍 말랐다. 이브라힘 오빠는 으스대는 편이었다. 밭에서 일하다 말고 나와 꼬마들에게 이러쿵저러쿵 잔소리를 늘어놓기 일쑤였다. 우리가 말을 듣지 않으면 시킨 대로 안 한다며 삽이나 양동이를 걷어차거나 길길이 날뛰었다.

가끔가다 몸에 경련이 일어날 때면 눈동자가 번질번질해지고 입에서 거품이 났다. 나중에 북아메리카로 건너가서야 오빠가 앓던 병이 간질이라는 것을 알았다.

우리 마을은 염소와 닭이 제멋대로 돌아다니다가 사람들 가랑이 사이로 빠져나가는 등, 정신이 하나도 없는 곳이다. 오후에는 사촌이나 친구들이랑 숨바꼭질하며 놀았는데 그중에 나와 이름이 똑같은 마리아투라는 여자애가 있었다. 마리아투와 나는 보자마자 단짝이 되었다. 이름이 같다는 사실에 한껏 신기해하며 대수롭지 않은 일에도 배꼽을 잡고 데굴데굴 굴렀다. 밭을 갈 수 있는 나이가 되자, 나와 마리아투는 밭일을 같이 하게 해 달라고 어른들에게 졸랐다. 그 덕에 우리는 떨어지지 않고 늘 붙어 지낼 수 있었다. 밤이 면 마을 사람들은 북소리나 사람들의 노랫소리에 맞춰 춤을 추었다. 마을 주민들은 한 주에 한 번씩 펼쳐지는 흥겨운 자리에 모여서 사람들의 춤사위를 구경했다. 나는 내 차례가 돌아오자 빨간색과 검은색 의상을 차려입고 악마로 분장했다. 잠깐 춤을 추고 나서는 악마라도 되는 양 사람들을 이리저리 쫓아다니며 겁을 주며 놀았다.

내가 부모님을 만난 적은 손에 꼽을 정도였다. 열 살 때 부모님을 만나러 욘크로에 찾아간 적이 있었다. 저녁 식사를 마치고 널따란 하늘 아래에 아버지와 나란히 앉았다. 아버지는 내가 고모와 살기 전에 무슨 일이 있었는지 들려주었다. 별과 달이 반짝거렸다. 귀뚜라미는 숲 속에서 다리를 비비며 귀뚤귀뚤 울었고 고추와 밥과 닭고기 냄새가 아련히 풍겼다.

"넌 행운이 깃든 날에 태어났어." 아버지가 담배 파이프를 빨아들이며 말했다. "병원에서 태어났지." 그런 일은 우리 마을에서는 드문 일이었다. "네 엄마가 담배를 워낙 많이 피웠거든. 널 낳기 전에 배가 아프다더니 피를 흘리지 뭐냐. 병원에 갔길 망정이지 그냥 내버려 뒀으면 아마 네 눈이 멀었을 게다. 간호사들이 네 눈에 약을 넣어 줬지."

내 눈이 멀었다면 어땠을지 상상하자 한순간 온몸이 부르르 떨렸다.

아버지는 내가 태어난 날에 비가 내린데다 추웠다고 일러 주었다. "재수가 좋을 징조야. 비 오는 날에 혼인하거나 아기가 태어나면 복을 받거든." 아버지가 너털웃음을 터뜨렸다.

아버지는 생계를 위해 숲에서 동물을 사냥하여 시장에 내다 팔았다. 그런데 솜씨가 별 볼 일 없었는지 고모 말로는 돈벌이가 시원치 않았다고 한다. 게다가 아버지는 툭하면 문제를 일으키는 바람에 감옥을 수시로 드나들었다. 나무 창살을 둘러놓은 감옥은 마을 한가운데 있어서 누구나 죄인을 들여다볼 수 있었다.

시에라리온에서 여자애들은 여자 어른이나 또래 여자들과 주로 어울릴 뿐, 아버지나 할아버지, 삼촌과 가까이 지내지 않는다. 그런데 아버지와 이렇게 오순도순 이야기를 나누고 있으니 기분이 좋았다. 내가 어쩌다 고모 내외와 함께 살게 되었는지 나는 귀를 쫑긋 세우고 들었다.

시에라리온 남자들이 대부분 그렇듯 아버지도 두 명의 여자를 배필로 맞았다. 둘 중에서 나이가 많은 사람이 삼파였고 나이가 적은 사람이 우리 엄마인 아미나투였다. 내가 태어나기 전에 삼파는 아들을 둘 낳았는데 둘 다 세상에 나와서 일 년도 채 안 돼 죽었다. 삼파가 세 번째 아이를 갖자 아버지는 고모에게 아기를 돌봐 달라고 부탁했다. 이번에는 아기가 살아남기를 바랐기 때문이다. 그 아기가 바로 이복 오빠인 산티기였고, 그와 나는 세 살 터울이었다.

산티기 오빠를 고모에게 보내고 나자 엄마가 언니를 임신했다. 그러자 삼파는 질투를 부리기 시작했다. 삼파는 아버지의 관심을 독차지하고 싶었던 것이다. 언니가 태어나자 삼파는 아버지에게 아양을 떨며 산티기를 다시 데려오라고 졸랐다.

아버지는 마리 고모를 무척 따랐다. 고모의 상심을 짐작했기에 아버지는 처음에는 산티기를 데려오지 않으려고 했다. 하지만, 달리 뾰족한 수가 없었다. 삼파의 아양이 짜증으로 변했기 때문이다. 산티기를 데려오자 고모는 슬픔에 잠겼다. 엄마는 고모와 아버지의 아픈 마음을 달래고 싶었다. 그래서 엄마가 곧 낳을 아기를 고모더러 기르라고 했다. "이 아기가 아들인지 딸인지 모르지만요. 어쨌든 이건 약속드리지요. 이 아기는 형님이 키워 주세요."라고 엄마가 고모에게 말했다.

그래서 나는 엄마 젖을 떼자마자 고모네로 가서 살게 되었다. 그런데 내가 세 살쯤 되던 해에 삼파가 산티기 오빠를 고모에게 다시 돌려보냈다. 아버지도 삼파가 왜 그랬는지 정확한 이유는 기억하지 못했다. 이복 오빠와 나는 둘도 없이 친했다. 우리는 돗자리에 나란히 누워서 잠을 잤고, 커다란 접시에 담긴 음식을 나눠 먹었다. 강에서는 서로의 등을 씻겨 주었다. 오빠는 좀 더 나이가 들어서는 짓궂게 골려 대며 장난을 쳤다. 그런데 삼 년이 흐르자 삼파가 오빠를 데려가겠다고 변덕을 부렸다. 오빠는 안 가겠다며 버텼고, 나도 오빠를 떠나보내기 싫었다. 하지만, 고모와 나는 오빠를 삼파에게 데려다 주는 수밖에 없었다.

오빠를 데려다 주러 갔을 때, 삼파와 우리 엄마는 서로 샘을 내며 큰 싸움을 벌이고 있었다. 두 사람은 무슨 말인지 모를 소리를 따따부따 퍼부어 댔다. 그러다 느닷없이 서로 머리카락을 움켜잡더니 침을 뱉고 발길질을 해댔다. 싸우는 삼파와 우리 엄마에 밀려 우리는 주춤주춤 뒤로 물러나다가 벽에 찰싹 붙게 되었다. 우리는 서로 빤히 쳐다보았고, 이윽고 터져 나오는 웃음을 손으로 막았다. 다 큰 여자들이 몸싸움을 벌이느라 눈은 벌게지고 가슴이 흔들리고 옷이 허리께로 말려 올라간 모습은 정말 우스꽝스러웠다. 삼파와 엄마가 다투는 모습을 보자 고모가 날 키워서 다행이다 싶었다.

고모가 오빠도 다시 키워 주면 좋겠다는 생각이 간절했다.

고모와 내가 우리 마을 막보로로 돌아간 뒤 몇 달이 지나서 산티기 오빠가 아프다는 전갈이 왔다. 임신한 여자처럼 배가 툭 튀어나왔다는 것이다. 산티기 오빠는 몸이 쇠약해져서 침대 밖으로 나오지도 못했다. 여자 치료사가 별별 처방을 다 써 봤지만 부질없었다. 그리고 그때 아버지는 병원에 갈 돈이 없다고 했다. 오빠는 그렇게 한밤중에 세상을 떠났다.

오빠가 죽은 뒤로 종종 나에게 희한한 일이 일어났다. 어느 날 길을 걷는데 뒤에서 나를 부르는 오빠의 목소리가 들렸다. 뒤돌아보았지만 그곳에는 아무도 없었다. 이듬해에도 그런 일이 여러 번 있었다. 그 당시에는 오빠가 영혼이 되어 날 지켜보는 줄로 알았다.

아버지가 내 어린 시절 이야기를 들려주다가 말을 뚝 그쳤다. 동네 아이들이 마을 한가운데서 노래를 부르고 북을 치기 시작했다. 우리 마을에서도 동네 사람들이 일주일마다 꼬박꼬박 만나듯 욘크로 주민들 역시 저녁이 되자 노래하고 춤추고 사연을 나누려고 모여들었다.

"잘 들었어요." 나는 아버지에게 속삭였다.

아버지는 대답 대신 고개를 끄덕이며 다른 사람들과 어울리려고 오두막집으로 돌아갔다.

아담세이 언니는 고모의 막내딸이다. 언니는 아주 어렸을 때 친할머니네서 살았다. 그런데 이제 우리와 같이 살려고 되돌아왔다. 그때 내가 아홉 살 정도 되었고 언니는 열두 살이었다. 그제야 비로소 엄마와 삼파가 왜 그리도 서로 질투했는지 조금이나마 알 듯했다. 고모가 언니에게 새 옷을 주거나 음식을 많이 주면 나도 모르게

화가 머리끝까지 치솟는 것이다. 그래서 나는 고모에게 악을 썼다.

"고모는 아담세이 언니가 고모 딸이라서 더 예뻐하잖아."

고모는 딱 잘라 말했다. "그렇지 않아!" 그런데도 내가 팔짝팔짝 뛰면 고모는 못 참겠다는 듯 타마랑바를 끄집어냈다. 타마랑바는 시에라리온 어디에서나 자라는 길쭉하고 두꺼운 갈대로 만든 회초리다. "그따위 헛소릴랑 집어치워." 고모는 회초리로 등을 때리며 따끔하게 혼을 냈고 한마디 덧붙였다. "그건 사실이 아냐."

그렇게 질투심을 불태웠으면서도 한편으로는 언니가 생겨서 좋았다. 그리고 내가 심술 맞게 굴어도 언니는 늘 다정다감했다. 나에게 남은 음식을 곧잘 주었으며, 내가 놀다가 찢어진 치마를 꿰매고 있으면 선뜻 도와주었다.

부모님을 만나러 갔던 해에 나는 고모부의 친구가 나와 결혼하고 싶어 한다는 것을 알게 되었다. 그 남자의 이름은 살리우였다. 살리우는 우리 마을에 살지는 않았으나 친척이 있어서 종종 다니러 왔다. 언젠가 아이들과 놀고 있는데 그 남자가 다가왔다. 얼마나 바투 섰는지 내 뺨에 그 남자의 더운 입김이 느껴질 정도였다. "넌 나중에 나한테 시집와야 해." 그 남자가 을러댔다.

나는 겁을 집어먹었다. 살리우가 저만치 걸어가기에 언니를 찾아 허겁지겁 달렸다. "저 나이 많은 아저씨가 나한테 왜 저래?" 언니에게 물었다.

"너랑 뽀뽀하고 싶은가 보다." 언니가 깔깔 웃으며 대답했다.

"우웩! 징그러워."

언니는 더 어이없는 이야기를 꺼내며 놀렸다. "그럼 아부한테 시집을 가든지."

우리 둘은 키득거렸다. 아부는 막보로의 늙은 홀아비로 허구한

날 일은 하지 않고 오두막 옆 그늘에 앉아서 땅만 멀거니 쳐다보았다. 언니와 나는 한 가지 놀이를 지어냈다. 우리는 막보로의 모든 남자와 소녀들을 쌍쌍이 연결해 보았다. 나는 언니를 막보로의 촌장에게 짝지어 주었다. 촌장은 키가 크고 마른데다 나이가 많았으며 이미 처자식이 줄줄이 딸려 있었다.

살리우는 며칠 지나서 자기 부모와 함께 고모와 고모부를 만나러 왔다. 어른들은 언니와 나더러 밖에 나가서 놀라고 했다. 늦은 시간인데다 이튿날 밭에서 일하려면 일찍 일어나야 하는데도 우리는 밖으로 내몰렸다. 우리는 이야기를 들어 보려고 창문 아래에 웅크리고 앉아서 귀를 바싹 붙였다. 그러나 워낙 소곤소곤 속삭이는 바람에 한 마디도 알아들을 수가 없었다.

이튿날 아침, 고구마를 심고 있는데 고모가 한쪽으로 나를 부르더니 살리우가 나를 두 번째 아내로 삼으려 한다고 말했다. 결혼식은 몇 년 후에나 할 거라고 고모는 무덤덤하게 덧붙였다.

"난 그 사람한테 시집가기 싫어요." 대뜸 나는 고모에게 투정을 부렸다.

"하지만, 고모부 친구잖아, 마리아투." 고모는 일을 멈추고 굳은 표정으로 날 바라보았다. "네 손으로 다른 사람을 고르든지 그게 아니라면 살리우한테 시집가."

얼마 후에 내 맘에 쏙 드는 아이가 나타났다. 무사라는 소년인데 상냥했으며 나보다 한두 살 많았고 가까운 마을에 살았다. 어릴 때부터 함께 밭일을 해 와서 낯이 익었다. 무사네도 우리와 밭을 나눠 썼기 때문이다. 밤에는 자기 식구들과 우리 마을에 와서 노래하고 춤을 추었다.

어느 날 오후, 무사와 나는 밭을 일구다 말고 나란히 앉아서 수다를 떨었다. 우리는 다른 아이들을 화제 삼아 노닥거렸다. 강으로 가서 물장구치며 미역을 감았다. 강가에 걸터앉아 발을 흔들며 차가운 물에 발가락도 살짝살짝 담갔다. 우리는 이런 일들이 어느새 일과가 되었다. 둘이서 일을 후다닥 해치우고는 이야기꽃을 피웠다. 잠시 풍덩풍덩 자맥질을 하고 나서는 다시 조잘조잘 떠들었다. 나는 무사와 어울리는 게 좋았다. 온몸이 훈훈해지는 느낌이었다. 어느 날 무사가 내 손을 잡더니 나중에 결혼해서 아이들을 갖자고 말했다.

얼마 후에 나는 고모에게 말했다. "무사네 아버지는 부자래요." 고모가 얼른 받아쳤다. "그런 사람이 자기 아들을 찢어지게 못사는 여자애랑 결혼하게 놔둘 리가 없지."

그 말에 나는 가슴이 찢어질 듯 아팠다. 나는 목구멍까지 치밀어 오르는 말을 꾹 눌렀다. 시에라리온에서는 아이들이 어른에게 대들었다가는 큰일이 났다. 그날 밤 나는 잠자리에서 펑펑 울었다. 그나마 언니가 볼까 봐 얼굴을 가리고 울었다.

이튿날 농장에서 무사를 만나자 내 얼굴에 웃음이 스쳐 갔다. '무사네 아버지가 우리 둘이 행복해하는 모습을 보면 혼인을 허락할지도 몰라.' 나는 혼잣말로 중얼거렸다. 나더러 운이 좋을 거라던 아버지의 말이 떠올랐다. '이번에도 행운이 따를지 모르잖아?'라는 생각도 들었다.

하지만, 반군이 오면서 모든 것이 변해 버렸다.

초목이 바싹 타들어 가는 건기에 그 모든 일이 일어났다. 그때 나는 열세 살이었다. 시에라리온에 전쟁이 터졌다. 잔인무도한 반군이 시에라리온 동부에서 사람들을 죽이고 마을들을 거덜 낸다고 했다. 그런데 반군이 드디어 막보로까지 쳐들어온다는 소식이 촌장에게 전해졌다. 반군은 정부가 썩어 빠진데다 서민들을 돌보지 않는다며 정부를 뒤엎어버리자고 주장했다. 반군은 우리 템네 족을 비롯한 시에라리온 여러 부족으로 구성되어 있었다. 그런데 왜 같은 시에라리온 사람들을 죽이고 마을을 습격하여, 식량을 훔치고 남의 집을 빼앗는지 알 수 없었다. 어쨌든 소문에 듣기로는 그랬다.

반군이 코앞에 이르렀다는 소식이 들릴 때마다 촌장은 마을 사람들에게 숲으로 몸을 피하라고 지시했다. 처음 그 말을 들을 때는 살림살이에 손도 못 대고 허둥지둥 몸만 빠져나오는 바람에 며칠간 숲에서 배를 쫄쫄 곯아야 했다. 마을로 돌아오자 고모와 고모부는 대피 계획을 다시 세웠다. 빈 쌀자루에 말린 채소와 카사바를 채웠다. 식구들은 옷가지와 이부자리도 가방에 챙겨 넣었다. 그 후로는 반군이 쳐들어온다고 촌장이 통보하면 각자 가방을 움켜쥐고 숲으로 도망갔다.

얼마 지나지 않아 숨어 지내는 것도 익숙해졌다. 우리는 숲 속 빈터에 돗자리를 깔았다. 때로는 이 생활이 한 달간 이어지기도 했다. 처음에는 그리 무섭지 않았다. 아이들은 마을에서 즐기던 놀이를 계속했다. 노래를 부르고 거리낌 없이 소리를 질렀다. 밤이면 모닥불 옆에 둘러앉아 이야기를 나누거나 전쟁에 대한 소문을 나누었다. 반듯이 누워서 달과 별을 바라보기도 했다. 예전에 아버지가 별을 세지 말라고 가르쳐 주던 기억이 났다.

"어쩌다 자기 별까지 세어 버리면 저세상으로 가는 거야."

왜 그러는지 이유야 몰랐지만 나는 죽고 싶지 않았다.

반군에 대한 소문이 꼬리에 꼬리를 물고 이어지자 우리는 숲에서 숨죽이며 지내야 했다. 반군이 모락모락 피어오르는 연기를 볼까 봐 밥을 지을 엄두도 내지 못했다. 온종일 카사바를 날로 먹었는데 딱딱하고 맛은 밍밍했다. 말도 다들 나지막이 속삭였다. 숲속에서 나뭇가지가 딱 부러진다든지 부스럭 소리만 들려도 소름이 쫙 끼쳤다. 어른들이 나누는 이야기를 몇 마디 주워듣기도 했다. 반군은 사람들을 단숨에 죽이지 않고 고문을 한다고 했다. 그 소리에 숲에서는 말을 삼갔다. 숨어서 지내는 동안 내가 안심하도록 이브라힘 오빠가 내 곁을 지켜 주었다. 그럴 때면 이브라힘 오빠의 잘난 척도 참을 만했다.

이듬해 건기가 다가오자 반군에 대한 소문이 다시 고개를 들었다. 촌장은 다 함께 다른 마을인 마나마로 피하기로 결심했다.

"마나마에는 사람이 많아." 촌장은 주민에게 이렇게 말했다. "이 마을이나 숲에서 지내느니 거기가 더 안전할 거야."

그날 우리 가족은 예전에 마을을 비우듯 마나마로 떠났다. 촌장의 입에서 안전하다는 말이 떨어지면 다시 돌아와 평소처럼 살게 될 거라고 다들 그렇게 생각했다.

하지만, 이번에는 상황이 그런 식으로 흘러가지 않았다.

악몽

야자유는 야자나무에서 나온 식물성 기름이다. 짙은 주황색을 띠며 시에라리온에서는 요리할 때 주로 사용한다.

내가 일곱 살 때 할머니가 이런 이야기를 해 주셨다. "야자유 꿈을 꾸면 날이 저물 무렵에 피를 쏟는단다."

나는 자라면서 야자유 꿈을 숱하게 꾸었다. 희한하게도 그런 날에는 친구들과 술래잡기하다가 다치거나 무릎이 까졌다. 마나마에서의 첫날밤, 나는 야자유 꿈을 꿨는데 그렇게 고약한 꿈은 머리털 나고 처음이었다.

나는 움푹 파인 커다란 웅덩이에 서 있었다. 야자유가 가득 차서 무릎까지 찰랑거렸다. 웅덩이 옆에는 양철통이 보였다. 식구들을 위해 깨끗한 호수 물을 담아 두던 것이었다. 양철통에 달린 나무 받침이 불에 활활 타올랐고 그 안에서는 물이 끓고 있었다. 양철통 주둥이에서 김이 올라와 맑고 푸른 하늘로 솟구쳤다. 그런데 갑자기 나무 받침이 갸우뚱 흔들리더니 통이 기울었다. 옆으로 쓰러지던 통이 내 머리 쪽으로 방향을 틀었다. 꿈속의 양철통에는 물이 아니라 야자유가 가득했다. 나는 땅바닥에 고꾸라졌고 머리부터 발끝까지 끈적끈적한 야자유를 온몸에 뒤집어썼다.

나는 악 소리를 내지르며 깨어났다. 눈을 떠보니 돗자리에 누워 있었고 곁에는 아담세이 언니가 자고 있었다. 그 방에는 움막집의 원래 식구들을 포함하여 고모, 고모부, 아담세이 언니, 모하메드 오빠, 이브라힘 오빠까지 열다섯 명가량이 있었다. 아주 이른 아침이었다. 해가 저쪽 창문으로 어렴풋이 비쳤다. 내 비명에 고모부가 퍼뜩 깨어났다. 고모부가 어찌나 노려보던지 온몸이 부르르 떨렸다. 총소리가 나면 반군이 가까이 왔다는 신호라고 귀에 못이 박이도록 들어왔다. 그래서 다들 숨소리도 크게 내지 못하고 있었다. 그런데 내가 마구 소리를 질렀으니 아무래도 고모부에게 두들겨 맞을 것 같았다. 고모부는 덩치가 컸다. 아이들이 말을 듣지 않으면 타마랑바를 움켜쥐고 흠씬 패서 고모부의 손맛이 얼마나 매운지 제대로 보여 주곤 했었다.

고모부가 나를 뚫어지게 노려보는 동안에도 고모는 새근새근 잠들어 있었다. 곧 불벼락이 떨어지겠구나 생각했다. 그때 방에서 누군가 부스럭거렸다.

고모부가 목소리를 깔고 으르딱딱댔다. "조용히 못 해. 안 그랬다간 너 때문에 모조리 다 황천길 가게 생겼어" 고모부는 다시 한번 눈을 부라리고는 머리를 돗자리에 내려놓았다.

나는 휴! 숨을 내쉬고 나서 이마에 맺힌 땀방울을 닦았다. 방 안은 이미 후텁지근했다. 바닥의 돗자리를 돌돌 말았다. 옷을 가다듬고는 누가 깨어났나 싶어 밖으로 나갔다.

악몽에 대해서 아무에게도 말하지 않았다. 주변을 한번 둘러보다가 낯모르는 여자를 따라 가까운 강으로 갔다. 얼굴을 씻으면서 짧게 땋은 머리 위로 물을 끼얹었고 나뭇가지로 만든 칫솔로 이를 닦았다. 그리고 그 여자가 빨래하는 것을 도와주었다. 플라스틱 병에 물을 담아 마을로 돌아왔는데 고모부가 다가왔다. 나는 생각했다. '아이고! 내 이럴 줄 알았어. 이젠 혼날 일만 남았네.'

하지만, 고모부는 혼내는 대신 막보로에서 식량을 가져오라고 시켰다.

나는 귀를 의심하며 물었다. "나더러 뭘 하라고요?"

"언니와 오빠들이랑 막보로에 가서 창고에 식량 좀 가져와."

나는 너무 놀라서 얼어붙어 버렸다. 그 자리에 가만히 서 있자 머리에 올려 둔 물병에서 얼굴과 등으로 물방울이 뚝뚝 흘러내렸.

'아이들더러 반군이 우글우글한 마을로 돌아가라니 말도 안 돼.' 나는 속으로 생각했다.

"다른 사람들도 따라갈 거야." 고모부가 말했다. "마나마 사람 몇 명도 같이 가니까 그 사람들이랑 함께 가면 괜찮을 거야."

꿈에서 보았던 장면들이 생생하게 되살아났다. 그때 나는 시에라리온 아이라면 해서는 안 될 짓을 두 가지나 저질렀다. 나이 많은 어른의 눈을 똑바로 쳐다본 것이다. 게다가 한 술 더 떠 고모부께 대뜸 말대꾸까지 했다. 나 자신도 놀랄 만큼 딱 부러진 말투였다. "싫어요! 안 갈래요." 나는 몸이 좋지 않다며 거짓말을 늘어놓았다.

"방금 강가에서 빨래하는 널 봤어. 이렇게 물까지 길어왔구먼. 하나도 아프지 않잖아. 막보로에 가서 네 사촌이랑 먹을 걸 좀 가져와."

"오늘은 죽어도 못 가요." 고집을 부렸다. 그러고는 온몸을 부들

부들 떨며 고모부에게 꿈 이야기와 할머니의 해몽을 들려주었다.
"꼭 무슨 일이 터질 것 같아요. 아주 끔찍한 일이요. 제 말을 정 못 믿겠다면 갈게요. 하지만, 날 다시는 못 볼 거예요."

고모부가 불호령을 내릴 줄 알았다. 그런데 고모부는 싱긋 웃었다. "갔다 와. 진짜 아무 일 없대도 그러네."

나는 하루 묵었던 집으로 돌아가서 고모 곁에 물병을 내려놓았다. 그런데 고모까지 나서서 다녀오라고 채근하는 바람에 설움이 복받쳤다.

"걱정하지 마." 고모가 다독였다. "반군은 분명히 안 왔대도. 반군 따위는 숫제 없는지도 몰라. 그러니 고모부가 시킨 대로 해. 막보로에 갔다 오렴."

나는 언니 오빠들과 함께 마나마를 떠나면서도 눈물을 뚝뚝 흘렸다. 자꾸 꿈이 떠올랐다. 야자유와 불 속에서 타오르던 물통 그리고 할머니의 말씀. "야자유 꿈을 꾸면, 저녁 무렵 피를 쏟을 거야."

우리는 막보로에 끝내 도착하지 못했다. 도중에 길을 가로질러 가느라 어떤 마을로 들어섰는데 근처에서 총소리가 들려 왔다. 우리 옆을 지나던 여자가 걱정할 필요 없다며 안심시켰다. 그녀는 아침저녁으로 반군을 감시하는 군인과 주민들이 내는 총소리라고 했다.

"그냥 총 쏘는 연습이야." 그러면서도 여자의 얼굴에는 불안한 기색이 완연했다. 여자의 갈색 눈동자는 등잔만큼 커졌고 목소리가 갈라졌다.

마나마에서 막보로로 출발한 사람은 어림잡아 열 명이었다. 나이 든 남자들이 총소리가 멈추면 다시 출발하자고 했다. 나는 말문을 닫았다. 뭔가 무시무시한 일이 벌어질 것 같았다. 모하메드 오빠에게 붙어 서서 마을 여자가 카사바를 끓인 음식인 '푸푸'를 만드는 걸 지켜보았다. 여자는 우리더러 좀 먹어 보라고 권했지만 나는 몇 입 먹지 못했다. 무서워서 오금이 저린 나머지 음식을 삼킬 수가 없었다.

총소리가 더는 들리지 않았다. 남자들은 언니와 내게 마나마로 되돌아가라고 했다. 모르는 어떤 남자가 말했다. "그게 안전하겠어."

마을들을 돌아다니며 양파, 후추, 생선, 기름 등을 파는 장사꾼이 우리에게 다가왔다. 장사꾼은 나에게 마나마로 야자유를 같이 가져가 달라고 부탁했다. 나는 노란색 플라스틱 기름 단지를 머리에 이었다. 걸음을 옮길 때마다 다리가 후들거렸다.

마나마를 코앞에 두고 축구장 옆 망고나무 아래에서 잠시 숨을 돌렸다. 가슴이 두방망이질 쳤다. 사람들의 그림자는커녕 인기척도 없이 아무래도 뭔가 수상쩍었다. 그렇지만, 마을이 조용할 때도 있다며 스스로를 다독였다. 막보로 촌장은 위험이 다가온다 싶으면 낮이건 밤이건 어느 때나 통행금지를 내렸다. 통행금지 시기에는 누구나 집 안에 틀어박혀 있었다.

그 순간 어떤 집에서 몇 사람이 우르르 몰려나왔다. 군인 비슷한 남자들이었다. 웃통을 드러낸 채 국방색 바지를 입었고 우람한 몸에는 총알을 잔뜩 휘감은 모습이었다. 아담세이 언니가 줄달음질 쳤다. 하지만, 불쑥 한 남자가 나타나서 언니의 허리를 낚아챘다. 남자는 언니를 내 곁으로 질질 끌고 오더니 땅바닥에 패대기쳤다. 머리에는 붉은색 수건을 둘렀고 양쪽 어깨에 총 몇 자루를 메고 있었다.

나는 바짝 얼어붙었다.

'그렇구나. 반군에 대한 소문은 모조리 사실이었어.'

반군은 나더러 머리에 올려 둔 야자유를 내려놓으라고 지시했다. 반군의 뒤쪽을 보고서야 마을이 쥐죽은 듯 조용했던 이유를 알 수 있었다. 반군들이 이미 마을을 점령하고 있었다. 그들은 집마다 들락거리며 살림살이를 마구 끄집어냈다. 그리고 길 한복판에 가재도구를 산더미처럼 쌓았다.

또 다른 반군 하나가 이쪽으로 왔다. 반군 두 명이 우리를 으르며 마을로 끌고 들어갔다. 그러고는 어떤 집 옆으로 끌고 갔다. 그들은 언니와 나더러 땅바닥에 꿇어앉으라고 명령했다. 그중 한 명이 우리 손을 등 뒤로 돌려 깔끄러운 밧줄로 꽁꽁 묶었다.

"우리가 누군지 알아?"

그 남자는 씩 웃었다.

내가 대답했다. "몰라요. 마을을 지키는 군인들인가요?" 물론 아니라는 걸 알았다. 남자는 버럭 호통을 쳤다. "정부군? 그 노옴에 군인 새끼들이 여기에 있다구? 어디에 있는데? 우린 반군이야. 우린 그놈들을 다 잡아 죽여야 해. 그 새끼들이 어디에 있는지 당장 불어!"

그때 반군들 여럿이 우리에게 몰려들었다. 그리고 얼굴을 쓱 들이밀며 섬뜩한 웃음을 짓더니 돌아섰다. 그들이 시에라리온에서 널리 쓰는 크리오 말을 쓰고 있다는 것을 알았지만, 그 말이 무슨 말인지는 알아듣지 못했다. 내 손을 묶은 반군이 우리가 쓰는 템네 말로 심문했다.

"어디에서 왔냐? 몇 살이나 먹었냐?"

대답을 하기도 전에 야자유 장사꾼이 눈에 들어왔다. 나도 모르게 입이 떡 벌어졌다. 막보로로 향하던 사람이 왜 마나마로 돌아와 있는지 어리둥절했다. 템네 말을 하던 반군이 언니와 나를 향해 말했다.

"두 눈 뜨고 똑바로 봐. 뒈지기 전에."

장사꾼이 흙길을 따라 달아나자 반군이 장사꾼의 배에 총을 쐈다. 반군은 내 또래로 보였다. 반군 중에는 어린아이도 있다던 촌장의 말이 옳았다. 나도 모르게 눈물이 줄줄 흘러내렸다. 사람이 죽는 것을 한 번도 본 적이 없었다. 하물며 살해당하는 장면은 더 말할 것도 없었다. 반군이 울음을 그치지 않으면 쏘겠다고 으름장을 놓았다. "애기처럼 굴지 마. 난 다 큰 처자들만 살려 줄 거야."

언니는 제발 풀어 달라고 애걸복걸 매달렸다. 아담세이 언니는 원래 말이 많았다. 위험이 코앞에 닥쳤는데도 어찌나 쫑알거리던지 내가 입을 틀어막고 싶을 정도였다.

"아가리 닥치지 못해! 잠자코 앉아서 구경이나 해." 반군은 윽박지르며 언니의 뺨을 후려갈겼다. "만약 우리가 네년들을 풀어 준다면, 두 눈깔로 여기서 본 것들을 사람들한테 죄다 전해야 해, 알았어?"

그러고는 모든 것이 일사천리로 진행되었다.

옆집에서 목소리가 들려 왔다. 반군들이 커다란 나무판자로 문과 창문을 단단히 막아 놓은 곳이었다. 반군 한 명이 그 집 안에 스무 명 정도가 있다고 내게 넌지시 알려 주었다. 유달리 귀에 익은 목소리가 들렸는데 바로 내 친구 마리아투의 목소리였다. 마리아투가 그곳에서 살려 달라고 울부짖고 있었다.

사람들이 울부짖는 집에서 애써 시선을 돌리자, 내 눈앞에는 또 다른 기절초풍할 장면이 펼쳐지고 있었다. 반군 두 명이 이브라힘 오빠와 모하메드 오빠를 끌고 왔다. 반군들은 오빠들에게 빨리 걸으라고 주먹으로 툭툭 쳤다. 오빠들이 우리 앞까지 오자 반군들은 오빠들의 뒷덜미를 움켜잡아 흙바닥으로 메다꽂았다. 그러고는 총신으로 오빠들을 쿡쿡 찌르며 서로 등을 맞대게 했다. 이어서 오빠들을 칭칭 동여맸다.

　그런 다음 반군들은 오빠들에게 눈부신 정오의 태양을 똑바로 쳐다보게 했다.

　"네놈들이 마을을 지키는 정부군이냐?" 반군 한 명이 버럭 고함을 쳤다. "네놈들이 군인이냐고? 군인 맞아?"

　반군은 몇 번이고 거듭 소리 질렀다. 오빠들은 고개를 절레절레 흔들었지만, 반군의 고함은 수그러들지 않았다.

　오빠들이 울음을 터뜨렸다. 이브라힘 오빠의 바지가 젖더니 얼룩이 점점 커졌다. 반군이 오빠들의 벗은 등과 머리 주위로 칼을 휘두르기에 눈길을 돌렸다.

　눈길을 둘 데를 찾으려고 두리번대다가 나는 마리아투가 갇혀 있는 집 뒤편을 보게 되었다. 내 또래의 소년 반군 세 명이 그쪽으로 가더니 움막 지붕에 횃불로 불을 붙였다. 그러자 안에 있던 사람들이 죄다 비명을 지르기 시작했다. 곧 집을 둘러싼 불길이 지옥을 방불케 했다. 아기를 업은 여자가 막아 놓은 나무판자에 가까스로 구멍을 냈다. 검은색 곱슬머리에 눈망울이 커다란 아기는 둘레둘레 고개를 돌렸다. 한 소년 반군이 횃불을 내던지더니 등에 차고 있던 마체테(날이 넓은 아프리카 전통 칼)를 움켜쥐었다. 그리고 단칼에 여자의 머리를 베어냈다. 아기는 자지러지게 우는데 여자의 몸이 뒤로 풀썩 쓰러지더니 아기를 깔고 누웠다. 머리통이 내 쪽으로 데굴데굴 굴러 왔다. 내 눈에서 다시 눈물이 솟구쳤고 몸이 사시나무처럼 덜덜 떨렸다.

"네년도 저 안으로 들어가고 싶냐?"

반군이 나를 보며 닦아세웠다. 내 몸뚱이 반쪽은 그 안에 들어간 거나 다름없었다.

잠시 후에 비명이 잦아들었다. 곧 침묵이 무겁게 내려앉았다. 한없이 고요한 상태에서 집은 타들어 갔고 시커먼 연기가 하늘로 올라갔다.

새로운 반군들이 숲에서 우르르 몰려나와, 마을을 장악한 반군과 합세했다. 내 앞뒤 좌우가 모두 반군이었다. 사방팔방 온통 반군들이라 그 수를 헤아리기 어려울 정도였다. 대강 어림잡아도 백 명이 넘어 보였다. 뒤늦게 가세한 반군들은 대부분 어린 소년이었다. 나이 많은 반군들이 윽박지르며 명령을 내렸다. 소년들은 잠자코 듣다가 집들을 뒤져서 약탈한 물건을 다시 모았다. 돗자리, 소쿠리, 깔개, 나무 의자, 식탁, 옷이 길바닥에 쌓여 산을 이루었다. 집과 마리아투를 불태운 소년 반군들이 산더미처럼 쌓인 물건 아래에 횃불을 던지자 불길이 확 치솟았다.

두 명의 소년 반군이 지시를 받으러 나이 든 반군에게 누군가를 떼밀며 데려갔다. 처음에는 그 남자가 나와 결혼하려던 살리우인 줄 몰랐다. 살리우의 얼굴은 피투성이었고 옷은 찢어져 있었다. 손은 등 뒤로 묶여 있었다. 살리우가 고개를 돌려 나를 보는 순간 숨이 멎을 뻔했다. 나이 든 반군이 뭐라고 소리를 쳤다. 소년 반군 둘이서 살리우의 팔을 잡더니 앞으로 끌어냈다. 템네 말을 하는 반군이 나에게 큰소리로 물었다. "너, 이 남자 알아?"

"어, 어, 예." 나는 살리우에게서 눈을 떼지 못한 채 더듬었다.

반군이 빙그레 웃었다. "잘됐군. 네년에게 주는 하늘의 선물이야. 똑똑히 봐!"

반군들은 뒤로 물러서더니 살리우의 머리와 배에 총을 갈겼다.

소년 반군들이 살리우의 시체를 질질 끌고 갔다. 순간 느닷없이 터져 나오는 소리에 나는 정신이 아찔했다. 음악 소리, 귀를 찢는 듯한 시끄러운 음악 소리였다. 그런데 흔히 듣던 아프리카 음악이 아니었다. 도통 모를 노랫말에 박자도 달랐다. 남자들 몇몇이 음악에 맞춰 춤을 추었다. 내 또래의 여자애들이 종이로 만 마리화나 같은 것을 돌렸다. 길쭉한 마리화나에서 피어오르는 연기가 나를 감쌌는데, 생소한 냄새였다. 여자애들이 잔에 담긴 야자 술을 돌리자 반군들이 물처럼 들입다 마셨다. 술과 마리화나에 취한 남자들은 눈자위가 불그레해지고 눈빛이 사나워지더니 시선을 고정하지 못한 채 눈알을 이리저리 굴렸다. 남자들 두셋이 지나가는 여자애들의 허리를 붙잡고서 입을 맞췄다.

나는 소녀 반군들이 있다는 소리를 들어 본 적이 없었다. 그러나 지금 내 눈앞에 소녀 반군들이 있었다. 그들은 소년이나 남자들처럼 전투복 바지를 입고 붉은색 수건을 둘렀다. 몇몇 여자애들은 총을 들었고 몸에 총알까지 휘감고 있어서 남자들과 흡사한 옷차림이었다.

"이 사람들 알아?" 소년들 다섯 명이 여자와 남자를 내 쪽으로 밀치자 내 옆의 반군이 소리쳤다. 그 여자와 남편은 막보로 마을 출신이었다. 여자는 임신했는데, 출산일이 며칠 남지 않았다. 곁에 있는 남자는 여자의 남편이었다.

여자는 진흙투성이 맨발이었다. 얼굴은 납빛이었고 눈 밑이 거무스름했다. 여자는 거의 혼이 나가 탈진한 상태였다. 몸이 앞으로 쏠려 있어서 곧 넘어질 것 같았다. 여자는 양손으로 커다란 배를 받쳐 들었고 소년병들이 여자를 붙들고 있었다.

남자가 소년병들에게 소리쳤다. "이러지 마. 이러면 안 돼. 뭐든 다 줄게. 하라는 대로 다 할게. 너희를 따라다니면서 사람들을 죽이라고 하면 다 죽일게. 그러니 제발 집사람만은 살려 줘." 남자가 애걸복걸 매달리는데도 소년들은 들은 척도 하지 않았다. 누군가 남자에게 소리 질렀다. "이젠 병력은 필요 없어. 이 공격을 끝으로 우린 포트 로코에 갈 거야. 그러니 붙잡은 놈들은 한 놈도 빠짐없이 다 죽일 거야."

소년병 한 명이 기다란 라이플총을 남자의 등에 겨눴다. 다른 두 소년병은 남자를 땅바닥에 무릎 꿇린 뒤에 아내와 마주 보도록 했다.

소년병들은 모두가 지켜보는 가운데 남편 앞에서 여자와 배 속에 있는 아기를 죽였다.

"어때? 이 광경이 맘에 들어?" 한 소년병이 내 속을 떠보았다.

진에 고보가 반군에 대한 소문을 들려준 적이 있었다. "반군들은 살육하다가 곁에 있는 사람에게 기분 좋으냐고 물어본다더라. 싫다고 하면 그 사람도 같이 죽인다는구나. 만에 하나 그런 상황이 닥치거든 무조건 좋다고 말해라. 아무리 몸서리치더라도."

그래서 나는 반군에게 대답했다. "예."

반군이 내뱉었다. "좋아. 넌 살려주지."

우리를 지켜보던 반군이 아담세이 언니의 땋은 머리를 잡아당기며 일어나라고 소리쳤다. 그러고는 다른 반군에게 확 떠밀었다. 반군은 언니를 돌려세우고 나서 머리채를 움켜쥐고 끌고 갔다. 나는 언니가 그림자처럼 모닥불 앞에 있는 집으로 허우적거리며 떠밀려 들어가는 모습을 보았다.

내 마음은 이미 언니에게 작별을 고하고 있었다. '언니, 잘 가.'

잃어버린 두 손

나는 예전에 이슬람교 경전인 코란에 따라 하루에 다섯 번씩 기도를 올렸다. 막보로에는 붉은색 진흙으로 지어진 이슬람 사원이 있었다. 밤이면 석유등 몇 개와 작은 양초에서 불빛이 깜박거렸다. 마을에는 이맘(이슬람 교단의 지도자)이 기도를 이끌고 설교를 했다.

고모는 나에게 복을 받고, 나중에 좋은 배필을 만나고, 풍년을 맞이하려면 어떤 기도를 올려야 하는지 가르쳐 주었다. 하지만, 내가 간절히 기도를 올리는 주된 목적은 곱디고운 새 옷을 입기 위해서였다. 해마다 금식 기간인 라마단이 끝나면 이슬람 최대 명절인 이드가 시작된다. 그때마다 명절 빔으로 고모는 포트 로코까지 반나절을 걸어서 우리들의 새 옷을 사왔다. 나는 면으로 만든 아프리카 전통 의상인 도켓 라파를 꼭 갖고 싶었다. 내 기도는 늘 이뤄졌던 것 같다. 이드 때마다 새 옷을 받았기 때문이다.

아담세이 언니가 반군들에게 떠밀려 그 집으로 가고 나서 나는 눈을 감은 채 기도에 기도를 거듭했다. 이번에는 새 옷을 갖기 위한 게 아니었다.

"어서 빨리 절 죽게 해 주세요. 어서 끝나게 해 주세요. 만약 우리 가족이 반군에게 잡혔다면 그들도 빨리 죽게 해 주세요. 제발 반군이 내 몸만은 토막 내지 않도록 해주세요."

나는 기도에 매달렸다. 얼마나 간절히 기도했는지 머릿속이 욱신거렸다. 눈을 떠보니 소년병 여럿이서 나를 바라보며 앉아 있었다. 붉게 충혈된 눈과 손에 든 총과 칼만 아니었어도 소년병들은 천진난만한 여느 마을 아이들과 같았을 것이다. 그것도 숨바꼭질 하느라 백까지 세고 눈을 떴을 때 내 앞에 모여 해맑게 웃는 아이들 말이다.

나는 어지러웠다. 눈길이 흔들렸다. 소리가 멈췄고 시야가 사라졌다. 그렇게 나는 까무러쳤다.

정신을 차린 순간, 내가 처음으로 느낀 것은 음악 소리였다. 음악 소리가 머릿속에서 쿵쾅거렸다. 남자들과 소년들이 노래를 흥얼거렸고 심지어 몇몇은 내가 전혀 이해할 수 없는 가사를 외쳤다. 반군은 노래하다 말고 몇 마디를 고래고래 소리 질렀다. 나는 훗날 북아메리카에 가서야 그 말이 람보(Rambo), 레드 아이(Red eye, 국내에서는 〈나이트 플라이트〉라는 제목으로 개봉한 스릴러 영화), 킬러(Killer)라는 영화 제목이었다는 걸 알았다.

나는 가느다랗게 눈을 떴다. 눈물과 흙먼지가 엉겨서 눈가에 말라붙은 상태였다. 처음에는 붉은색과 노란색 그림자만 어른거렸다. 뜨거운 한낮의 태양이 내 몸을 달군 기분이었다. 하지만, 초점을 제대로 맞추고 보니 그림자와 열기는 주민들의 살림살이를 태우는 장작불 때문이었다. 불길이 위로 치솟으며 활활 타올라 마을을 삼키고 있었다. 장작불 앞에서 남자들과 소년들이 춤추는 실루엣만 어른거렸다.

나는 쓰러진 모습 그대로 땅바닥에 누워 있었다. 손은 풀렸으나 오랜 시간 동안 밧줄에 묶여 있어서 마비 상태였다. 나는 메마른 붉은 흙을 몇 줌 그러모아 머리며 얼굴, 어깨, 다리에 문질렀다.
"더러우면 반군들이 아무 짓도 못 할 거야." 나는 중얼거렸다.

"저 계집애를 강으로 데려가서 깨끗이 씻겨 와." 템네 말을 하는 남자가 고함쳤다. 나는 그 남자를 보지 못했다. 그 남자는 처음부터 줄곧 내 뒤에 있었다. 그 남자는 소년 반군 네 명에게 소리쳤다.

"잠깐만요." 그 남자가 일으켜 세우기에 애원을 했다. "오줌 좀 누게 해 주세요! 제발요. 죽기 전에 오줌 한 번만 누면 안 될까요?"

남자는 내게서 손을 떼고는 몇 발자국 물러섰다.

"널 죽이진 않아." 남자는 슬쩍 웃음을 지었다. "우리가 데려갈 거야. 넌 예뻐. 네가 할 일이 있어."

"이젠 사람들이 필요 없다면서요."

"거짓말이야." 남자가 말했다.

도대체 뭔 일인지 알 수가 없었다. 이 남자가 숲을 누비거나 다른 마을을 습격할 때 날 데리고 다닐 것 같은 느낌이 들었다. 좀 전에 소녀 반군들이 음식을 마련하는 모습을 보는 순간, 내가 그들 곁에서 카사바를 요리하는 장면이 떠올랐다.

"좋아요." 나는 대답했다. 내가 할 수 있는 것은 무조건 그들의 말을 따르는 것뿐이었다. "따라갈게요. 우선 오줌 좀 누고요."

남자는 뒤로 물러서더니 소년병들에게 오라는 손짓을 했다.

남자가 소년병들에게 말했다.

"잘 감시해. 이 계집이 달아나지 않도록 해. 내 맘에 들거든."

남자는 오른손으로 내 뺨을 쓰다듬더니 몇 걸음 물러서서 윙크했다. 나는 부들부들 몸을 떨었다.

소년병들이 나를 뒷간으로 들여보내 줬다. 홀로 되자 충격과 안도감이 밀려왔다. 바닥에 주저앉아 얼굴을 손에 묻었다. 뾰족한 수가 없었다. 미친 듯이 숲으로 도망칠까? 하지만, 그러려면 먼저 탁 트인 축구장을 가로질러야만 했다. 소년병들이 임신한 여자를 죽이고서 키들거리던 표정이 떠올랐다.

뒷간 밖의 소년들도 나를 사격표지판 삼아 쏘고는 똑같은 표정을 지을 게 뻔했다.

"그러니 난 저들을 따라가야 해."

나는 공포에 사로잡힌 채 결심했다. 그렇다고 좀 전에 본 여자애들처럼 되고 싶지는 않았다. 몸이 떨렸고, 목이 메었다. 허리를 쭉 펴고는 눈물을 삼키면서 내 뺨을 찰싹 때렸다.

그러고는 자신을 타일렀다. "정신 차려. 넌 저 자식들보다 똑똑해야 해. 우선 따라가자. 그놈들이 좋아서 절대 달아나지 않을 것처럼 굴어야지. 그러다 기회를 봐서 몸을 피하자."

아담세이 언니와 오빠들, 그리고 고모 생각이 밀려들었다. 심지어 고모부 생각도 났다. 그들이 내 앞에서 미소 지었다. 나는 그들 모두에게 작별을 고했다.

나는 다시 기도를 올렸다. "알라신이여, 도와주세요. 제게 달아날 길을 열어 주세요."

소년병 하나가 템네 말로 물었다. "왜 이리 시간을 질질 끌어?"

나는 대답하지 않았다. 몇 초 뒤에 뒷간에서 나와, 명령을 내리던 남자에게 돌아갔다. 내 뒤로는 소년병들이 따라왔다.

나이 든 반군은 어떤 남자와 이야기를 나누고 있었다. 그런데 그 남자는 한 번도 본 적이 없는 사람이었다.

그 남자는 피부가 하얘서 거의 백인에 가까웠다. 둘은 크리오 말로 떠들었다. 두 사람 모두 팔을 휘저으며 고개를 흔들었는데, 격분해서 얼굴이 벌겋게 달아올랐다. 그들은 나를 보자마자 내게 손가락질했다.

'나 때문에 화났나 봐.' 나는 생각했다.

나는 그들 앞에 무릎을 꿇고 머리를 조아리고 있었다. 나이 든 반군에게 순종하는 태도를 보이고 싶었다.

"자, 꼬마." 피부가 하얀 남자가 저쪽으로 걸어가자 나이 든 반군이 말했다. "그만 꺼져. 이젠 네가 필요 없어."

나는 무슨 말인지 몰라 잠자코 있었다.

"가란 말이다." 그 남자는 이번에는 손을 내저으며 같은 말을 되풀이했다. "가라고, 가, 가!"

나는 슬며시 일어나서 몸을 돌려 축구장으로 향했다.

"잠깐!" 그 반군이 버럭 소리 질렀다. 내가 그 자리에 얼어붙자 소년 두세 명이 총을 내게 겨누었다. 나는 나이 든 반군의 발포 명령을 기다릴 수밖에 없었다. 그런데 대신 그 남자가 내 앞으로 걸어왔다.

"떠나기 전에 어떤 벌을 받을지 골라 봐."

"뭔데요?" 나는 울먹이며 말했다. 내 얼굴을 따라 줄줄 흘러내리는 눈물을 멈출 수 없었다.

"어느 쪽 손을 먼저 없애 줄까?"

목구멍이 풀리면서 비명이 새어 나왔다.

"싫어요." 나는 소리 질렀다.

나는 축구장을 향해 달려갔지만 소용없는 짓이었다. 나이 든 반군이 내 허리를 큰 팔로 빙 둘러 안았다. 그러고는 나를 소년병들 쪽으로 질질 끌고 가서 바닥에 내던졌다.

세 명의 소년들이 내 양팔을 잡아당겼다. 나는 발로 차고 비명을 지르고 팔을 휘둘렀다. 소년들이라 몸집이 작았으나 나는 이미 기진맥진한 상태였고 힘이 약했다. 그들을 상대하기에는 역부족이었다. 그들은 나를 뒷간 뒤로 끌고 가서 커다란 바위 앞에 세웠다.

총소리들이 저녁 하늘을 메웠다. 반군들이 남아 있는 마을 사람들에게 총을 쏘는 모양이었다.

"알라신이여, 마을 사람들을 향한 저 총알 중 하나가 빗나가서 부디 제 심장을 뚫게 해 주세요. 차라리 절 죽여주세요." 나는 간절히 기도를 올렸다. 저항을 포기한 채 내 운명을 소년들에게 맡겼다.

커다란 바위 옆에는 셔츠도 입지 않은 한 남자가 죽어 있었다. 돌멩이들이 수변에 쌓여 있었다. 소스라치게 놀라 바라본 순간, 그 시체가 임신한 여자의 남편이라는 것을 알았다. 그 남자는 나에게 야자유를 건넨 남자처럼 이 마을 저 마을을 전전하던 장사꾼이었다. 총에 맞아 죽은 여자는 그 남자의 두 번째 아내고 배 속에 아이는 첫 아기였다. 남자의 얼굴은 온통 피범벅이었다. 심지어 뭉개진 머리에서 터져 나온 물컹물컹한 골이 보였다. 남자는 반군들의 돌에 맞아 죽은 것이었다.

"제발, 제발, 제발 이러지 마." 나는 소년병 하나에게 울먹이며 간청했다. "난 너희랑 비슷한 나이야. 넌 템네 말을 하잖아. 아마 이 근방에 살았겠지. 사촌이었다면 우린 같은 마을에 살았을 거야. 우린 어쩌면 친구가 되었을지도 몰라."

"우린 친구가 아니야." 그 아이는 얼굴을 찌푸리며 마체테를 뽑

아들었다. "게다가 절대로 친척일 리가 없어."

"난 네가 좋아." 나는 그 소년을 구슬렸다. "왜 널 좋아하는 사람을 해치려고 해?"

"네가 투표하는 꼴을 보기 싫어서." 소년이 야기죽거렸다.

한 소년이 내 오른팔을 붙들자 다른 소년이 내 손을 평평한 바위 쪽으로 잡아당겼다.

"손을 자를 거면 차라리 죽여 줘." 나는 애걸복걸하였다.

소년이 대꾸했다. "널 죽일 생각은 없어. 대통령에게 가서 우리가 네게 뭔 짓을 했는지 보여 줘. 뭐, 손이 없으니 앞으로 그 작자에게 투표를 못 하겠지만……. 그래도 정 투표를 하겠다면 대통령에게 새 손을 달라고 해."

소년 두 명이 나를 붙잡는 순간 몸이 부들부들 떨렸다. 마체테가 허공을 가르며 내려온 순간, 사방이 고요해졌다. 나는 눈을 질끈 감았지만, 순간적으로 번쩍 뜨는 바람에 모든 것을 보고 말았다. 소년은 두 번의 시도 끝에 내 오른손을 잘라 냈다. 처음 내리쳤을 때 제대로 절단하지 못해서 나는 들쭉날쭉 솟아난 뼈를 보고 말았다. 소년은 팔의 위쪽으로 다시 한 번 마체테를 내리쳤다. 이번에는 내 손이 바위에서 바닥으로 굴러떨어졌다. 신경이 몇 초간 살아 있었기 때문에 손이 파닥파닥 뛰었다. 마치 저녁거리로 강에서 잡아 온 송어처럼 말이다.

소년이 내 다른 쪽 팔을 잡아서 바위 위에 놓을 때 나는 저항할 아무것도 남아 있지 않았다. 세 번의 시도 끝에 내 왼손이 잘려 나갔다. 아직 살점이 덜렁덜렁 매달려 있었다.

나는 고통을 느끼지 못했다. 어쩌면 오랫동안 묶여 있어서 감각이 없었기 때문에 그랬는지도 모른다. 다리에 힘이 풀리면서 땅바닥에 주저앉고 말았다. 소년들은 아무렇지도 않다는 듯 칼날에 묻은 피를 쓱 닦아 내고 자리를 떴다.

눈꺼풀이 내려앉았다. 희미하게 소년 반군들이 서로 하이파이브 하는 모습이 보였다. 그들의 웃음소리도 들렸다. 의식이 깊은 어둠 속으로 꺼져갈 때, 문득 나는 스스로 물어보았다. '대통령이 뭐 하는 사람이지?'

망고 한 조각

　머리가 시멘트로 만들어진 것처럼 무거웠다. 눈을 떴으나 사물을 분간하기도 전에 콜록콜록 기침부터 쏟아져 나왔다. 오른팔을 들어 입을 가리려는데 따뜻하고 끈적끈적한 피가 느껴졌다. 공포가 온몸을 휘감고 그제야 모든 기억이 되살아났다. '난 손이 없어.' 갑작스러운 그 사실에 기겁하여 얼이 빠졌다. 별안간 배가 찌르는 듯 아팠다. 본능적으로 다친 팔을 들어 배를 감쌌다.
　"도대체 무슨 일이 일어난 거야?"
　나는 소리쳤다. 아무도 대답하지 않았다.
　손도 없이 바닥을 짚고 일어서기란 버거웠다. 몸을 굴려 땅바닥에 무릎을 대고는 비틀비틀 일어섰다. 처음에는 그 자리에서 일어나 한 바퀴 빙 돌았다. 어디로 가야 할지 알 수 없었다. 순간 감각이 되살아났다. 장작불에서 탁탁 불꽃 튀는 소리가 들렸고 숲 속 사이로 희미한 불빛이 길을 밝혀 주었다.

배를 감싼 채로 나는 한 발 한 발 내디뎠다. 벗어나고 싶었다. 여기에서, 이 마을에서……. 벗어나고 싶었다. 순간 짜고 치는 게임에 걸려든 게 아닐까 하는 생각이 들었다. 몇몇 소년병들이 나를 쏘려고 망고나무 뒤에 숨어 있을지도 몰랐다. 내가 축구장을 지나 뒤쪽 숲으로 간다면 금세 총알이 공기를 가르고 날아올 것 같았다.

하지만, 총알은 날아오지 않았고 나는 냅다 달음박질쳤다. 이윽고 쿵쾅거리는 음악도, 힘차게 타오르던 불길도, 반군의 외침과 환호성도 사라졌다. 귀뚜라미의 나지막한 소리만 들렸다.

나는 숨 쉴 기운도 없었지만, 숲 속의 보름달이 비치는 연못에 이르러서야 뜀박질을 멈췄다. 나는 연못가에 털썩 주저앉았다. 양팔로 배를 감쌌다. 그리고 연못에 얼굴을 갖다 댔다. 한참이나 물을 마셨다. 물은 시원하고 깨끗했다.

잠시 후에 똑바로 앉아서 내 몰골을 살펴보았다. 내가 입고 있던 도껫 라파는 너덜너덜해졌고 피투성이로 꼬질꼬질했다. 나는 양쪽 팔을 내밀어 상처를 확인했다. 예전에 손이 있던 곳에 검붉은 피가 덕지덕지 말라붙어 있었다. 별안간 통증이 밀려왔다. 날카롭게 찌르는 고통이 양팔과 배를 스쳐 갔다. 그렇게 아픈 적은 내 평생 처음이었다. 상처를 보지 않으려고 눈을 감았다. 통증이 조금이라도 가라앉을까 싶어서 연못에 팔뚝을 담갔다. 소용없었다. 숨이 막힐 정도로 아팠다. 어찌나 통증이 심하던지 머리가 핑 돌면서 금세 기절할 것 같았다.

"쓰러지면 안 돼."

나는 풀밭에 드러누우며 스스로 다짐했다.

억지로 눈을 부릅뜨고는 몇 번이나 깊은숨을 내쉬었다. 식구들과 엄마, 아버지를 떠올렸다. 모두 무사할까? 반군이 그들도 해쳤을까? 그러고 나서 내 삶을 생각해 보았다. 내 머릿속에서 어떤 목소리가 울렸다.

'넌 살 거야.'

그 목소리가 다시 한 번 들렸다.

'넌 살 거야.'

숨쉬기가 정상으로 돌아오자 어지럼증도 점점 사라졌다. 나는 일어나 앉아 주위를 둘러보았다. 빨래 소쿠리와 옷가지들이 여기저기 널려 있었다.

나는 생각했다. '마을 사람들이 빨랫감을 이렇게 놓고 가버리다니. 다들 반군의 총소리에 어지간히 놀란 모양이네.'

나는 일어서서 소쿠리로 비치적비치적 다가갔다. 오른발로 그 안을 뒤적거렸다. 안에 들어 있는 빨래는 축축했지만, 찬밥 더운밥 가릴 처지가 아니었다. 달빛 속에서 치마처럼 허리에 두르는 푸른색 라파가 보였다. 그 옷을 끄집어내서 내 윗몸을 감싸려고 했지만, 손이 없어서 뜻대로 되질 않았다. 라파가 양팔 사이로 미끄러지더니 바닥으로 툭 떨어졌다.

이번에는 등을 쭉 펴고 발가락 사이에 라파를 끼워서 들어 올렸다. 그리고 라파로 다친 양팔을 싸맸다. 곧이어 나는 오솔길을 찾아 숲 속을 다시 내달렸다.

시에라리온의 시골 사람들은 여러 갈래의 길로 농장이나 빨래터, 그리고 다른 마을을 오간다. 아무래도 내가 가는 길은 마나마로부터 멀어지는 것 같았다. 하지만, 지금 내가 어디로 가는지 짐작조차 할 수 없었다.

잠시 후에 속도를 줄여 천천히 걸으며 외쳤다. "이아 고모! 파

고모부! 저예요, 마리아투!"

고모와 고모부가 반군을 피해서 코코넛과 아보카도와 망고나무가 우거진 숲에 숨어 있기만을 바랄 뿐이었다.

"도와주세요!" 다시 소리쳤다. 그러나 반응을 보이는 것은 노래를 갑자기 뚝 그친 귀뚜라미와 올빼미뿐이었다.

결국 길을 가다가 버려진 농가를 발견했다. 주변에는 적어도 한 철이 넘게 경작하지 않은 버려진 밭이 보였다. 웃자란 잡초와 키 큰 풀만이 살랑살랑 불어오는 밤바람에 이리저리 흔들렸다. 농가는 내겐 좋은 징조였다. 근처에 마을이 있다는 것이고 도움을 요청할 수 있다는 뜻이었다. 하지만, 안도감은 금세 공포로 변했다. '반군이 마을을 차지하고 있으면 어쩌나?' 하는 생각에 몇 번 심호흡하고 농가로 들어갔다.

움막지붕에 난 구멍으로 달빛이 새어 들어왔다. 나는 한쪽 벽에 놓인 긴 의자에 몸을 눕혔다. 눈을 감고 다른 생각이 나지 않도록 자꾸 되뇌었다. "난 살아 있어. 난 계속 살 거야."

그러고는 잠깐 잠이 들었을까? 쉭쉭거리는 소리에 정신이 번쩍 들었다. 놀라서 고개를 홱 들어 보니 새까만 코브라가 있었다. 의자 바로 밑에서 칭칭 똬리를 튼 코브라가 커다란 머리통을 든 채 분홍색 혀를 날름거리며 다가오고 있었다.

나는 의자에서 슬그머니 일어나 물러섰다. 문까지 물러서자 뱀이 머리를 아래로 수그리는 게 보였다. 나는 궁금했다. 코브라에게 물었다.

"왜 날 해치지 않니? 너도 내 고통이 느껴지니?"

코브라는 두려움과 호기심에 사로잡힌 나를 흘깃 바라보더니 뱀 머리를 돌리고는 스르르 사라졌다.

나는 정신없이 달렸고 오솔길에 다시 이르렀다. 고모와 고모부를 소리쳐 부르는데 다른 코브라와 또다시 마주쳤다. 이번에는 내 앞길을 떡 가로막고 있었다.

나는 꼼짝도 하지 않고 서 있었다. 할머니가 전에 일러 주기를 누구나 곁에서 지켜보는 영혼이 있다고 했다. 아주 착한 사람들에게는 두세 개의 영혼이 늘 함께한다고 들었다. 할아버지나 산티기 오빠처럼 앞서 죽은 친척들이 그런 영혼으로 변하는데 동물이나 새나 파충류의 모습으로 나타난다고 했다. 오늘 밤에 나는 검은색 코브라를 두 번이나 보았다. 뭔가 심상치 않았다.

"지금 뭐하자는 짓이야?"

나는 뱀에게 소리를 버럭 질렀다. 울화가 치밀었다. 한시가 급한데 코브라가 길을 막고 있으니 속이 터질 노릇이다.

"네가 내 수호신이라면 제발 길을 비켜줘."

뱀은 옴짝달싹하지 않았다.

하는 수 없이 나는 용기를 내어 어두컴컴한 숲 속으로 들어섰다. 우거진 나무에 달빛이 가려서 바위나 배배 꼬인 잡초에 걸려 몇 번이나 휘뚝거렸다. 하지만, 넘어질 때마다 용케 일어났다. 걸어서 빙 돌아간 끝에 뱀이 있던 곳과 멀찌감치 떨어진 장소에 이르렀다.

태양이 떠오를 때까지 나는 내 앞에 긴 그림자를 드리우며 걸었다. 반군이 점령하지 않은 마을에 곧 닿을 수 있으리라는 희망을 품고 한 발 한 발 쉼 없이 내디뎠다. 하지만, 아주 작은 소리만 들려도 소스라치게 놀랐다. 올빼미가 울어 대거나 나뭇가지가 딱 부러지면 소름 끼치는 장면이 절로 떠올랐다. '숲 속 어디에선가 반군들이 비웃으며 지켜볼지 몰라. 내가 안전하다고 마음을 놓는 순간 불쑥 나타나서 날 죽이겠지.'

나는 순간순간 마음을 다잡아야 했다. "코브라 따위는 이제 나타나지 않아. 반군도 없어." 이렇게 끊임없이 나 자신을 다그쳤다.

마침내 빈터와 물살이 부서지는 자그마한 호수가 눈앞에 보였다. 나는 걸음을 재촉했다. 목이 말랐고 배도 고팠다. '호수에 닿으면 물을 마시고, 근처 나무에서 과일도 따 먹어야지.' 천을 풀어 팔의 상처도 살펴야겠다고 마음먹었다. 그런데 막상 빈터에 이르자 개 두 마리가 와락 튀어나왔다. 새까만 개와 갈색과 하얀색의 얼룩무늬 개였다. 새까만 개는 귀청이 떨어지도록 짖어 댔다. 당장 내게 덤벼들려는 듯 주둥이에서 침을 질질 흘렸다.

시에라리온에서는 마을마다 개를 기른다. 마을 사람들은 자기 개라고 딱히 고집하지도 않았다. 오히려 누구나 개에게 먹이를 주었고 아이들은 강아지와 뛰놀았다. 그렇다고 개를 집에 들이지는 않았다. 개가 들어오려고 기웃거리다가는 아주머니들에게 쫓겨나기 일쑤였다. 개는 우리를 좇아 밭까지 따라왔으며 아이들과 천방지축 뛰어놀았다. 막보로에서 내가 제일 좋아하던 개는 호랑이라는 이름의 누렁이 똥개였다. 그 녀석은 걸핏하면 내 발목을 물어서 성가시게 했다.

개는 숲 속 깊숙이 혼자 드나들지 않는다. 근처 어딘가 사람이 있을 것이다. 하지만, 까만 개가 무서워 더 나아갈 엄두가 나질 않았다. 그렇다고 오던 길을 돌아가기도 싫었다. 그것은 반군들에게 돌아가는 꼴이었다. 슬그머니 숲 속으로 들어서서 발끝으로 걸었다.

어릴 때부터, 숲 속 깊숙한 곳을 헤매다가 길을 잃어버린 아이들 이야기를 귀에 딱지가 앉도록 들었다. 가족들은 잃어버린 아이들을 결국 찾지 못했다.

"커다란 멧돼지가 아이들을 잡아먹은 게야."

고모부는 그렇게 말했다.

숲 속을 걸어가는데 갑자기 그 말이 떠올랐다. 나도 헤매고 다니다가 커다란 멧돼지에게 잡아먹히지 않을까?

잠시 후에, 다른 길로 접어들었다. 그 길을 따라갔더니 갈림길이 나왔다. 그때 어떤 남자가 보였다. 마나마를 떠난 뒤로 처음 만난 사람이었다. 키가 크고 여윈 남자가 다른 길에서 오고 있었다. 남자는 내가 부르자 걸음을 멈췄다.

"저기요."

남자는 나를 보더니 입을 딱 벌렸다. 그러고는 겁에 질린 채 획 돌아서서 달아났다. 나는 머뭇거리지 않았다. 대뜸 뒤를 쫓았다. 남자는 다리가 나보다 길었고 반군에게 당한 흔적도 없었다. 당연히 나는 뒤처졌다. 그래도 죽자 사자 따라갔다. 그 남자를 붙잡아야 했다.

길은 마을 입구에서 끝났다. 빈터로 들어서서 보니 남자가 헛간에 기대 숨을 고르고 있었다. 나도 멈춰 섰다. 남자는 입을 벌린 채 나를 멍하니 바라보았다. 나는 남자에게 쭈뼛쭈뼛 다가섰다. 집집이 기다랗게 배배 꼬인 망고나뭇가지로 뒤덮여 있었다. 코브라가 있던 농가와 마찬가지로 이 마을 역시 주민들이 썰물 빠지듯이 죄다 떠난 텅 빈 상태였다.

"무슨 일이냐?" 남자는 다가서는 내게 물었다.

"너무 아파요. 도와주세요."

"무슨 일이 있었니?" 남자가 물었다.

나는 입을 열어 대답하려고 했지만, 말이 나오지 않았다. 다시 입을 열었다. 여전히 아무 말도 할 수 없었다.

"배가 고파요." 나는 간신히 말을 내뱉었다.

남자는 허리를 구부려 망고 한 개를 집어 들었다. 남자가 망고를 건넸으나 나는 팔을 들어 올리지 않았다. 그러자 남자의 눈길이 아래로 향했고 피로 벌겋게 물든 천을 보았다.

"그 자식들이 손을 잘랐구나!"

남자는 치를 떨었다.

"빌어먹을 반군들! 아까 보니 다친 것 같더라. 그래서 달아났던 거야. 그놈들이 네 근처에 있을 것 같아서. 빨리 의사한테 보여야겠구나. 그런데 난 함께 가 줄 수 없단다. 반군들이 우리 장모님 다리에 총을 쐈어. 나도 도움이 필요해서 사람을 찾아 나선 길이야. 장모님을 포트 로코로 모셔 가야 하는데 전혀 걷지를 못하시거든. 내가 너까지 도와줄 형편이 안 되는구나. 자."

남자는 망고를 들어 내가 먹을 수 있도록 입 가까이 대주었다. 나는 고개를 저었다. 남의 손에 든 음식을 먹고 싶지 않았다. 이기처럼 받아먹어서는 안 될 것 같았다.

"여기에 내려놓으마."

남자가 내 양팔을 살며시 들어서 천으로 감싼 곳에 망고를 내려놓았다. 나는 양팔을 올려 망고 몇 조각을 간신히 삼켰다. 그동안 남자는 고향인 마나마에서 벌어진 일을 들려주었다. 남자와 가족은 반군이 쳐들어온다는 소식에 숲으로 몸을 숨겼다. 장모님은 연세가 높은 탓에 빨리 달리지 못했고 결국 총에 맞았다.

남자가 말을 이었다. "마나마에서 널 본 기억이 없구나. 사실 네가 지금 어떻게 생겼는지 모르겠다. 머리부터 발끝까지 흙과 피로 뒤덮였으니 말이다."

나는 이름도 묻지 못한 남자를 빤히 바라보았다. 마침내 눈물이 흘러내리기 시작했다. 나는 흐느꼈다. "집에 가고 싶어요. 너무 가고 싶어요." 내 입에서는 그 말만 자꾸 나왔다.

남자는 내 어깨를 잡았다. "넌 병원에 가야 해. 안 그러면 집에 가기도 전에 죽을 거야. 포트 로코에 병원이 있는데 여기에서 멀지 않아. 우리 이렇게 하자. 포트 로코 가는 길까지 널 데려다 줄게. 어디로 가야 하는지 길을 가르쳐준 다음 난 돌아가마."

"반군들이 다음에는 포트 로코로 간대요." 울먹이느라 목이 메어 말이 잘 안 나왔다. "나 혼자서는 절대로 못 가요."

"아무 일 없을 거야." 남자가 나를 살살 달랬다. "포트 로코에는 정부군이 있어. 반군이 공격해도 끄떡없단다. 애야, 다른 곳은 몰라도 거기는 무사할 거다. 포트 로코에 가서 약을 구하지 않으면 넌 죽고 말아."

그 남자가 옳았다. 나는 젖 먹던 힘이라도 내야만 했다. 나는 팔로 눈물을 훔치고는 남자에게 데려가 달라고 고개를 끄덕였다. 그리고 우리는 좀 전에 지나온 길로 돌아섰다. 남자는 침착하게 발걸음을 옮겼으며 나는 바짝 붙어서 따라갔다. 우리는 한 번도 멈추지 않고 한마디도 나누지 않았다. 포트 로코로 들어서는 길에 다다를 때까지.

굵은 부들과 떨기나무와 과실수로 쭉 이어진 길이 펼쳐졌다. 반군이 얼마든지 몸을 숨길 수 있는 수풀이라서 와락 겁이 났다. 나는 남자의 눈을 깊이 쳐다보았다. "절 좀 데려가 줘요. 제발요! 죽기 싫어요."

남자는 한 손을 부드럽게 내 뺨에 갖다 댔다. 다른 손으로는 내 턱을 감쌌다. "날 따라오면 넌 죽을 거야." 남자가 말을 이었다. "네가 얼마나 다쳤는지 넌 모를 게다. 내 눈에는 보이는구나. 길을 따라가면 한낮에는 마을에 당도할 수 있을 게야. 거기서 조금만 더 걸으면 포트 로코야. 마을에 이르면 누군가 널 병원으로 데려다 줄 거야. 틀림없어."

남자는 떠나기 전에 너절한 푸른 헝겊으로 내 얼굴을 닦아 주었다.

"무서워요." 나는 웅얼거렸다.

남자가 말했다. "그래. 너나없이 우리 모두 다 무섭지. 하지만, 넌 가야 해. 조심해서 잘 가거라."

남자는 돌아서더니 길을 따라 달렸다. 달려가는 그 남자를 지켜보며, 붉은 진흙 먼지가 가득한 길 한복판에 나는 혼자 덩그러니 서 있었다.

포트 로코로 가는 길

막보로 아이들은 버려진 깡통에 나무판자와 밧줄을 달아 만든 깡통말을 타고 놀았다. 깡통말을 타고 누가 더 빨리 가는지 시합도 하고 일부러 서로 부딪쳐 상대방을 쓰러뜨리기도 했다. 동네 아이들의 수가 깡통말보다 더 많아서 두 명이 함께 말을 타야 하는 경우도 종종 있었다. 내 친구 마리아투는 맨발로 내 발에 올라서서 내 목을 꽉 껴안곤 했다. 나는 양손에 밧줄을 잡았다. 네 개의 발로 걷기란 어려웠다. 물론 발을 뗄 때마다 마리아투도 발을 들었다. 그런데도 마리아투의 무게가 고스란히 느껴졌다. 우리는 깔깔거리며 웃다가 상대방 위로 쓰러지기 일쑤였다.

포트 로코를 향해 먼 길을 나설 때의 심정이 딱 그랬다. 누군가가 나를 위에서 짓누르는 기분이었다. 더구나 마리아투가 내 눈앞에서 그렇게 떠나 버렸기에 더 무서웠다. 팔이 온통 욱신거렸으며 특히 상처가 있는 아랫부분으로 갈수록 통증이 더 심했다.

건기라서 하늘에는 구름 한 점 없었다. 이른 아침인데도 태양이 이글이글 타올랐다. 숲 속의 냄새가 공기 중에 떠돌았다. 썩은 나무, 망고 꽃, 이슬과 바닥의 흙먼지에서 풍기는 냄새였다. 깍깍, 짹짹. 여기저기서 새들이 울부짖었다. 처음에는 새소리가 들릴 때마다 흠칫 놀랐다. 국방색 위장복을 입은 반군들이 숲에서 내 뒤를 살금살금 따라오는 환영에 사로잡혔다.

"저 계집애를 쏴!"

나이 든 반군이 소년병들에게 내리는 명령이 금세 들릴 것 같았다.

정오쯤 접어들자 맨발에 온통 물집이 잡혔다. 나는 타박타박 걸으며 남자가 일러 준 마을이 멀지 않았다고 중얼거렸다.

얼마 지나지 않아 나무들로 무성한 시골 길이 넓어지기 시작했다. 나무들이 듬성듬성해지더니 마을에서 소리가 들렸다. 아이들의 웃음소리와 나뭇잎이 부스럭거리는 소리였다.

나는 부랴부랴 걸어서 마침내 마을 한가운데로 들어섰다. 아이들 목소리가 계속 들렸다. 하지만, 마을은 평소보다 적막했다. 여자 두 명이 나를 등진 채 커다란 가마솥에서 푸푸와 밥처럼 보이는 것을 지었다. 그 옆에서는 어떤 여자가 남자애의 바지 한 벌을 깁고 있었다.

"안녕하세요." 나는 있는 힘껏 외쳤다. 그런데 정작 목에서 나는 소리는 모깃소리처럼 작았다. 목이 바싹 말랐기 때문이었다. 그 여자들은 내 목소리를 듣지 못했다. 하지만, 곁에 있던 남자애가 내 목소리를 들었다.

"넌 누구니?" 남자애가 소리쳤다. 눈을 휘둥그렇게 뜨고 기다란 손가락으로 나를 가리키는 모습이 소년병이 총으로 나를 겨눈 모습과 흡사했다.

여자들이 손에 든 물건을 떨어뜨리며 후다닥 일어났다.

"무슨 일이야?" 누군가 물었다. 셋 중에서 가장 나이 든 여자였는데 머리카락이 희끗희끗했다. 여자는 몇 걸음 다가오더니 멈췄다. "무슨 일이야?" 여자가 다시 물었다. 아주 엄한 표정이었다.

"저, 저, 저기요." 나는 더듬거렸지만, 목소리는 좀 커졌다. "도와주세요." 곧 쓰러질 듯 다리가 후들거렸지만 나는 억지로 버텼다. "반군들이……."

그 여자가 내 말을 잘랐다. "반군들은 너 같은 계집애들을 마을로 먼저 들여보내지. 우리가 널 돌보는 사이 반군들이 쳐들어오는 거야. 반군들은 지금 어디 있니?" 그 여자는 몸집이 컸다. 육중한 다리로 한 걸음씩 내디딜 때마다 땅이 울리는 것 같았다. "그들이 어디 있는지 나한테 말해라. 애야! 반군들은 어디 있지?"

나는 힘이 쫙 빠진 목소리로 대답했다. "반군은 없어요."

여자의 관자놀이가 움찔거리더니 땀방울이 목을 타고 벌거벗은 젖가슴으로 흘러내렸다.

나는 애원했다. "정말이에요. 난 다쳤어요." 그 말과 함께 여자의 품으로 쓰러졌다.

여자는 나를 붙잡아 땅바닥에 뉘었다. 바느질하던 여자는 키가 크고 광대뼈가 도드라진 긴 얼굴이었다. 여자는 깁고 있던 바지를 베개 삼아 내 머리를 받쳐 주었고 또 다른 여자는 사람들을 부르러 달려갔다. 나이 든 여자가 플라스틱 잔에 물을 채워 내 입에 갖다 댔다. 나는 조금씩 홀짝였다. 벌컥벌컥 들이킬 수가 없었다. 배가 다시 아팠고 토할 것 같았다.

잔을 든 여자가 설명하기를 반군들은 나 같은 여자애를 미끼로

삼는다고 했다. 그 소리에 마나마에서 반군과 함께 지내던 여자애들이 떠올랐다. 그 여자애들이라면 부상을 가장하여 마을 사람들의 긴장을 풀게 한 뒤에 도움을 얻어 낼 것이다. 마을 사람들이 야단법석을 떨고 있을 때 반군이 슬그머니 들어와 눈 깜짝할 사이에 공격하겠지.

여자들 두 명이 내 얼굴을 닦고 팔에 감긴 천을 살며시 풀었다.

나이 든 여자가 말했다.

"상처가 너무 심하구나. 포트 로코의 병원에 데려가야겠어. 걸을 수 있겠니?"

나는 고개를 끄덕였고 두 여자가 날 부축해서 일으켰다. 그들은 내가 쓰러질까 봐 내 곁에 바짝 붙어서 걸었다. 우리는 큰길로 다시 나와서 포트 로코로 향했다.

얼마 뒤에, 과일이며 채소가 담긴 커다란 함지박을 머리에 이고 가는 여자들을 만났다. 나는 눈길을 피하느라 고개를 숙였으나, 나를 바라보는 시선이 느껴졌다.

곧이어 누군가 소리쳤다. "야, 야, 야!" 고개를 들자 웃통을 벗은 사내가 나를 가리키고 있었다.

그 소리에 나를 부축했던 두 여자가 발길을 멈춰 섰고, 남자는 나한테 잠깐 서라고 말했다.

그 사내는 나에게 다가오며 소리쳤다.

"너! 이놈 한번 봐봐." 사내는 우리 쪽으로 질질 끌려오는 남자를 가리켰다. 포로는 목에 밧줄이 감겨 있고 손목은 등 뒤로 묶여 있었다. 아담세이 언니와 내가 마나마에서 당했던 꼴과 흡사했다.

"이 자식 알아?" 웃통을 드러낸 사내가 버럭 소리 질렀다.

나는 묶여 있는 남자를 본 적이 있었다. 그 남자는 얼마 전에 막보로에서 아리따운 여자와 결혼했다. 남자와 그 가족이 우리 마을에 와서 청혼한 뒤에 물이 담긴 커다란 잔을 받았다. 물은 승낙과 평화와 순수의 상징이었다. 한 달 뒤, 남자는 한 주 동안 이어질 혼인 잔치를 치르려고 왔고 마을 사람들은 죄다 구경하러 나왔다. 남자는 음식을 바리바리 지고 왔다. 신부네 가족이 중매쟁이를 통해 미리 알려 준 혼수품이었다. 염소, 커다란 쌀자루, 콩, 튀긴 만두, 과일이었다. 우리 고향 풍습대로 남자는 신부 될 여자에게 바늘과 실, 사탕 과자, 코란 등 살림에 필요한 물건을 호리병 또는 조롱박에 담아 선물했다. 그 안에는 시에라리온 화폐로 수천 레온의 지참금도 들어 있었는데 신부 측에서 일가친척에게 나눠 줄 돈이었다.

혼인 잔치가 열리는 동안에 여자는 하늘하늘한 레이스가 달린 새하얗고 고운 도켓 라파를 입었다. 그리고 같은 색의 스카프를 머리에 썼다. 남자는 금색과 갈색이 어우러진 의상과 모자로 멋을 냈다. 나는 그 남자를 잘 모르지만, 선량해 보였으며 혼인 잔치 때는 손을 잡고 춤도 한 번 추었다. 그런데 지금 그 남자의 모습은 마치 혼인 잔칫날 도살장에 끌려가는 염소 같았다.

나는 무슨 말을 해야 할지 몰라서 멈칫거렸다. 그러다가 겨우 말을 건넸다. "예, 저 남자 알아요. 저 남자는……."

하지만, 내 앞의 사내가 말문을 막았다. 그러더니 벌컥 화를 내며 말했다. "그럴 줄 알았어. 반군처럼 빨간색 수건을 쓰고 군용 자루를 갖고 있더라고. 이 새끼는 반군이야. 네 손을 자른 놈은 아니겠지만 널 위해 이놈을 죽여주마."

"잠깐만요." 내 목소리는 들릴락 말락 가늘었고 갈라졌다. "우리 마을에서 봤어요."

머리가 빙글빙글 돌았고 금세 쓰러질 것 같았다. 무슨 말을 꺼내서라도 그 남자를 구하고 싶었다. 그런데 목소리가 나오지 않았다.

사람들은 길섶으로 늘어서서 구경했다. 나에게 질문한 사내가 포로에게 긴 총을 겨누었다.

탕! 탕! 탕! 세 발의 총성이 머릿속에 울려 퍼졌고 혼인 잔치에서 보았던 남자는 휘딱 넘어졌다.

나는 눈을 감았다.

알라신께 기도를 올렸다. "이제 그만, 제발 이 피비린내 나는 상황을 끝내주세요!"

포트 로코의 병원은 회색 시멘트로 지어진 네모반듯한 건물이었다. 남녀노소 가릴 것 없이 별별 사람들이 진찰을 기다리고 있었다. 노인들, 자지러지게 울어 대는 피투성이 아기를 안은 여인, 나처럼 잘린 팔을 떠받들고 있는 아이들.

두 여자는 망고나무 아래 빈자리로 나를 데려갔다. 나는 나무기둥에 기대려 했으나 맘대로 되지 않았다. 스르르 쓰러져 선잠에 빠졌고 계속해서 사람들이 총에 맞는 꿈을 꾸었다.

시간이 얼마나 지났을까. 나이 든 여자가 나를 흔들어 깨우고는 똑바로 앉혀 주었다. "자, 간호사들이 들어오라는구나." 그러고는 나를 데려갔다.

병원 안은 바깥보다 훨씬 찜통이었다. 너절한 하얀색 커튼이 창문에 매달린 채 나부꼈지만, 맨바닥에 누워 있거나 벽에 기댄 사람들이 워낙 많아서 바람이 잘 통하지 않았다. 후덥지근한 공기에 숨이 턱턱 막혔다.

빳빳한 흰색 옷에 모자를 쓴 간호사가 내 어깨를 잡았다. 그 간호사는 나에게 최선을 다해 도와주겠다고 약속했다. 내가 철제 침대에 눕자 간호사가 얇은 하늘빛 이불을 덮어 주었다.

나는 눈을 감은 채 실려 갔다. 하지만, 주변의 상황이 또렷이 들려왔다. 두런두런 이야기하는 여자들, 훌쩍훌쩍 우는 아이들. 때로는 누군가 내지르는 비명에 온몸이 덜덜 떨렸다.

"우린 곧 포트 로코로 가려고 해." 반군들이 내 머릿속에서 몇 번이고 거듭 말했다.

간호사가 내 팔에 감긴 천을 풀었다. "어디에서 이렇게 됐니?"

"마나마요." 나는 웅얼거렸다.

"누가 이랬어?"

"반군이요." 그 말을 꺼내자마자 공포가 밀려왔다. "반군이 곧 포트 로코로 오겠대요."

나는 흥분한 상태에서 그 말을 되뇌며 몸을 일으키려 했다.

간호사는 나를 진정시키려 애썼다. "여기는 안전해. 서아프리카 연합 평화유지군(ECOMOG, 서아프리카 공동체 감시단. 전쟁을 끝내려고 시에라리온에 파견된 군사 조직)이 도시를 수비하고 있어. 공격하는 순간 오히려 반군이 죽게 될 거야."

"반군들이 얼마나 흉악한지 몰라서 그래요." 나는 거듭 주장하며 고개를 마구 저었다.

"평화유지군 트럭이 중상자들을 프리타운의 코넛 병원으로 데려다 주고 있어."

간호사가 말을 이었다.

"여기에는 이런 상처를 치료할 약이 없단다. 트럭을 타고 프리타운으로 나가야 해."

간호사는 내가 일어나 앉도록 도와주었다. 그제야 처음으로 간호사의 예쁘장한 얼굴을 보았다. 광대뼈가 도톰했고 모자 아래 단정하게 빗어 넘긴 검은색 머리카락은 고왔다. 나보다 고작해야 몇 살 더 많아 보였다.

어지럼증이 심해졌다. 속이 뒤집혔다. 구역질이 났으나 아무것도 나오질 않았다. 간호사는 나를 부축해 일으켜서 사람들로 북적북적한 강당을 지나 병원 뒷문으로 데려갔다. 간호사가 문을 여는 순간 나는 단말마의 비명을 질렀다. 간호사가 달아나려는 나를 붙잡았다.

나는 외쳤다. "반군! 반군이야!"

간호사가 타이르는 목소리로 단호하게 대꾸했다. "아니야. 이 사람들은 평화유지군이야. 널 도와주러 왔어. 우리 편이라고."

트럭 옆에 서 있는 세 남자를 찬찬히 살펴보았다. 그들 역시 반군처럼 국방색 바지를 입었고 총과 총알을 몸에 휘감았다. 차이점이라고는 셔츠와 모자도 국방색이라는 것뿐이었다.

군인 한 명이 나를 보고 미소 지었다.

"붙잡아 줄까?"

군인은 그렇게 물으면서 나에게 다가왔다.

군인이 나를 들어 트럭 뒤 칸에 올려주는 동안 나는 아무 말도 하지 않았다. 트럭 뒤 칸은 기다란 의자들이 마주 놓여 있었고, 위에는 초록색 방수포로 덮여 있었다. 양옆과 뒤는 뻥 뚫려 있었다.

군인이 앉을 자리를 마련해 주었다. 얼굴이 피범벅인 사람들을 본 순간 나는 몸을 부르르 떨었다. 누군가는 귀가 사라졌고 몇몇은 팔이 없었으며 어떤 사람은 한쪽 눈을 잃었다.

트럭 뒤 칸에 탄 사람들을 둘러보다가 나는 심장이 덜컥 내려앉았다. 모하메드 오빠와 이브라힘 오빠의 슬픈 눈동자와 마주쳤던 것이다. 그 순간 나는 숨이 멎는 듯했다.

베짜는새처럼

어린 시절 코코넛나무 아래에 앉아서 오후를 보내고 있노라면, 종종 노란색과 갈색이 섞인 자그마한 베짜는새가 하늘에서 곤두박질치곤 했다. 이유야 모르겠지만, 아무튼 그 작은 베짜는새는 붉은 진흙 위로 풀썩 떨어지고 말았다. 나는 도와주려고 선뜻 나섰다가 마음을 고쳐먹었다. 베짜는새는 많이 다친 상태였다. 마을로 데려가 봤자 고통만 받다가 하루 이틀 안에 죽거나, 부러진 날개로 평생 살아갈 게 뻔했다. 그러느니 차라리 그냥 죽는 편이 낫겠다 싶었다. 나는 한참 동안 작은 새가 휘어지고 가냘픈 다리로 아등바등 일어서려고 고집스럽게 날개를 퍼덕이는 모습을 지켜보았다. 그때마다 금세 고꾸라졌지만 새는 몇 번이고 거듭했다.

순간 기적이 일어났다. 새가 꼼짝 않고 한동안 누워 있기에 죽은 줄로만 알았는데, 벌떡 일어나더니 하늘로 다시 날아올랐다.

오빠들과 눈이 마주쳤을 때, 나는 마치 내 자신이 어린 시절의 그 베짜는새가 된 것 같았다. 하늘에서 뭔가에 부딪혀 밑바닥으로 떨어지고 나서 어떻게든 일어서려고 악착같이 애쓰는 기분이었다. 하지만, 힘에 부쳤다. 자그마한 베짜는새처럼 고집스럽게 인내심을 발휘할 자신도 없었다. 나는 얼이 빠진 채 옴짝달싹 못했다. 흐리멍덩한 눈길로 이브라힘 오빠와 모하메드 오빠의 눈을 좇았다. 마법의 주문을 깨뜨린 건 바로 이브라힘 오빠였다. 오빠는 망연자실해서 한숨을 푹 내쉬더니 자신의 팔을 내려다보았다. 오빠의 팔도 나와 마찬가지로 붕대에 감겨 있었다. '반군이 오빠의 손도 잘랐구나.' 그걸 깨닫는 순간 얼마나 기겁했는지 정신이 아득해졌다. 모하메드 오빠도 똑같은 자세로 팔을 받치고 있었다.

트럭 뒤에는 여러 명이 다닥다닥 붙어 있어서 꽤 더웠는데도 나는 소름이 끼쳤다. 나도 모르게 옆 사람의 어깨 위로 고개를 떨구었다.

"죄송해요." 내가 말했다.

"아니야." 상냥한 여자 목소리가 들렸다. 여자는 내 머리를 자신의 어깨로 끌어당기고는 이마를 쓰다듬었다.

평화유지군 트럭은 반군을 만날까 봐 빙빙 돌아서 프리타운으로 갔다. 가는 길은 웅덩이며 도랑이 많아서 울퉁불퉁했다. 그런데도 나는 옆 사람 어깨에 기댄 채 설핏 잠이 들었다.

트럭이 멈추자 나는 잠에서 깨어났다. 옆에 앉은 여자가 나를 돌아봤다.

"어떻게 된 거니, 얘야?" 여자는 내 눈을 덮은 머리카락을 쓸어 올리며 가만히 물었다.

"아니야, 대답하지 마. 목소리를 아껴야지." 여자는 천에 물을 적셔서 내 이마와 뺨을 닦아 주었다.

"난 파트마타야. 마나마가 공격받을 때 우리 삼촌도 너처럼 당했단다. 오빠와 함께 삼촌을 모시고 가는 중이야." 여자가 말했다. 여자는 옆에 앉은 두 남자를 가리켰다. 한 명은 머리부터 발끝까지 피를 뒤집어쓴 상태였다.

사람들은 평화유지군의 도움을 받아 트럭에서 내렸다. 내 차례가 되자 몸이 바싹 얼어붙고 입술이 파르르 떨렸다. 파트마타가 내 두려움을 눈치챘다.

"여기는 룽기야. 프리타운에 가려면 배를 타야 해. 오래 걸리지 않아."

어둠이 내려앉았고 야자나무보다 커다란 건너편 건물에서 불빛이 새어나왔다. 사방팔방에 불빛이 번쩍거렸다. 우리가 살던 막보로의 밤은 애오라지 모닥불이나 석유 등불만이 어둠을 밝혀 주었는데.

"내가 곁에 있어 줄까?"

파트마타가 다정다감하게 물었다. 나란히 서 보니 파트마타는 키나 몸집이 나보다 약간 컸고 어림잡아 스무 살쯤 돼 보였다.

파트마타는 팜팜이라는 나무로 만든 배로 나를 데려갔다. 그 배는 막보로 남자들이 물고기 잡을 때 타던 기다란 카누와 비슷했다. 강물 위의 다른 팜팜들이 눈에 들어왔다. 배의 키만 뾰족 올라와 있을 뿐, 나머지는 물속에 잠겨 있었다.

나는 울부짖었다.

"싫어요. 난 안 갈래요. 가라앉을 거예요. 분명해요!"

나는 한 번도 배를 탄 적이 없었다. 그러나 수영해서 건너자니 손도 없었다.

파트마타는 무사할 거라며 나를 달랬다.

"내가 꼭 붙잡아 줄게. 아무 일 없이 도착할 거야."

우리는 마지막으로 배에 올라탔다. 배는 미끄러지듯 움직였고 도시의 불빛이 수면에 잔잔히 흔들리는 모습을 보자 내 걱정은 시나브로 가라앉았다. 예전부터 프리타운이야말로 꼭 가고 싶은 곳이었다. 왜냐하면, 마을 어른들이 그 도시가 얼마나 크고 신기한지 입에 침이 마르도록 이야기했었기 때문이다.

배에서 내리자 평화유지군들이 우리를 다른 트럭에 태웠다. 도로를 지나 프리타운으로 가는 도중에 트럭에서 음악 소리가 흘러나왔다. 나는 나중에야 그 음악 소리가 사이렌이라는 것을 알았다. 서양에서는 구급차가 경적을 울리면 운전자들이 길을 비켰다. 그런데 프리타운 도로를 가득 메운 사람들은 그 소리에 무신경했다. 그들은 트럭이 앞으로 다가오더라도 비켜설 생각을 하지 않았다. 몸이 성하다면 두 발로 걸어서 병원에 도착하는 게 더 빠를 듯했다.

병원 정문에 이르자, 간호사가 여러 개의 커다란 병동 중에서 가장 끝에 있는 건물로 우리를 안내했다.

파트마타가 말했다.

"간호사 말이 오늘 밤은 저기에서 보내야 한대. 애야, 걱정하지 마. 내가 곁에 있어 줄게."

안으로 들어서기도 전에 건물에서 풍기는 악취가 코를 찔렀다. 토사물과 피와 땀에서 풍기는 냄새였다. 시멘트 바닥에 아무렇게나 드러누운 사람들로 강당은 발 디딜 틈이 없었다. 핏자국이 여기저기 선명했다. 파트마타와 건물로 들어선 순간, 예전에 모하메드 오빠의 귀신 이야기가 떠올랐다. 귀신들이 위에서 자기가 들어갈 멀쩡한 몸을 찾아 내려다본다는 이야기였다. 하지만, 이 건물엔 멀쩡한 사람은커녕 아픈 사람 천지였다. 나는 앉자마자 토했다.

이튿날, 가장 먼저 치료 받을 환자 명단에 내 이름이 들어 있었다. 간호사들이 천장에 커다란 등이 달린 눈부시게 하얀 방으로 나를 데려갔다. 어떤 간호사가 이 방이 수술실이라고 알려 주었다.

의사는 목소리가 잔뜩 쉰 남자였는데, 길고 흰 가운을 입고 안경을 쓰고 있었다. 의사가 크리오 말을 하자 간호사가 나에게 템네 말로 통역해 주었다. 프리타운에 친지가 있느냐는 질문이었다.

"예, 우리 삼촌 술라이만이요." 내가 대답했다.

"어디 사는지 아니?" 술라이만은 고모와 아버지의 손아래 남동생이다. 한 번도 찾아간 적은 없지만, 프리타운의 상점가인 도브컷에서 장사를 한다고 들었다.

의사는 기다란 바늘 같은 것을 팔에 찌르면서 곧 잠들 거라고 알려 주었다. 깨어나 보니 밤이었고 파트마타가 침대 곁에 있었다. 나는 침대가 줄줄이 놓인 커다란 방에 누워 있었다. 내 또래나 나보다 더 어린 환자들이 많은 소녀 병동이라고 파트마타가 일러 주었다. 나는 일어나 앉으려 했지만, 몸이 말을 듣지 않았다. 의사가 무슨 주사를 놓았는지 머리가 띵했다. 팔에는 새하얀 천이 감겨 있었다. 피가 한 방울도 비치지 않았다.

파트마타는 흰죽을 한 숟가락 떠 주었다. 나는 삼키기도 전에 죽을 게워 냈다.

파트마타가 살갑게 말했다. "먹어야 해. 먹어야 힘을 내지. 좀 있다 다시 먹자."

나는 대답도 못 하고 잠들었다.

이튿날 파트마타가 찾아와 자신의 삼촌은 부상이 심해서 결국 돌아가셨다고 알려 주었다. 그러고는 펑펑 울었는데 나도 가슴이 먹먹해졌다. 잠시 후 나더러 걸을 수 있느냐고 묻기에 나는 고개를 끄덕였다.

"그럼 트럭에 타고 있던 남자애들을 보러 가자꾸나. 걔들이 네 안부를 묻더라."

소년 병동에 들어서자 이브라힘 오빠가 보였다. 오빠는 철제 침대에 누워 있었다. 병실에는 그런 침대들이 줄줄이 놓여 있었다.

"안녕, 마리아투." 오빠가 만면에 웃음을 띠며 인사했다. 하지만, 몸을 일으키지 못했다. 오빠도 나도 손 없이 사는 데 적응하려면 많은 시간이 필요할 것이다.

"몸은 괜찮아?" 오빠가 물었다.

나는 고개를 끄덕이며 눈물을 삼켰다. "울지 마, 마리아투." 모하메드 오빠의 목소리였다. 모하메드 오빠는 이브라힘 오빠 바로 뒤쪽 침대 가장자리에 걸터앉아 있었다. 오빠의 팔에도 나처럼 붕대가 감겨 있었다.

모하메드 오빠는 여전히 함박웃음을 짓고 있었다. 끔찍한 일을 겪고서도 눈은 반짝거렸다.

"우린 이제 막상막하야." 오빠는 곁에 앉은 나에게 그렇게 말했다.

"무슨 소리야?"

"우리가 레슬링을 하면 어떻게 되겠니? 우리 둘 다 못 이길걸?"

어떻게 웃음이 튀어나왔는지 모르지만 나는 연방 웃음을 터뜨렸다. 다시 한 번 내가 여리고 힘없는 베짜는새처럼 느껴졌다. 하지만, 이번에는 날아갈 방법을 배운 것 같았다.

배 속에 남은 상처

"애야, 임신이구나."

흰색 가운을 입은 여의사가 말을 건네는데도 무슨 뜻인지 도통 알 수 없었다. 여자 의사는 템네 말을 했지만 말이다. 내 눈은 의사의 동그란 얼굴에서 주머니에 찔러 넣은 손으로 옮겨갔다. 마리 고모의 동생인 아비바투 고모가 의사 곁에 서 있었다. 아비바투 고모는 한 주 전에 포트 로코에서 프리타운으로 왔다.

"넌 임신이야." 의사가 덧붙였다. "아기를 가졌어. 알아듣겠니?"

마리 고모처럼 인상이 서글서글하고 몸집이 커다란 아비바투 고모의 눈에 눈물이 맺혔다.

"어쩌다 이런 일이 생겼니?" 고모가 내게 물었다.

나는 중얼거렸다. "난 몰라요. 모른다고요." 도무지 이해할 수 없었다.

얼마 전에 도착한 아비바투 고모는 파트마타의 일을 넘겨받았다. 거기에는 나를 목욕시키는 일도 포함되었다. 어느 날 저녁에 고모는 옷가지를 차가운 비눗물에 넣다 말고 소리쳤다. "마리아투, 가슴이 커졌구나. 그게 언제 끝났지?" 고모는 내 생리를 묻는 것이었다. 마리 고모가 생리는 한 달에 한 번이라고 말했지만 내 경우는 그리 규칙적이지 않았기에 마지막 생리가 언제였는지 가물가물했다.

"병원에 오고 나서 뭐 좀 먹었니?" 아비바투 고모가 또 물었다.

나는 고개를 저었다. 흰죽이나 옥수수죽 등 뭘 좀 먹으려 애썼지만 바로 토하기 일쑤였다. 복도로 퍼진 음식 냄새만 맡아도 속이 메슥거렸다. 때때로 붕대를 감은 양팔 사이에 숟가락을 끼우고 음식을 몇 술 삼키기도 했다. 그러나 숟가락을 입에 대기가 무섭게 파트마타나 고모에게 들통을 갖다 달라고 말해야 했다.

"의사 선생님에게 보여야겠다, 마리아투." 고모는 근심스럽게 말을 이었다. "아무래도 임신한 것 같아."

나는 임신이 무슨 뜻인지도 잘 몰랐다. 막 물으려던 찰나에 어떤 아주머니와 손이 없는 여자애가 욕실로 들어왔다. 고모는 욕조에서 날 일으켜서 물기를 닦아 주었다.

임신한 사실을 확인하고 고모와 함께 소녀 병동으로 돌아와 보니 술라이만 삼촌과 숙모가 기다리고 있었다. 숙모는 삼촌의 두 번째 부인인데 이름이 나처럼 마리아투였다. 병원에서 연락을 받은 뒤로 삼촌은 적어도 하루에 한 번 나를 보러 왔다.

삼촌은 눈자위가 붉어지더니 가슴 밑바닥에서 뭔가가 복받치는 듯 엉엉 울었다. 충격이었다. 남자가 그렇게 우는 모습은 처음이었다. 삼촌은 나를 보고 흥분을 감추지 못한 채 팔을 마구 휘저었다.

삼촌은 펄펄 뛰었다. "마리아투, 도대체 어떤 새끼가 이런 짓을 했니? 내 손으로 반드시 죽여 버리겠어."

나는 늘 술라이만 삼촌이 좋았다. 예전에 삼촌이 막보로에 올 때면, 언제나 프리타운에서 사탕을 한가득 가져왔었다. 삼촌은 다른 어른들처럼 잔소리도 하지 않고 우리랑 어울려 놀았다. 그런 삼촌이 험상궂은 표정으로 불같이 화를 내고 있었다. 삼촌은 장광설을 늘어놓기 시작했다. 처음에는 나를 이 꼴로 만들었다며 마리 고모를 타박했다. 이어서 시에라리온의 대통령이 전쟁을 질질 끄는 데 대해 비난하더니, 우리를 도우러 오지 않는 외국인들에게도 욕을 퍼부었다. 나로서는 삼촌의 말을 이해하기 어려웠다. 얼마 지나 흥분을 가라앉힌 삼촌은 나더러 삼촌 부부와 함께 살자고 권했다. 마리아투 숙모도 좋다는 듯 웃음을 지으며 몇 걸음 다가섰다.

삼촌이 말했다. "우선 몸부터 추슬러야지. 상처가 아물지 않았으니 덧나지 않게 치료를 잘 받아라. 의사에게 물어보니 금세 회복된대. 손이 없어도 별 탈 없을 만큼 좋아질 게다. 아기도 돌봐주마."

삼촌 부부가 떠나고 나서 아비바투 고모랑 침대에 나란히 앉았다. "누가 이런 짓을 했니?" 고모는 내 팔을 어루만지며 물었다. "반군들이 널 임신시켰어?"

나는 정말 뭐가 뭔지 몰랐다. 나는 여자의 배꼽에서 아기가 나온다는 것밖에 몰랐다. 막보로에서 본 바로는 여자들이 아기를 갖게 되면 배가 차츰 부풀어 올랐다. 그러다가 연못가에 사는 가슴팍이 하얀 오리처럼 뒤뚱거릴 즈음에 여자 치료사의 집으로 들어갔다. 그러면 마을 여자들 몇 명이 뒤따라갔다. 곧이어 비명이 터져 나왔고, 그 소리가 밤낮으로 이어지기도 했다. 하루 이틀 뒤에 그 여자는 웃음을 머금으며 자그마한 아기를 안고 나왔다.

"아니요, 반군이 안 그랬어요. 뭔가 잘못됐나 봐요. 다 큰 여자들이나 아기를 갖는 거지 애들은 아니잖아요."

나는 고모의 얼굴에서 답을 찾으며 바라봤다.

고모는 다리를 높이 들어 침대 위로 올라와서 내 곁에 나란히 누웠다. 그러고는 아기가 어떻게 생기는지 설명해 주었다.

이야기를 마친 고모는 나더러 한숨 자라며 일어섰다. 나는 가만히 누워서 남자와의 성관계에 대해 고모가 들려준 이야기를 곰곰이 생각했다. 그제야 퍼뜩 알아차렸다. 나에게 무슨 일이 벌어졌는지 말이다.

마나마로 피신하기 한 달쯤 전에 사람들과 함께 숲에 모여 있는데 반군이 쳐들어온다는 소문이 들렸다. 라마단이 끝날 무렵이라 고모와 고모부는 집이 무사한지 살피고 기도도 드릴 겸 막보로 먼저 돌아갔다.

저녁을 먹고 날이 어두워지자 오빠들은 일찍 잠자리에 들었고 아담세이 언니와 나만 화톳불 옆에 남아 있었다. 별이 총총한 하늘 아래 우리는 가만히 앉아서 시나브로 사위어 가는 불길을 바라보았다. 그때 살리우가 다가왔다.

"네 고모와 고모부가 너희 좀 지켜 달라더라."

살리우는 얄궂은 웃음을 띠었다. 나는 등이 뻣뻣해졌다. 머리부터 발끝까지 소름이 돋았다. 그런 남자는 딱 질색이었다. 뭔가 의뭉스런 구석이 있었다.

나는 장작이 벌건 숯으로 변할 때까지 바짝 긴장한 채 숨죽이며 앉아 있었다. 두려워서 움직일 엄두가 나지 않았다. 아담세이 언니와 살리우는 막보로나 마을 사람을 두고 입방아를 찧었지만 나는

한 마디도 섞지 않았다. 나는 슬그머니 일어나서 자러 가겠다고 인사했다.

나는 나뭇가지와 나뭇잎으로 마련해 둔 잠자리로 파고들었다. 내가 일찍 잠자리에 든 건, 살리우와 잠시도 한자리에 앉아 있기 싫어서였다. 그러니 잠이 올 리가 없었다. 얼마 지나지 않아 무거운 발소리가 다가오는 게 들렸다. 나는 눈을 감은 채 잠든 척했다. 제발 언니이기를 바랐다. 내 곁에 언니의 잠자리가 있었기 때문이다. 하지만, 아니었다.

살리우가 내 곁에 드러누웠다. 설마 잠든 나를 어쩔까 싶었는데 살리우가 내 몸을 쓰다듬었다. 가슴과 머리카락을 어루만지더니 다리 사이까지 더듬었다. 나는 벌떡 일어났다.

"여기서 뭐하는 거예요? 언니 어디 있어요?"

나는 소리쳤다.

살리우는 음흉하게 웃으며 나를 계속 집적거렸다. 퀴퀴한 입 냄새와 땀 냄새가 풍겼다.

"저리 가요, 저리 가."

나는 소리쳤다. 이내 목이 터지도록 비명을 질렀다.

몇 초 후에 발걸음 소리가 났고 이브라힘 오빠의 목소리가 들렸다.

"무슨 일이야? 무슨 일인데?"

살리우는 후다닥 일어나서 셔츠와 바지를 매만졌다. 나는 허리까지 올라온 치마를 쓸어내렸다.

"마리아투가 나쁜 꿈을 꾸었나 봐."

오빠들이 나타나자 살리우는 자신이 방금 온 것처럼 호들갑을 떨었다. 그러고는 몸을 굽혀 내 이마에 입을 맞췄다.

"괜찮다, 애야. 어서 다시 자려무나. 내가 아담세이를 찾아보마. 둘이 함께 있으면 마음이 놓일 게야."

이튿날 나는 언니 오빠들을 따라 막보로로 향했다. 살리우는 자기 아내와 어린 두 자녀가 사는 마을로 돌아갔다. 나는 안도의 한숨을 내쉬었고 다시는 그런 사람과 마주치지 않기를 바랐다. 살리우가 나에게 한 짓 때문에 당황스럽고 혼란스러웠다. 하지만, 누구에게도 말할 수는 없었.

살리우는 여전히 막보로를 제집처럼 뻔질나게 드나들었다. 틈만 나면 우리 집으로 와서 고모부에게 망치를 빌리거나 고모에게 고추, 바늘, 실을 얻어 갔다. 그러면서 전쟁 탓에 이런저런 것이 부족하다고 핑계를 늘어놓았다. 살리우는 올 때마다 나를 훔쳐보았다. 살리우가 곁에 있으면 나는 온몸에 소름이 끼쳤다. 떠나고 나서도 살리우의 냄새가 곳곳에 남아 있었다.

"고모, 할 말이 있어요." 어느 날 오후, 강가에서 고모와 함께 항아리를 씻다가 말을 꺼냈다. "살리우는 점잖은 사람이 아니에요. 숲에 있을 때 내 몸을 만졌다고요. 살리우를 보면 심장이 오그라들어요. 난 그 사람한테 죽어도 시집 안 가요. 다시는 꼴도 보기 싫어요."

그다음에 일어난 일을 나는 죽을 때까지 결코 잊지 못할 것이다. 고모는 몸을 돌려서 땅바닥에 회초리를 집어 들더니 내 얼굴에 대고 후려쳤다. 어찌나 매섭던지 피가 날 정도였다. 나는 숨도 제대로 쉬지 못했다. 하늘이 무너지는 기분이었.

"살리우에게 버르장머리 없이 굴다니. 얼마나 좋은 사람인데. 널 해코지할 리가 없어. 다 널 위해서야. 다시 한 번 어른에게 그따위로 입 놀리기만 해 봐."

고모와 나는 다시 설거지를 시작했다. 나는 눈물을 꾹꾹 삼켰다.

며칠 뒤에 살리우가 우리 집으로 왔는데 나 혼자뿐이었다. 다른 사람들은 밭으로 가서 아무도 없었다.

"마리 고모는 어디 갔나?" 살리우가 물었다.

"곧 오실 거예요." 나는 둘러댔다.

고모가 곧 온다는 말을 살리우가 믿어 주기를 바랄 뿐이었다.

"기다리마." 살리우는 마당에 놓인 의자에 앉았다.

내가 몸을 돌려 나가려는데 살리우가 벌떡 일어나 내 허리를 붙잡았다. 나는 주먹으로 때리고 발로 찼다.

살리우가 강다짐했다. "시끄럽게 굴면 가만 안 둬."

살리우는 나를 질질 끌고 가다가 헛간 뒷방 바닥에 내동댕이쳤다. 내 입에 천 쪼가리를 쑤셔 넣고는 내 윗옷을 찢었다. 그리고 치마를 들어 올려 내 얼굴에 뒤집어씌웠다. 곧이어 나를 짓누르고 몸속으로 파고들었다. 내 몸은 마구 흔들렸으며 고통스러웠다.

나는 어떻게든 벗어나려고 발버둥 치고 할퀴었으나 살리우는 워낙 힘이 셌다. 나는 열네 살짜리 힘없는 소녀에 불과했고 살리우는 고모부처럼 근육이 있고 덩치가 큰 어른이었다.

살리우는 자기 할 일을 마친 뒤에 치마를 끌어내리고 내 머리와 뺨을 어루만졌다. 그러더니 자기 코가 내 코에 닿을 정도로 몸을 숙였다.

"다른 사람한테는 입도 뻥긋하지 마." 살리우는 거칠고 낮은 목소리로 말했다. 그리고 내 입에서 천 쪼가리를 빼고 나서 살며시 입을 맞췄다.

나는 그날 일을 누구에게도 털어놓지 못했다. 살리우가 무슨 짓을 했는지도 몰랐다. 그런데 이제야 알겠다. 내가 살리우의 아기를 낳게 된다는 것을.

　나는 소녀 병동의 침대에 누워서 주변을 둘러보았다. 전에 고모가 진통제라고 알려 준 푸른색 알약이 보였다. 조그만 약통은 침대 곁 탁자 위에 놓여 있었다. 병실의 다른 여자애들이 새근새근 숨소리를 내며 자고 있었다.
　나는 땀에 흠뻑 젖은 이불을 걷어 내고는 시멘트 바닥에 발을 디뎠다. 양팔에 약통을 끼우고는 침대로 돌아와 앉았다. 붕대를 감은 팔로 뚜껑을 애써 열어 보았다. 힘을 주다 보니 팔이 아팠지만 포기하지 않았다. 한참이나 끙끙댔더니 뚜껑이 열렸다.
　나는 바로 알라신께 기도를 올렸다. "나를 받아 주세요, 알라여. 아기와 나를 받아 주세요. 죽고 싶어요."

프리타운

때로는 침묵이 그 어떤 소리보다 더 크게 느껴질 때가 있다.

여자애들이 모두 잠들었고, 친척들은 모두 다 프리타운의 술라이만 삼촌 댁으로 자러 가서 병원엔 아무도 없다고 생각했었다. 그러나 그건 내 착각이었다. 아비바투 고모가 병원에 남아 있었다. 고모는 저쪽 침대 옆 바닥에서 자고 있었다. 내가 약병을 들어 입에 쏟으려는데 고모가 홀연히 나타나 약병을 낚아챘다. 그 바람에 작은 푸른색 알약들이 바닥으로 흩어졌다. 마치 달아나는 생쥐의 발소리처럼 콩콩거리는 소리가 들렸다.

빙그르르 돌던 마지막 알약이 멈추자 침묵이 다시 내려앉았다. 내 속에서 전에 느껴보지 못한 분노가 치밀어 올랐다. 속에서 무언가가 부글부글 끓어올라 마구 휘몰아쳤다. 나도 어쩔 수가 없었다. 악에 받쳐 고모한테 달려들었다. 바락바락 고함을 지르고 욕설을 퍼부었다. 심지어 고모를 마구 때렸다. 나를 붙잡으려는 고모에게 발길질 했다. 병실 사람들이 모두 깨어나서 눈을 동그랗게 뜨고 바라보았다. 고모가 물러선 틈을 타서 나는 침대에 몸을 던졌고 그 바람에 바닥으로 굴러떨어졌다. 순간, 고모를 죽이고 싶었다. 나와 배 속에 아기가 죽겠다는데 감히 어느 누가 나를 막아서는가.

나는 오랫동안 바닥에 앉아 있었다. 잔뜩 웅크리고서 붕대를 감은 팔로 얼굴을 감쌌다. 점점 화가 잦아들자, 비로소 내가 고모를 죽이면 이 세상에서 나를 걱정해 줄 사람이 한 사람 더 줄어든다는 데 생각이 미쳤다. 고모가 나를 보듬자 나는 목 놓아 울었다.

"아기를 죽여서는 안 되지."

고모는 내가 아기를 해치려는 줄 알고 부드럽게 말을 건넸다.

사실은 내가 더 죽고 싶었는데.

내가 입을 뗐다. "나에겐 미래가 없어요. 미래가 없다고요." 그 말을 몇 번이고 되풀이했다.

"그렇게 말하시 마." 고모는 나를 돌려 얼굴을 마주 보고는 단호하게 말했다. "너에겐 살아가야 할 이유가 너무도 많아. 엄마, 아버지, 사촌 형제들과 할머니와 고모, 모두 널 사랑해. 너도 그들을 사랑하고."

나는 고개를 저었다. 듣고 싶지 않았다.

병실은 고요해졌고 여자애들은 다시 잠들었다. 파리 한 마리가 석유 등잔을 빙빙 맴돌았다. 파도가 해변으로 몰아치듯 뭔가 나에게 밀려왔다. 그제야 제정신이 들었다.

나는 고모에게 말했다. "맞아요. 고모 말이 맞아요."

고모는 나를 부축해서 침대에 눕히고는 내 곁에 누웠다.

이튿날 잠에서 깨고 보니 고모가 들릴락 말락 코를 골며 곁에 누워 있었다.

몇 주가 지나자 내가 처한 현실이 더 또렷해졌다. 때로는 살리우만 떠올랐다. 그때마다 배 속에서 자라는 아기가 미워서 견딜 수 없었다. 악랄한 반군에 대한 공포심은 어느 정도 사라졌다. 그 당시 오빠들을 비롯하여 수백 명의 젊은이가 손을 잃었다. 따라서 나와 같은 처지에 놓인 사람들이 많았다. 되새기고 싶지 않은 끔찍한 시련을 겪었고, 앞으로 살아갈 방법을 다시 배워야 하지만, 나 혼자만이 아니라 여럿이 같은 운명에 놓였다는 사실에 조금이나마 위안을 얻었다. 우리는 스스로 식사를 했고 몸을 씻었으며 심지어 상처 부위도 치료했다. 나도 붕대로 싸맨 팔로 혼자서 이도 닦고 머리도 빗었다. 하지만, 아기 문제를 놓고 보면 내 처지는 그들과는 천양지차였다.

어느 날 밤, 꿈에 살리우가 나타났다. 살리우가 내 곁에 있는 철제 의자에 앉았다.

살리우가 물었다. "왜 목숨을 끊으려고 하지? 왜 아기를 죽이려고 해?"

나는 입을 열지 않았다. "내가 너에게 한 짓이 마뜩잖겠지. 넌 졸지에 당한 일일 테니까. 하지만, 난 널 사랑한다. 네가 이 아기를 낳아 주면 좋겠구나. 내 아내는 딸만 낳았거든. 그래서 난 늘 아들을 원했어."

나는 눈물범벅인 채로 살리우에게 얼굴을 돌려 욕설을 퍼부었다. "난 당신을 증오해. 다시는 꼴도 보기 싫어. 꺼져!"

"난 죽었어. 그래도 항상 널 지키고 이끌어 줄 거야. 그리고 네가 이 아기를 죽이는 일이 없도록 하겠어. 넌 무조건 아들을 낳을 거다. 내가 없더라도 우리 가족이 아기를 데려다가 키워 줄 거야."

"내가 죽겠다는데 무슨 수로 막을 거야?" 나는 버럭 소리 질렀다.

"네가 어떤 짓을 꾸밀지 다 알아. 너를 지켜보러 날마다 오겠어." 살리우가 대꾸했다.

"대체 나한테 왜 그러는데?" 내가 물었다.

"미안해서 그래. 그 일은 실수였어."

"아니야! 아니야! 아니야! 그건 실수가 아니야. 실수란 건 밥에 소금을 잘못 뿌리는 것 같은 거야. 그래도 네가 나한테 한 일이 실수라고 주장한다면 네 인생에서 최악의 실수겠지. 그 정도는 알았어야지. 나에게 행복이란 것은 영영 사라졌어. 손이 없으니까. 게다가 돌보지도 못할 아이가 배 속에서 자라고 있잖아. 아기도 어차피 죽을 목숨이니 차라리 지금 끝내는 게 나아. 난 돌볼 자신이 없어. 이젠 내 눈앞에 나타나지 마. 꺼지라고. 당장 꺼져!"

나는 잠에서 번쩍 깨어났다. 꿈이 어찌나 생생하던지 마음을 가라앉히고 정신을 차리기까지 한참이나 걸렸다.

그날 아침에 고모가 왔을 때 나는 꿈 이야기와 살리우가 나에게 했던 짓을 털어놓았다.

고모가 말했다. "아, 그래서 아기를 가졌구나. 만약 살리우가 살아 있다면 무척 행복해했을 텐데."

나는 발끈하여 소리쳤다. "그 사람이 행복해한다구요? 난 어쩌고요? 내 행복은요?"

나는 반군을 만나기 전의 추억을 떠올리며 고모에게 따졌다. 무사랑 결혼해서 딸 둘과 아들 둘을 낳고 싶었으며 혼인식에서는 길게 늘어진 아름다운 아프리카 의상을 입고 싶었다고. 그게 바로 내가 꿈꾸는 행복이라고 고모에게 말했다. 그 말을 입에 올리는 순간 가슴이 미어졌다.

나는 최근까지도 아담세이 언니가 죽은 줄로만 알았다. 의사나 간호사나 오빠들에게도 언니가 반군의 손에 죽었다고 말했다. 프리타운에서 듣기로는 마나마가 공격을 당할 때 백여 명에 이르는 사람들이 죽었다고 했다. 하지만, 언니는 아니었다. 반군은 언니의 손목도 잘라냈다. 언니는 홀로 숲을 걸어서 포트 로코에 닿았다. 언니는 꾀죄죄하고 피범벅인 몰골로 길거리를 돌아다니다가 사람들로 붐비는 시장에서 마침 작은고모부 눈에 띄었다. 그래서 아비바투 고모가 언니를 프리타운으로 데려왔다.

소녀 병동에서 만난 언니와 나는 하염없이 울었다. 몇 시간이나 서로 부둥켜안고 울었는지 모른다. 곧이어 언니는 상처를 치료하러 수술실로 들어갔다. 그 뒤로 언니와 나는 늘 붙어 다녔다.

우리는 어느 정도 회복이 되자 병실 밖에서 시간을 보냈다. 처음에는 언니와 오빠들을 따라 병원 마당을 배회하며 높다란 담장 너머의 거리를 흘낏거렸다.

프리타운은 자동차며 일터와 시장을 오가는 사람들로 들끓는 번화가였다. 막보로보다 한결 무더웠는데 거리마다 건물과 사람들이 꽉 들어차서 그런 것 같았다. 너저분한 도시에서 공기가 제대로 통할 리가 없었다.

어떤 여자들은 윤기가 자르르 흐르는 치마와 단추가 줄줄이 달리고 옷깃이 희한한 블라우스를 입었다. 그런 옷은 생전 처음인데다 젊은 여자들의 옷매무새가 별나서 눈을 뗄 수 없었다. 어찌나 짧은 바지를 입었는지 엉덩이가 삐져나올 정도였다. 시에라리온에서 여자들은 동글동글 튀어나온 엉덩이를 자랑스러워한다. 그러면서도 엉덩이를 기다란 치마나 옷으로 감췄다. 이 특별한 곳을 남편 아닌 다른 사람에게 보여서는 안 된다고 배웠다. 반면에 젖가슴은 아기를 기르는 데 필요한 것이었다. 따라서 젖먹이를 데리고 다닐 때는 윗옷을 입지 않아도 당연하게 여겼다. 하지만, 엉덩이를 내놓고 다니다니! 담장 너머로 그런 여자들을 보는 순간 입이 떡 벌어졌다.

"프리타운은 막보로에 비하면 아주 딴 세상이야." 나는 그 광경을 보고 모하메드 오빠에게 소리를 질렀다. 오빠는 묵묵부답이었다. 여자들에게서 눈길을 떼지 못하고 야릇한 웃음만 흘리고 있었다. 아무튼, 남자는 나이가 많건 어리건 가끔 멍청해진다!

그것 말고도 병원 바깥에서 생소한 광경을 목격했다. 바로 환자들이었다. 남녀노소 가릴 것 없이 붕대를 감거나 멍이 들거나 부상당한 몸으로 병원 문 앞을 어슬렁댔다. 그러다 행인이 지나가면 들고 있던 비닐봉지를 내밀었다. 때로는 사람들이 몇 푼 던져 주기도 했다. 하지만, 대체로 고개를 내저으며 곧장 지나갔다.

딱 보아하니 그 환자들은 돈을 구걸하고 있었다. 그들은 가난한데다 시골 출신이었다. 갑자기 반군의 공격을 받고서 프리타운에 온 것이었다.

그런데 나처럼 손 없는 어린애들이 거지로서는 제격이었다. 어른보다 나 같은 아이들을 안쓰럽게 여기는 사람들이 많아 더 많은 돈을 주었다.

프리타운 사람들은 전쟁이라면 누구보다 훤했다. 시에라리온 동부에서 몇 년 전부터 전쟁이 시작된 탓에 북동쪽 주민들이 프리타운으로 도망쳐 왔다. 따라서 수백 명이 병원이나 난민촌이나 길거리에서 지냈으며 머리를 뉘일 만한 곳만 있으면 되는 대로 잠을 청했다. 나중에 1999년 1월에는 도시 가까이에서 전투가 벌어졌다. 반군의 막보로 공격도 프리타운에서 밀려나 후퇴하는 도중에 일어났다.

　나와 언니와 오빠들은 사람들의 동냥질을 지켜보았다. 그리고 우리도 날마다 동냥하러 나섰다. 하지만, 순간순간 나 자신이 혐오스러웠다. 아침마다 세상을 향한 원망이 밀려왔다. 해가 떠올라 병실의 창문을 비추면 나는 착 가라앉은 기분으로 눈을 떴다. 내 머릿속에는 언제나 살리우와 아기와 반군이 존재하지 않던 예전의 생활이 떠올랐다. 이제는 영영 사라져 버린 그 모든 것이 그리웠다.

　하루하루가 다람쥐 쳇바퀴 돌 듯 똑같았다. 언니는 다른 여자애들이 깰까 봐 소곤거리며 나를 흔들었다.

　"이제 갈 시간이 됐어."

　나는 곤히 잠든 사람들 사이를 까치발로 지나서 욕실로 향했다. 동냥으로 돈을 벌 수 있다는 사실을 다른 애들은 몰랐다. 나는 젖은 천으로 얼굴이며 머리를 닦았다. 그러고는 치마와 윗도리를 매만졌다.

　언니와 오빠들은 병원 입구 앞에 서 있었다. 서로 고개를 끄덕이며 눈인사만 할 뿐 병원 마당을 걸어가는 동안 아무도 입을 열지 않았다. 아주 이른 시간에도 거리는 사람들로 붐볐다.

　재수가 좋은 날에는 우리가 번 돈을 합치면 1만 레온, 즉 3달러를 벌었다. 대체로 금요일에는 그럭저럭 운이 좋았다. 우리는 사원 밖에 서서 밖으로 나오는 사람들을 붙잡았다. 그들은 기도하고 나온 참이라 대체로 너그러웠다.

　거리의 사람들은 우리를 쳐다보지 않았다. 그들의 눈길은 바닥을 향하거나 나를 비켜 갔다. 예전에는 손이 있었지만, 이제는 붕대가 자리 잡은 곳을 보며 고개를 살래살래 젓기도 했다. 안타까움이 그들의 얼굴에 드러났다. 때로는 끔찍한 부상을 당한 사람이 자신이 아니라 다행이라는 표정도 스쳐 갔다. 한 가지 공통점이라면 누구나 내 눈을 피한다는 것이었다. 나 역시 바닥만 바라보았다. 내 검은 비닐봉지에 몇 푼이 들어올 때만 눈을 들어 고맙다고 말하고 얼른 시선을 떨어뜨렸다.

나와 언니와 오빠들은 돈이 모이면 무조건 시장에서 물 한 병을 산 뒤에 나눠 마셨다. 그래도 모하메드 오빠는 늘 밝은 면을 보려고 애썼다.

"정류장 앞에서 너한테 말 걸던 여자 기억나, 마리아투?" 어느 날, 모하메드 오빠가 물었다.

나는 고개를 끄덕였다. 짙푸른 치마와 하얀 블라우스 차림의 키 크고 늘씬한 여자가 나를 붙잡고 물었다. "가족은 어디 있니? 지금 어디에 살아? 어쩌다 손목이 잘렸니?"

누군가 이런 질문을 던질 때마다 나는 생각했다. '왜 궁금한데요? 난 전쟁에서 손을 잃은 다른 여자애들과 전혀 다를 게 없어요.'

하지만, 그 여자에게 꼬박꼬박 대답했다. "엄마는 제가 살던 마을에 계세요. 전 지금 병원에서 사촌들과 살아요. 반군이 왜 손목을 잘랐는지 모르겠어요."

여자는 내 검은 비닐봉지에 2만 5000레온을 넣어 주었다. 이게 웬 횡재냐 싶었다. 온종일 동냥해도 벌까 말까 한 금액이었다.

모하메드 오빠가 나에게 눈짓을 하며 너스레를 떨었다. "그 여자가 널 입양하고 싶나 봐. 넌 입양될 거야, 마리아투." 오빠가 한마디 덧붙였다. "꼭 그렇게 될 거야."

오빠의 말은 우리 넷 중에서 내가 부잣집으로 갈 거라는 뜻이었다. 병원에 한 달 남짓 지내는 동안 별별 소문이 다 떠돌았다. 프리타운이나 먼 나라의 부자들이 전쟁 통에 부상당한 아이들을 입양

해 간다는 내용이었다.

처음에는 입양이 뭔지 몰랐다. 그러자 모하메드 오빠가 설명해 주었다. 듣고 보니 엄마와 아버지가 나를 고모네에서 지내도록 한 것이나 다름없었다. 돈 많은 집의 딸로 살아가면 어떨지 슬쩍 상상해 보았다. 고운 옷, 맘껏 먹을 수 있는 음식, 안락함, 두 다리 쭉 뻗고 누워 자는 잠, 막보로에서 누렸던 모든 것들.

그렇지만, 하루에 한 번쯤은 그런 상상을 여지없이 깨뜨리는 소리를 들어야 했다.

"야, 비렁뱅이. 어쩌다 그런 꼬락서니가 됐냐?" 포다포다라는 소형 버스가 내 곁을 빠르게 지나가고 있었다. 십 대 소년 두 명이 차창에 기대어 나를 놀렸다. "그래가지고 밥은 제대로 떠먹겠냐?" 누군가 낄낄대며 떠들었다. "쓸데없이 여기저기 싸돌아댕기다가 그 꼴 났지." 다른 아이가 소리치며 한마디 덧붙였다 "평생 짐짝처럼 남의 신세만 지고 살겠네."

나는 고개를 숙이고는 못 들은 척했다. 하지만, 그 말 한 마디 한 마디가 비수처럼 가슴을 파고들었다. 목에서 무언가가 울컥 치밀었다. 죽고 싶었다.

"내가 왜 이런 꼴을 당해야 하는데?" 속에서 부아가 부글부글 끓어올랐다.

압둘 삼촌과 파트마타

붕대를 풀고 상처가 깨끗이 아물도록 얇은 플라스틱 밴드나 커다란 반창고를 붙여 주면 이세 병원에서 슬슬 나가야 한다는 것을 의미했다. 막보로로 돌아가자니 등골이 오싹했다. 반군들! 아직도 마을 주변을 어슬렁댄다면 어쩌지? 병원 직원들도 그 점을 우려했다. 그들은 아비바투 고모에게 우리를 애버딘 수용소로 데려가라고 일러 주었다. 전쟁 부상자를 위해 프리타운에 세운 시설이었다.

포트 로코의 상황도 안전하지 않았다. 그래서 파트마타도 고모가 애버딘으로 짐 옮기는 것을 도와주기로 했다. 또한, 한동안 우리와 함께 지내면서 내가 아기를 낳으면 보살펴 주겠다고 약속했다. 나는 마음이 달떴다. 어서 빨리 이사해서 모두 한 지붕 아래에서 자게 될 날을 학수고대했다.

비가 촉촉이 내리던 날, 언니와 오빠들을 따라 동냥을 마치고 병원으로 돌아와 보니 통통한 얼굴의 청년이 함박웃음을 지으며 정문에서 우리를 맞이했다. 무척 낯익다 싶었는데 그럴 만했다. 모하메드 오빠의 삼촌, 압둘이었다. 오빠는 압둘 삼촌의 품으로 뛰어들었다.

압둘 삼촌은 프리타운에서 살았다. 프리타운 한복판에 세워 둔 적십자 게시판에는 고향을 떠난 사람들의 명단이 적혀 있었다. 압둘 삼촌은 그곳에서 모하메드 오빠의 이름을 보았다. 압둘 삼촌은 조카가 병원에 있다는 소식을 듣자마자 하던 일을 내팽개치고 댓바람에 달려왔다.

압둘 삼촌은 모하메드 오빠와 여러모로 닮았다. 시도 때도 없이 재미있는 농담이 툭툭 튀어나왔고 기분이 늘 좋았다. 파트마타와 아비바투 고모가 나를 보살피듯 압둘 삼촌은 오빠들의 식사나 이런저런 일을 도맡아 처리했다. 오빠들이 구걸하러 나가지 않을 때면 함께 먼 곳까지 산책을 다녀오기도 했다.

압둘 삼촌은 당당하고 쾌활했다. 머리를 꼿꼿이 치켜들고 가슴을 쭉 폈으며 걸음걸이와 말투는 자신감이 넘쳤다. 그런데도 파트마타가 나타나면 눈을 내리깐 채 어깨를 슬그머니 늘어뜨렸고 심지어 말까지 더듬었다. 게다가 초조한 듯 몸을 좌우로 흔들었다. 파트마타가 얼핏 보이기라도 하면 사랑스럽다는 듯 웃음이 피어났다. 파트마타도 압둘 삼촌이 곁에 있을 때는 태도가 달라졌다. 얌전하고 차분하던 파트마타가 아니었다. 갑자기 수다쟁이로 돌변하여 비가 내린다는 둥, 병원에 침대가 모자라 복도에서 잠을 자는 아이들이 많다는 둥 재잘재잘 이야기를 늘어놓았다. 압둘 삼촌과 파트마타는 사랑에 빠진 것이었다. 나는 그 사실을 깨닫는 순간, 이 놀라운 상황이 어떻게 진행될지 무척 궁금했다.

어느 날 밤, 파트마타가 내 잠자리를 보살펴 주고 나갔다. 나는 슬그머니 침대에서 나와 파트마타의 뒤를 쫓았다. 몸을 숨기기란 어렵지 않았다. 병원은 밤이건 낮이건 늘 붐볐기 때문이다. 압둘 삼촌이 출입구에서 파트마타를 기다리고 있었다. 두 사람은 쭈뼛쭈뼛 손을 잡더니 석양이 내려앉은 프리타운을 걸어갔다.

사랑은 주변을 행복하게 만든다. 두 사람을 바라보면서 나는 골치 아픈 문제를 잠시나마 잊을 수 있었다. 하지만, 병실로 돌아오다가 벽에 기댄 채 바닥에 앉아 있는 여자애들을 봤다. 그들도 나처럼 손목이 잘려 있었다. 순간 내 손을 비롯하여 살리우와 배 속에 아기가 떠올랐다.

수용소로 옮겨 갈 날짜가 코앞으로 다가오자, 아비바투 고모는 우리가 동냥해 온 돈을 싹싹 긁어모았다. 그릇과 냄비, 이부자리, 후추, 쌀 등 생필품을 사야 했기 때문이다. 고모는 모아 둔 돈에서 얼마를 떼어 압둘 삼촌에게 차비로 건넸다. 압둘 삼촌은 마리 고모와 알리 고모부를 찾아 막보로와 마나마로 돌아다닐 참이었다. 그건 아주 위험한 일이었다. 파트마타는 압둘 삼촌에게 가지 말라고 애원했다. 반군의 습격 이후로 어느 한 사람도 고모와 고모부의 소식을 듣지 못했다. 병원에서 환자들이 반군에게 당한 일을 이야기할 때도 두 사람의 이름은 언급되지 않았다.

"이아 고모와 파 고모부는 어떻게 되었지?" 나는 종종 물어보다. 하지만, 아무도 대답하지 못했다. 나는 두 사람이 죽었을까 봐 애간장이 탔다.

그러다 전혀 걱정할 필요가 없다는 소식에 나는 뛸 듯이 기뻤다. 한 주 뒤에 압둘 삼촌이 고모와 고모부를 데리고 돌아왔다. 고모 부부는 진흙투성이에 행색이 추레했으며 삐쩍 말라 있었으나 손발은 멀쩡했다. 저녁 식사를 마치고 다들 모하메드 오빠의 침대로 모였다. 듣자니 고모 부부는 마나마가 습격 받을 때 숲에 숨어 있었다고 한다. 그러다 고모부는 위험을 무릅쓴 채 식구들을 찾아 이 마을 저 마을로 전전했다. 고모와 고모부는 우리가 코빼기도 보이지 않자 반군의 손에 살해당했거나 숲으로 끌려갔을까 봐 노심초사하던 참이었다.

그날 저녁, 언니가 마리 고모에게 내 임신을 슬쩍 귀띔해 주었다. 고모는 눈자위가 붉어지더니 소년 병동이 들썩일 정도로 대성통곡했다. 고모는 하염없이 눈물을 흘렸다. 잠시 뒤에 나는 병실 침대로 고모를 부축해 와서 함께 밤을 지냈다.

"네가 살리우를 두고 했던 말을 믿어야 했는데." 내가 겁탈당한 사건을 털어놓자 고모는 흐느끼며 말했다. "내가 좀 더 눈여겨볼걸. 마리아투, 고모를 용서해 주겠니?"

나는 팔에 칭칭 동여맨 붕대로 고모의 눈물을 닦아 주었다.

그리고 고모의 마음을 달래 주었다. "아비바투 고모가 그러는데 멋진 새집으로 곧 이사한대요. 조금만 기다리세요. 다 잘 풀릴 거예요."

병원에 온 지 두 달이 채 안 되어서 식구들이 전부 애버딘 수용소로 옮겼다. 그곳은 내가 기대하던 곳은 아니었다. 여기저기 빨랫줄에서 떨어진 빨랫감들과 잡동사니로 수용소는 아수라장이었다. 체격과 피부색이 제각각인 사람들이 시에라리온의 온갖 사투리로 떠들어 댔으며, 거기에 개들까지 돌아다녔다. 쓰레기 냄새와 땟국물이 줄줄 흐르는 몸과 음식에서 풍기는 악취들이 뒤섞여서 속이 메슥거렸다.

우리가 살게 될 천막은 방이 여덟 개인데 천으로 된 칸막이로 나

뉘 놓았다. 천막 하나에 다섯 가족 정도가 거주했으며 환자 한 명당 방 하나를 배정해 주었다. 나는 아비바투 고모와 파트마타와 같은 방을 썼다. 프리타운의 먼 친척 집에 얹혀살던 파트마타가 수용소로 옮겨 왔기 때문이다. 내 방 맞은편에는 마리 고모와 알리 고모부가 아담세이 언니와 함께 지냈다. 천막의 여러 가족은 끼니를 준비할 때면 바깥의 불구덩이를 함께 썼다. 수용소에서 배급받은 식량은 밀을 반쯤 삶아서 말린 밀가루와 옥수수 가루, 야자유, 콩이었다.

프리타운 어디서나 식량이 부족했다. 하물며 우리처럼 부상당한 아이들은 말할 것도 없었다. 전쟁 중이라 농부들은 농작물을 도시에 내다 팔지 못했다. 고기와 카사바와 콩과 깨끗한 물을 구하기란 하늘의 별 따기였다. 결국, 아이들까지 생계를 책임져야 했다. 식구들 입에 풀칠이라도 하려면 우리가 동냥아치로 나서야 했다.

사람들은 수용소 한복판에 모여서 전쟁 소식을 나누었다. 밤이면 수용소로 반군이 기어 들어와 그렇지 않아도 빠듯한 음식을 훔쳐 간다는 소문도 들렸다.

우리와 천막을 나눠 쓰는 여자가 경고했다. "조심하세요. 밤에 수용소를 혼자 돌아다니면 큰일 나요. 여럿이 함께 자도록 해요. 칼이나 총도 손이 닿는 데 두고요."

그러나 우리 가족에게는 무기가 없었다.

수용소의 몇몇 사람들이 밭을 일궜으나 반군이 죄다 파헤쳤다는 풍문도 떠돌았다. 심지어 의약품 창고를 급습하여 반창고, 알약, 의료 장비, 정맥 주사기를 훔쳐 갔다며 투덜거렸다. 수용소 사람들이 말한 바로는 반군들이 은근히 협박하며 회유하는 편지를 보냈다고 한다. 소문이 어디까지 사실인지 알 수 없으나 반군이라는 말만 듣고도 다들 부들부들 떨었다. 누군가 반군이 썼음 직한 편지를 수용소에서 큰 소리로 읽어 주었다.

네놈들을 잡으러 왔다. 한 놈도 남김없이 깡그리 끝장내 주마. 정부는 우리를 돕지 않고 너희를 도와주고 보살핀다. 그러니 우리가 쫓아가서 네 녀석들의 손은 물론이고 돌봐 주는 놈들의 손모가지까지 몽땅 잘라 놓으마. 왜냐고? 네놈들은 정부가 주는 돈, 옷, 음식 등을 받을 자격이 없기 때문이지. 그건 우리 몫이다.

편지는 뼛속까지 얼어붙게 하였고 끔찍한 기억을 고스란히 되살렸다. 사실 얼토당토않은 억지였다. 우리는 정부의 도움을 받은 적이 없었기 때문이다. 수용소에는 손 없는 사람들이 400명 남짓 되었다. 그런데 아비바투 고모나 마리 고모나 알리 고모부처럼 부상자 곁에서 돌봐 주는 가족의 숫자가 부상자의 네 배에 이르렀다. 그렇다고 그 많은 사람이 지낼 만큼 수용소가 넓지도 않았다. 프리타운 축구장 정도의 크기에 불과했다.

부상자의 식사를 준비하고 숟가락으로 떠먹여 주는 일은 친척들의 몫이었다. 수용소는 배편으로 전달 받은 밀가루를 한 달에 한 번 수용소 사람들에게 배급해 줄 뿐이었다. 그것도 길게 늘어선 사람들 가운데 앞쪽에 선 수백 명만 차지할 수 있었다. 그나마 일찍 서두르지 않으면 밀가루를 구경도 못 했다. 나와 사촌들이 벌어 온 돈은 음식이며 옷을 사는 데 주로 썼다. 벌이가 시원치 않은 날에는 쫄쫄 굶거나 고작 밥 몇 숟갈만 떠야 했다. 다들 뱃가죽이 등에 달라붙을 지경이었다.

수용소로 옮긴 지 한 달쯤 지나 압둘 삼촌이 저녁 식사 뒤에 나타났다. 이제 알리 고모부가 모하메드 오빠와 이브라힘 오빠를 돌봐 주고 있으므로, 압둘 삼촌은 예전처럼 프리타운의 작은 가게를 꾸려 갈 수 있었다. 압둘 삼촌은 가족에게 특별히 전할 말이 있다며 이튿날 저녁에 모두 모여 달라고 부탁했다.

마리 고모는 압둘 삼촌을 맞이하느라 그럴싸한 저녁 식사를 마련했다. 고모는 우리가 동냥해서 모아 둔 몇 푼으로 시장에 들러 생선 몇 마리를 샀다. 다들 축하할 일이 있나 보다고 기대에 부풀었다.

식사를 마치자 압둘 삼촌이 입을 열었다. 곁에 앉은 파트마타의 손을 어루만지며 이렇게 말했다.

"저와 파트마타는 결혼하기로 했어요!"

파트마타는 수줍은 듯 고개를 숙였고, 압둘 삼촌은 파트마타의 볼에 입을 맞추었다.

다들 벌떡 일어났다. 여자들은 파트마타를 껴안으며 뽀뽀를 했다. 남자들은 압둘 삼촌의 등을 두들기고 악수했다. 압둘 삼촌과 파트마타의 얼굴에는 행복이 넘쳐 났다. 혼인식은 프리타운에 있는 파트마타의 삼촌 집에서 치를 예정이었다. 파트마타의 가족이 사는 포트 로코까지 가기에는 너무 위험했다. 두 사람은 그 주에 혼인할 작정이었다.

하지만, 압둘 삼촌과 남자들이 자리를 비운 뒤에 예상치 못한 문제가 떠올랐다.

"분두 의식(시에라리온의 할례 의식)을 치르고는 이날만을 기다렸겠어?"

아비바투 고모가 활짝 웃으며 파트마타에게 말했다.

파트마타는 아까처럼 고개를 숙였다. 그리고 들릴락 말락 소곤거렸다.

"죄송해요. 전 아직 의식을 치르지 않았어요."

아비바투 고모의 목소리가 높아졌다.

"세상에! 의식을 치르기 전에는 결혼 못 해. 당장 여기 수용소에서 의식을 치르자."

내가 알기로 시에라리온의 소녀들은 대부분 분두 비밀 공동체라고 부르는 것에 속해 있다. 나는 아홉 살 무렵에 의식을 치렀다. 의식을 치르기 한 주 전부터 밭일이나 허드렛일은 물론이고 요리와 청소 등 마리 고모를 돕는 집안일까지 손끝 하나 까딱하지 않았다.

고모가 말했다.

"그냥 푹 쉬어. 분두는 여자 일생에 딱 한 번 있으니까. 산책하든지 머리에 예쁜 구슬을 달든지 아니면 늘어지게 낮잠이나 자."

분두는 소녀들만의 의식이므로 소년이나 남자들은 분두를 치르는 곳 근처에는 얼씬도 하지 못했다.

분두 전날, 마리 고모는 이슬람 최대 명절인 이드라도 되는 듯 특별히 생선과 염소 고기와 콩에 양념을 곁들여서 음식을 정성스레 마련했다.

이튿날 아담세이 언니와 내가 고모를 따라 강에 도착해 보니 여자애들 여덟 명이 모여 있었다. 여자애들 곁에는 엄마나 친척 아주머니가 보였다. 우리는 하얀색의 새 비누를 하나씩 받았다. 그것은 아주 엄청난 일이었다. 언제나 비누 하나를 두고 가족이 함께 썼기 때문이다. 그때까지 나는 내 비누를 가져 본 적이 없었다.

"특별히 빡빡 문질러 씻어야 한다."

고모가 단단히 주의를 주었다.

강에서 한참 시간을 보낸 뒤에 아담세이 언니와 나는 아프리카 전통 의상을 입었다. 그리고 분두를 거행하는 디그바를 만나기 위해 숲으로 향했다. 디그바는 이미 숲에서 우리를 기다리고 있었다.

나와 여자애들은 특별히 지어 둔 오두막에서 머물렀다. 용변을 볼 때만 잠깐 드나들었고 밖으로 꼭 나가야 할 때는 얼굴과 몸에 분을 하얗게 발랐다. 분은 순결을 상징하는 동시에 여자애가 어른이 된다는 뜻이었다. 그래서 남 앞에 나갈 때는 온통 분칠해야 했다. 오두막 생활은 재미있었다. 북아메리카에서 여학생들이 참여하는 여름 캠프나 다름없었다. 우리는 밤늦도록 눈을 말똥말똥 뜨고 수다를 떨었다. 비밀 공동체에서 어울리다 보면 다들 친자매처럼 가까워졌다.

분두에서도 몸서리쳐지는 일이 하나 있었다. 그 일은 숲에서 지내는 첫날밤에 이뤄졌다. 아주머니들이 준비한 맛있는 음식을 먹고 나자 나더러 바닥에 천을 깔고 누우라는 지시가 떨어졌다. 분두에는 나보다 나이 든 여자애들도 참여했다. 그런데도 의식을 거행하는 디그바는 영적인 기운이 넘치는 카루쿠로 나를 지목했다. 나는 분두를 치를 첫 번째 여자애로 뽑힌 것이다. 내 치마가 허리까지 말려 올라갔다. 다른 애들의 엄마나 친척 아주머니들이 내 발과 팔을 꽉 붙들었고 마리 고모와 다른 여자들은 북을 치고 노래를 불렀다. 천 조각이 내 눈을 덮었다.

디그바가 성기의 질을 잘라 냈다. 나는 숨 막히는 고통을 참지 못하고 비명을 지르며 발버둥쳤다. 심지어 내 몸을 붙든 여자를 물어뜯기도 했다. 분두 즉 절제술이 끝나자 나는 피를 그치게 할 셈으로 면으로 된 천을 가랑이 사이에 끼운 채 의자에 앉았다. 그러고는 아담세이 언니와 다른 아이들이 같은 고통에 몸부림치는 모습을 지켜보았다. 그 후 지독한 통증에 한동안 시달려야 했다. 그래도 며칠 뒤에는 고통스러웠던 기억을 서로 떠올리며 웃기도 했다.

오두막에서 지내는 넉 달 동안 마을 여자들은 우리에게 요리며 바느질 등 집안일을 가르쳐 주었다. 질병 치료에 탁월한 요리법과 고뿔이나 열을 가라앉히는 허브 사용법도 배웠다. 분두 기간이 끝나자 다들 성대한 잔치가 기다리는 마을로 돌아와서 춤을 추었다.

파트마타의 분두 의식은 숲이 아니라 수용소의 방에서 이뤄졌다. 의식은 하루 만에 끝났다. 파트마타는 이미 요리나 바느질이나 치료법을 뚜르르 꿰고 있었기 때문이다. 서양 사람들은 여성의 성기를 절제하는 의식이라며 분두를 소리 높여 비난한다고 들었다. 하지만, 시에라리온에서 분두를 치르지 않은 소녀나 여자는 외면당했다.

파트마타는 의식을 치르고 한 달이 지나서 혼인식을 올렸다. 이맘이 코란 구절을 읽으며 축복을 내렸다. 우리는 밥과 염소 고기로 차린 푸짐한 저녁을 먹으며 축하 잔치를 벌였다. 드디어 압둘 삼촌과 파트마타는 부부가 되었다!

파트마타는 그날 무척 행복해 보였고 우리 역시 기뻤다. 절망에 빠진 내 앞에 나타나 프리타운에서 가족들을 만날 때까지 나를 돌봐 준 파트마타야말로 신이 보내준 선물이었다. 포트 로코의 군용 트럭 뒤 칸에 나란히 앉던 순간부터 파트마타는 나에게 엄마이자 언니이자 친구였다.

파트마타가 결혼하자 나는 잠깐 서글펐다. 눈물도 찔끔 흘렸다.

막보로의 혼인 잔치 때처럼 몇 날 며칠을 축하해 주고 싶은 마음이야 간절했지만, 전쟁 때라 어쩔 수 없었다. 전쟁 중에 두고두고 행복을 느끼기란 쉽지 않은 일이었다.

꼬마 엄마

어느 늦은 오후, 거리에서 동냥을 마치고 수용소 천막의 모퉁이를 막 돌아서는데 마리 고모와 이야기를 하는 무사가 보였다. 그 당시 나는 배 속에 아기 때문에 몸이 무거웠다. 그래서 산달이 가까운 막보로 여자들처럼 뒤뚱뒤뚱 걸었다. 프리타운에서는 변화한 시계탑이야말로 동냥하기에 제격이었다. 아침이면 사촌들과 함께 길을 나섰으나 돌아올 때는 몸이 무거워 뒤처지다 보니 땅거미가 내려앉을 무렵에야 간신히 수용소에 닿았다. 그래서 그즈음에는 오후 안개가 내려앉기 무섭게 프리타운 시내를 나섰다.

무사를 보는 순간 나는 무춤했다. 손끝 하나 까딱할 수 없었다. 달아나고 싶었다. 그러나 한편으로는 무사의 품에 와락 안기고 싶은 마음도 있었다.

갈팡질팡 망설이다가 무사와 눈길이 마주쳤다. 무사의 얼굴에 웃음꽃이 활짝 피어났다.

"안녕, 마리아투. 잘 지냈어?" 무사가 소리쳤다.

내가 아무 말 없이 서 있자 무사가 나를 덥석 안았다. 따스한 품에서 무사의 체취를 맡는 순간, 한낮의 따가운 햇볕 속에서 무사와 손을 잡고 밭이랑 사이를 거닐던 그때가 떠올랐다. 그러다 다시는 무사의 손을 못 잡는다고 생각하니 가슴이 무너졌다.

"좀 걸을까?" 무사가 몇 걸음 물러서며 물었다.

나는 어깨를 으쓱 올렸다. "그래."

수용소를 돌며 무사는 그동안 겪었던 일을 말해 주었다. 반군이 마을을 불태우기 전에 무사는 엄마를 따라 달아났다. 프리타운에 도착한 두 사람은 친척의 비좁은 아파트에서 여러 가족과 함께 살았다.

반군을 피해 너도나도 프리타운으로 몰려들다 보니 무사도 마을 소식을 전해 들을 수 있었다. 무사의 이웃에는 마나마가 습격받기 전에 가까스로 몸을 피한 사람이 있었다. 그 남자는 무사에게 막보로 출신의 사촌 네 명이 손을 잘렸다는 소문을 전해 주었다. 무사는 내가 끼어 있을까 봐 걱정하면서 부랴부랴 수용소로 찾아온 길이었다.

한 바퀴 돌고 천막에 이르러 보니, 오빠들과 언니가 밥과 땅콩죽으로 저녁 식사를 하는 중이었다.

"좀 먹을래?" 내가 무사에게 물었다.

무사가 고개를 젓기에 안으로 들어가자는 몸짓을 했다. 우리는 돗자리에 나란히 앉았다.

"그동안 있었던 일 좀 말해 봐, 마리아투." 무사가 다정하게 말을 건넸다. 그러고는 내가 횡설수설하는데도 묵묵히 들어주었다.

이야기를 마치자 무사가 눈물을 흘렸다. "내가 곁에 있어 줄걸.

그럼 반군을 피해 함께 달아났을 텐데. 난 널 사랑해."

나는 몸이 뻣뻣해졌다. 무사의 말이 머릿속에 메아리쳤다.

'나도 사랑해'라고 말하고 싶었다. 하지만, 그러지 못했다. 나는 무사의 사랑을 받을 자격이 없었다. 몸을 웅크리며 처음으로 팔을 아래로 감추었다.

나는 감정이 말라버린 싸늘한 목소리로 말했다. "무사, 다른 사람을 찾아봐."

"싫어." 무사가 소리쳤다. 이어서 나를 끌어안고 토닥이기에 내가 밀쳐 냈다. 그리고 야멸스레 내뱉었다. "가. 가서 다신 오지 마. 너랑 이렇게 만나고 싶지 않아."

나는 팔을 들어 올려서 임신한 배를 어루만졌다. "평범한 여자애를 만나 평범하게 살아. 그리고 어릴 적 내 모습만 기억해 줘."

"난 네가 좋아, 마리아투."

내가 대꾸했다. "무사, 내가 분명히 말할게. 앞으로는 날 사랑하지 마!"

무사가 웅얼거렸다. "난 너랑 함께 지낼래. 아기 이름을 무사라고 지을 테니, 예전에 약속한 대로 내 아내가 되어 줘."

나는 무사를 확 밀어냈다. "그런 일은 죽었다 깨어나도 없어. 내 앞에 다신 나타나지 마."

무사는 계속 매달렸지만 나는 아예 입을 앙다물어 버렸다. 무사의 말을 귓등으로 흘려들었다. 무사와 말다툼하려는 마음조차 싹 접었다. 무사가 실컷 떠들다가 제풀에 지치도록 기다렸다.

드디어 침묵이 천막을 가득 메우자 무사는 내 이마에 입을 맞추고는 천천히 일어났다.

"또 올게. 우린 반드시 함께 지내게 될 거야."

나는 천막을 나가는 무사에게 눈길 한번 주지 않았다.

무사는 아기가 태어나기 전에 두 번 더 왔다. 나는 뉘엿뉘엿 지는 해를 등지고 동냥을 마치고 돌아오는 길이었다. 그 두 번 모두 나는 기운이 빠져서 입을 뗄 기운도 없다고 무사의 말머리를 싹뚝 잘랐다. 그러면 무사는 모닥불 곁에서 오빠들과 이야기를 나누었고, 나는 홀로 천막 안으로 들어갔다. 나는 눈물짓지 않았다. 무사 생각이 스칠 때마다 고개를 흔들어 떨쳐 버렸다. 그런데도 무사가 막상 작별을 고하고 떠날 때면 속이 휑해지는 느낌이었다.

마지막으로 무사가 찾아오고 얼마 지나지 않아서 나는 아주 일찍 눈을 떴다. 바깥은 아직 어슴푸레했다. 옷은 땀으로 흠뻑 젖었고 몸에서 열이 나는데도 추워서 바들바들 떨렸다. 일어나려고 몸을 돌리는 순간 배 속에 통증이 팔과 다리로 뻗어 갔다.

나는 비명을 질렀다. "아아악, 아아악."

돗자리에서 몸을 뒤틀며 고모들과 파트마타를 불렀다.

아비바투 고모가 내 곁에 바구니를 갖다 두었다. 안에는 하얀 침대보를 잘라서 만들어 둔 깨끗한 천이 담겨 있었다. 고모 말로는 아기를 받을 때 필요하다고 했다. 아기에게 필요한 옷은 파트마타가 미리 준비해 두었는데 거의 다 마우리치오 신부님에게 받은 것이었다. 머리가 거의 벗겨진 마우리치오 신부님은 수용소에서 일했다. 신부님은 이탈리아 출신으로 입가에 항상 웃음을 머금은 분이었다.

마리 고모가 한달음에 달려왔다. 배를 만지더니 나를 두루두루 살폈다. "뭔가 문제가 생겼군. 아직 아기 낳을 때가 아니야."

마리 고모는 뛰쳐나가서 수용소의 간호사를 데려왔는데 간호사 역시 같은 의견이었다. "아기를 병원에서 낳아야겠어요. 구급차를 불러올게요."

적십자의 구급차가 오기까지 몇 시간이 걸렸다. 복잡한 프리타운 시내를 통과하느라 늦어진 것 같았다. 그러다 보니 정오가 되어서야 가까스로 산부인과 병원에 닿았다. 자궁의 수축은 더 빨라지고 격렬해졌다.

여자 의사는 산도가 너무 좁다는 진단을 내렸다. "그런데 아기는 너무 커요. 그래서 아기가 못 나오고 있어요. 아무래도 제왕 절개 수술을 해야겠어요."

의사는 배의 절개할 부분을 손가락으로 표시했다.

그리고 팔에 주삿바늘을 꽂았는데 그 뒤로는 기억이 없다.

몇 시간 지나서 눈을 떠 보니 환한 방이었다. 열려 있는 커다란 창문으로 햇빛이 쏟아져 들어왔다. 먼지가 햇살 속에 떠돌았고 나는 나른함을 느꼈다. 눈꺼풀을 다시 감으려는 찰나에 내가 있는 장소와 이유가 갑자기 생각났다. 일어나 앉으려는데 통증이 밀려왔다. 이불을 걷어 보니 배에 붕대와 테이프가 붙어 있었다.

내가 울음을 터뜨리자 병실의 소녀가 큰 소리로 도움을 청했다.

허겁지겁 달려온 아비바투 고모가 나를 다독였다. 곧이어 마리 고모가 아기를 안고 왔다. "아들이야." 고모가 아기를 내밀며 말했다.

남자애였다. 살리우가 꿈에서 예언한 그대로였다. 아기는 파란 담요에 싸여 있었다. 둥근 얼굴과 숱 많고 까만 머리카락만 보였다. 아기는 새근새근 곤한 잠에 빠져 있었다. 앙증맞은 얼굴을 흘깃 보자마자 분노가 눈 녹듯 사라졌다. 상상 속의 천사처럼 아기의 뺨은 매끄럽고 토실토실했다.

나는 다짐했다. '난 이 아기를 돌볼 수 있어. 애를 사랑해 줄

거야.'

마리 고모가 물었다. "이름을 뭐로 지을래?"

"압둘이요." 엉겁결에 그 이름이 튀어나왔다.

한 번도 생각한 적이 없었는데, 문득 파트마타의 남편이자 모하메드 오빠의 삼촌인 압둘이 떠올랐다.

아비바투 고모는 압둘을 한쪽 팔로 껴안고 내 뒤에 베개를 받치며 앉혀 주었다. 그러고는 내 양팔을 요람처럼 모으더니 아기를 살그머니 내려놓았다.

한 번도 느껴보지 못한 사랑이 가슴속에서 솟구쳤다.

압둘은 쪽쪽 빨아 대는 소리를 내며 입술을 물고기처럼 오물거렸다.

"얘가 왜 이래요?" 나는 킥킥거렸다.

"배고픈가 보다." 아비바투 고모가 대답했다.

"어니 보사, 꼬마 엄마." 마리 고모가 농담을 던지고는 아기를 안아 올리자 아비바투 고모가 내 윗옷을 끌어올렸다.

"뭐 하는 거예요?" 내가 의아스러운 목소리로 물었다.

"아기한테 젖을 물려야지." 마리 고모가 당연하다는 듯 대답했다.

고모는 압둘을 내 가슴에 바짝 안겨 주고는 젖꼭지를 아기 입술에 물렸다.

사랑스러운 느낌이 뭉클 솟아오르면서 내 안의 분노가 사르르 녹아내렸다.

"고모들이 젖을 먹이면 안 되나요?" 나는 마리 고모와 아비바투 고모에게 물었다. 이런 일까지 귀띔해 준 사람은 아무도 없었다.

마리 고모가 웃음을 터뜨렸다. "마리아투, 난 나이가 많아. 가슴에 젖이 없어. 게다가 아비바투는 아기를 낳은 적이 없단다. 그러니 젖이 안 나오지. 너 말고 할 사람이 없어."

나는 병원에서 두 주를 더 머물렀다. 의사들은 내가 수용소로 돌아가기에 앞서 수술 부위는 제대로 아물었는지, 젖이 잘 나오는지 확인했다.

간호사가 신신당부했다. "수용소에 여러 가지 전염병이 떠돌고 있어. 말라리아, 이질, 감기, 독감 말이야. 그렇게 병균이 우글거리는 곳에서 아이를 잘 키우려면 엄마부터 건강해야 해."

"수용소엔 음식이 모자라잖니. 여기에 있는 동안이라도 양껏 먹어라." 아비바투 고모가 덧붙였다.

몇몇 수용소 사람들은 티셔츠 위로 갈비뼈가 도드라질 만큼 비쩍 말라 있었다. 그들은 걸을 때마다 기침했고 가쁜 숨을 쌕쌕 몰아쉬었다. 신체가 잘려 나간 사람 가운데 몇몇은 상처가 덧나는 바람에 수용소에서 생을 마감하기도 했다. 밤이면 고통에 겨운 비명이 터져 나왔다. 나는 그런 소리에 익숙해졌다. 그런데 수용소의 질병이 이 사람 저 사람으로 옮겨 다닌다는 사실은 전혀 몰랐다.

압둘은 내 곁에 철제 침대에서 잠을 잤다. 고모들과 파트마타는 내가 아기와 살을 붙이고 있으면 사이가 좀 더 도타워질 거라고 여겼지만, 실상은 아니었다. 압둘이 침대 안에서 칭얼칭얼 울어도 나는 꼼짝하지 않았다. 누군가 아기에게 젖을 먹이라고 내 가슴에 안겨 줄 때까지 물끄러미 지켜보았다. 나는 압둘을 팔에 안고 얼러 본 적이 없었다. 자장가도 불러 주지 않았다. 말도 한번 건네지 않았다. 나도 내가 왜 그러는지 영문을 몰랐다.

배의 수술 자국을 보는 순간 구역질이 올라왔다. 이런 생각만 끊임없이 맴돌았다. '내게 또 무슨 일이 생길까? 앞으로 또 어떤 흉측한 자국이 내 몸에 새겨질까?'

간호사가 실밥을 풀어 주자 나는 복도를 지나 욕실로 곧장 들어갔다. 홀로 있는 칸막이 안에서 팔과 이로 반창고를 떼려고 애를 썼다. 원래는 배를 힘껏 쳐서 피를 쏟으며 죽을 셈이었다. 하지만, 무슨 수를 써도 반창고가 떼어지지 않았다. 결국, 포기한 채 벽에 머리를 기댔다.

임신했다는 사실을 알고서 나는 심각한 우울증에 시달렸다. 때로 전쟁을 잊게 되면 잠시나마 행복한 기분에 젖어 들었다. 파트마타와 압둘 삼촌의 혼인 잔치에서도 그랬다. 풍선처럼 희망이 부풀어 오르는 느낌이었다. 아름다운 아프리카 결혼 예복을 입을 날을 잠시 꿈꾸었다. 그런데 욕실의 천장을 멍하게 바라보고 있자니 과연 행복한 순간이 나에게 찾아오기나 할지 의심스러웠다.

인터뷰

내가 수용소로 돌아오자 언니 오빠들이 정성을 다해 보살펴 주었다. 번갈아 가며 아기를 안아 주었고 아기를 낳을 때 어땠는지 물어보았다.

내 대답은 짤막했다. "내내 잠들어 있었어."

모두들 나에게 음식을 많이 챙겨주었다. 특히 채소가 많았다. 저녁 식사가 끝나면 사촌들은 하루 동안 있었던 일들을 종알종알 늘어놓았고 나는 넋을 잃은 채 이야기에 빠져들었다. 동냥하다 길거리에서 맞닥뜨린 아이들 이야기부터, 행상인의 파인애플을 훔치다가 흠씬 두들겨 맞은 사람의 사연까지 줄줄이 이어졌다. 그때쯤이면 압둘이 칭얼칭얼 보챘다. 그러면 사촌들은 금세 자취를 감췄고, 고모가 아기를 건네주었다. 그때 내 얼굴에 드리워진 절망은 어슴푸레한 불빛에서도 또렷할 정도였다.

압둘을 낳고 나서 동냥이라는 말을 입에 담을 수도 없었다. 하지만, 밖에 나가고 싶어서 미칠 지경이었다. 마리 고모에게 허락을 받아 내려고 머리를 쥐어짰다.

"음식이 모자라잖아요. 다들 나에게 덜어 주고 있어요." 나는 구실을 댔다.

"안 돼."

모하메드 오빠까지 내 처지를 두고 농담을 던지자 내 기분은 더 엉망이 되었다. "넌 이제 아줌마잖아, 마리아투. 우리 어린애들이랑 어울려서 뭐하게? 어른들과 집에 얌전히 계세요. 아기 젖이나 물리면서. 우리가 잘 보살펴 드릴게요." 오빠는 뭐가 재밌는지 쿡쿡거렸다.

어느 날 아침에 나는 밖으로 나가고 싶은 마음을 주체할 길이 없어서, 압둘에게 젖을 먹이고 나서 파트마타에게 건네고는 벌떡 일어나 선언했다. "나도 내일은 꼭 나갈 거야!"

마리 고모가 펄쩍 뛰었다. "안 돼. 압둘에겐 네가 꼭 있어야 해."

아비바투 고모가 끼어들었다. "어쩌면 좋으냐. 넌 참 별스럽게도 압둘에게 정을 못 느끼나 보다. 걔는 밤낮으로 우리랑 붙어 있으니." 그러면서 손가락으로 마리 고모와 파트마타를 가리켰다.

"내가 마리아투를 따라다니지요." 그때, 천막 입구에서 어떤 목소리가 들렸다. 다들 놀라 돌아보았다. 입구에는 손을 커다란 엉덩이에 척 올린 마빈티 할머니가 서 있었다.

마빈티 할머니는 다른 방에 살고 있었다. 전쟁에서 특별히 다친 곳은 없었으나 반군의 공격으로 집이 홀라당 다 타버렸다. 그래서 여러 사람들과 정든 마을을 떠나 프리타운까지 걸어왔다. 마빈티 할머니는 남편의 고향인 시에라리온 북부에 사는 딸을 못 잊어 했다.

"반군이 돌아다니지 않는다면 딸이 사는 마을에 가 보고 싶어. 내일이라도 당장." 이렇게 말하며 마빈티 할머니는 짠한 표정을 지었다.

반군은 여전히 마을들을 들쑤시고 다녔지만, 전보다 횟수가 뜸해졌다. 프리타운에 오는 부상자와 시체의 숫자도 점점 줄어들었다. 그러나 평화유지군 단체에서는 반군이 언제 어디서 공격할지 모른다며 주민들에게 중앙 도로나 서부 지역으로 다니지 말라고 경고했다.

마빈티 할머니는 수용소에 소일거리가 없다면서 그동안 압둘을 잘 돌봐 주었다. 압둘을 커다란 플라스틱 통에 넣고 씻겨 주거나, 압둘이 보채면 템비 노래를 불러서 재워 주었다.

마빈티 할머니가 다시 입을 열었다.

"내가 마리아투와 다니겠소. 마리아투가 사촌들이랑 있을 때는 압둘을 대신 돌보리다. 우리 마을에서 요리와 바느질뿐만 아니라 아기들 돌보는 것도 내 차지였다오. 손자도 줄줄이 달린 할머니였지요. 이제는 오그라들어 젊은 아낙네들이 음식 만드는 것이나 지켜보는 신세지만."

나는 달려가서 마빈티 할머니를 꽉 끌어안았다.

"고맙습니다! 고맙습니다!"

그 말을 몇 번이나 되뇌었는지 모른다.

고모들과 파트마타는 동시에 양팔을 치켜들었다.

"정말 못 말리겠구나, 마리아투." 마리 고모가 탄식했다.

이튿날, 동냥 생활이 다시 시작되었다. 아담세이 언니가 아침이면 나를 깨웠다. 나는 압둘이 깨기 전에 후다닥 달려 나가서 이틀 닦았다. 압둘에게 젖을 물리고는 언니와 오빠들 그리고 마빈티 할머니와 함께 압둘을 데리고 수용소를 나섰다.

언니와 나는 남자들과 따로 다니곤 했다. 프리타운 주민들은 여자애들에게 상대적으로 인심이 후했다. 우리는 만나는 사람들에게 몇 푼 보태 달라고 사정하며 프리타운 한복판에 있는 시계탑까지 갔다. 그러다 시간이 되면 수용소로 터덜터덜 돌아왔다. 마빈티 할머니는 압둘을 꼭 안고 따라다녔다. 압둘이 배고프다 싶으면 셋이서 남들의 시선을 피해 시장의 칸막이나 뒷골목으로 갔다. 나는 더러운 땅바닥에 주저앉아 젖을 물렸고 마빈티 할머니는 누가 볼세라 앞에 서서 우리를 가려 주었다. 압둘을 마빈티 할머니에게 다시 맡기고 한 시간쯤 동냥하다 보면 압둘은 젖을 달라는 듯 입술을 쪽쪽 빨며 가냘프게 울었다.

한동안 그렇게 시간이 흘러갔다. 어느 날 오후, 마빈티 할머니가 어느 할머니와 이야기하느라 자리를 비운 탓에 내가 압둘을 안고 있었다. 나는 일어서서 초조하게 서성거렸다. 어떤 남자가 4만 레온(약 12달러)을 내 검은 비닐봉지에 넣었다. 한 번에 그처럼 많은 돈을 만져 보기는 처음이었다.

"불쌍하기도 해라." 그 남자가 혀를 찼다. 남자는 압둘의 머리를 한번 쓰다듬고는 길을 갔다.

내가 흥분을 숨기지 못하고 그 일을 이야기하자 "네가 특별히 가여웠나 보다."라며 마빈티 할머니가 대꾸했다.

"왜요?" 나는 의아했다.

"압둘까지 먹여 살리니까 그렇지. 두고 봐라. 아기를 데리고 다니면 누구보다 돈을 잘 벌 거야."

아니나 다를까 내가 압둘을 안고 있으면 행인들은 쉽사리 나를 지나치지 못했다. 그 결과 내가 벌어들인 돈은 사촌들이 번 돈을 합친 것보다 훨씬 더 많았다.

압둘이 몇 개월이 되었을 무렵이었다. 어느 날 저녁에 수용소 직원이 숙소로 와서 나를 찾았다. 직원은 크리오 말을 썼으나 프리타운에서 그 말을 자주 듣다 보니 이제 알아들을 만했다. 외국 기자들이 이튿날 수용소를 방문한다는 것이었다. 전쟁으로 신체가 절단된 부상자들의 사진을 찍고 인터뷰할 참이었다. 직원은 이튿날 아침에 압둘을 데리고 사무실로 와서 기자들을 만나 줄 수 있느냐고 물었다.

나는 고개를 갸웃거렸다. "기자가 뭐 하는 사람인데요?" 내가 물었다.

"네 이야기를 다른 나라 사람들에게 전달해 주는 일을 하지." 직원이 찬찬히 알려 주었다.

마리 고모가 물었다. "그 사람들이 마리아투에게 뭘 원하는 거요? 애는 그저 가난한 시골 여자애잖소."

직원이 대답했다. "이젠 아니죠. 고향은 쑥대밭이 되었고 저 아이는 반군에게 심한 부상을 당했으니까요. 전 세계에 시에라리온 전쟁의 참상을 알려야죠."

아비바투 고모가 꼬치꼬치 캐물었다. "이 일이 대체 마리아투에게 무슨 도움이 되나요?"

"누군가 마리아투의 기사를 읽고 돕겠다며 돈을 보낼 수도 있어요." 직원이 대답했다. 실제로 수용소 아이들 몇몇은 외국인들로부터 돈이며 생필품을 받기도 했다. "심지어 부유하고 전쟁도 없는 잘사는 나라로 가서 사는 아이도 있답니다. 기자들이 우리 문제를 전 세계에 널리 알려 준 덕분이지요."

기자들을 만나면 하루 동냥을 포기해야 했기에 처음에는 거절했다. 그런데 마리 고모와 파트마타가 자꾸 부추겼다.

"누군가 네 이야기를 눈여겨볼지도 몰라, 마리아투. 잘하면 돈을 받는다잖아." 파트마타가 말했다.

이튿날 아침에 나는 압둘을 안고 수용소 사무실로 갔다. 사촌들이 나만 빼고 프리타운으로 가서 약간 심통이 난 상태였다. 내가 볼멘 표정으로 긴 의자에 앉아 있을 때 수용소 직원은 기자들과 이야기를 나누고 있었다.

직원은 나를 보고 웃으며 다가왔다. 그리고 기자 네 명이 앉아 있는 커다란 탁자로 나를 데려갔다. 잠시 어안이 벙벙했다. 파란색과 초록색 눈동자에 노란색과 갈색 머리카락은 난생처음이었다. 게다가 남자 여자 할 것 없이 그렇게 하얀 피부는 본 적이 없었다.

짧고 붉은 머리의 여자가 내 어깨에 손을 올렸다.

"안녕."

여자가 크리오 말로 인사를 했다.

무척 신기했다. 마리 고모와 알리 고모부가 템네 말이든, 크리오 말이든, 멘데 말이든 외국인들은 시에라리온 말을 아예 못 한다고 일러 주었기 때문이다. 예쁘장한 여자는 내가 긴장을 풀도록 배려해 주었다.

"무슨 일이 일어났는지 말해 볼래?" 수용소 소장이 단도직입적으로 물었다.

어디서부터 시작할지 난감해서 잠자코 앉아 있었다. 붉은 머리 여자가 소장에게 몇 마디 건네자 소장이 나를 보았다. "네가 가족과 함께 지내느냐고 묻는구나."

"예." 얼른 대답했다. 그건 쉬웠다.

소장은 여자의 다른 질문을 통역해 주었다. "필요한 게 있니?"

"채소와 깨끗한 물, 비누, 새 옷, 접시요."

나도 모르게 입에서 대답이 술술 나왔다. 막보로에서는 쉽사리 구했지만, 수용소에서는 얻기 어려운 물건들을 줄줄이 읊었다.

이어서 내 이야기를 슬슬 털어놓았다. "내 이름은 마리아투예요. 반군이 마나마를 습격했을 때 다쳤어요. 소년병들에게 열 시간 동안 인질로 잡혀 있었고 양쪽 손목을 잘렸어요. 지금은 애버딘에서 사촌 형제자매인 아담세이, 이브라힘, 모하메드와 사는데 다들 마나마에서 부상당했어요. 그들도 손이 없어요."

"아기는 몇 살이지?" 붉은 머리의 여자가 물었다.

"이름은 압둘이고요. 지금 5개월 됐어요."

기자와 첫 번째 나눈 인터뷰는 15분 정도 걸렸다. 소장은 나를 따라오라 하더니 기자들과 수용소를 한 바퀴 돌았다. 소장의 지시에 따라 내가 어떤 곳에서 아기를 안고 서 있자 사진사들이 사진을 찍었다. 지금도 똑똑히 기억한다. 나는 그때 진흙투성이 맨발이었고 뒤로는 빨랫줄이 걸려 있었으며 개가 뜰에서 왈왈 짖어 댔다.

수용소 직원이 내 팔에 몇 레온을 떨어뜨리더니 나중에 다시 부르겠노라고 말했다.

몇 년이 흐른 뒤에야, 그날과 그 이후에 쓴 기사들을 읽게 되었다. 기사 한 줄 한 줄이 뇌리에서 떠나지 않는다. 기자들은 한결같이 마나마 습격 때 내가 반군에게 겁탈당해 압둘을 임신했다고 썼다.

마르지 않는 눈물

마리 고모가 말했다. "얘가 아프대, 마리아투. 압둘이 매우 많이 아프단다. 의사 말로는 압둘에게 피를 안 넣어 주면 죽는다는구나."

압둘이 열 달째 되던 때였다. 몇 주 동안 압둘의 배가 부풀어 올랐다. 어찌나 심한지 배 속에 작은 아기라도 들어 있는 것 같았다. 처음에는 내 젖을 먹고 토실토실해지는 줄 알았다. 그런데 웬일인지 예전보다 젖을 더 못 먹었다. 게다가 밤낮으로 울어 댔다.

수용소의 간호사가 곧 좋아질 거라며 압둘에게 비타민 주사를 놓아 주었다. 간호사를 매일 찾아갔지만, 주사는 놓으나 마나였다. 압둘의 배는 점점 부풀어 올랐고 얼굴은 퉁퉁 부어올랐다. 다리에 포동포동하게 올랐던 젖살은 어디론가 사라져 버렸다. 팔다리는 배배 돌아갈 듯 비쩍 말랐는데 얼굴과 배는 너무 퉁퉁 부어 아무래도 이상하게 보였다.

간호사가 압둘이 영양 부족이라기에 영양가 있는 젖을 먹이려고 나는 닥치는 대로 먹었다. 거의 토할 정도로 꾸역꾸역 먹어 댔다. 언니와 마빈티 할머니를 따라 동냥하러 나가던 것도 멈춘 채 온종일 수용소에서 압둘과 함께 보냈다. 아기가 잠들 때까지 팔에 안고 얼렀다. 심지어 나지막이 노래를 불러 주기도 했다. 고약한 노래 솜씨를 들킬까 봐 조심조심하면서.

하지만, 차도가 없었다. 어느 날, 간호사가 압둘을 병원에 데려가 보라고 권했다.

고모들과 파트마타도 나와 함께 나섰다. 예전의 코넛 병원으로 갔으나 그때와 병실이 달랐다. 프리타운에 처음 도착해서 머물던 곳이 아니라 이번에는 소아 병동이었다.

나는 생각했다. '압둘이 죽으면 다 내 탓이야. 내가 더 많이 사랑해줬어야 했는데…….'

나 자신을 탓하면서도 압둘에게 수혈할 돈을 마련하려고 나는 머리를 쥐어짰다.

나는 중얼거렸다. "난 동냥하러 나가야 해. 압둘을 살릴 수만 있다면 아무나 붙잡고 매달릴 거야. 언니 오빠들에게도 그러라고 시킬 거야. 말쑥한 회사원들한테서 돈을 훔칠 수도 있어."

순간 나에게 압둘의 옷가지를 마련해 준 이탈리아 사제인 마우리치오 신부님이 생각났다. 신부님을 만날 필요가 있었다. 고모들과 파트마타도 어서 신부님을 만나 보라고 했다. 나는 압둘의 이마에 입을 맞추고는 바로 출발했다.

병원에서 나와 프리타운의 줄줄이 늘어선 가게를 지나 연락선에 올라탔다. 그러고는 마우리치오 신부님이 살고 계신 곳으로 향했다.

나는 신부님을 만나자마자 다짜고짜 애원했다. "제발 도와주세요."

신부님은 눈을 동그랗게 떴고, 나는 그곳까지 오게 된 이유를 밝혔다.

신부님이 말했다. "알았다, 마리아투. 내가 도울 수 있는 일을 찾아보마."

신부님은 부모와 떨어져 사는 소년 소녀의 숙소를 맡아서 관리했다. 신부님이 이탈리아의 재력가에게 연락하면 그들이 옷가지며 생필품을 화물로 보내 주거나, 때로는 소소하게 필요한 돈을 부쳐 주었다.

신부님은 나에게 물 한 잔을 건넸고 거기 직원더러 나를 병원으로 데려다 주라고 부탁했다.

"내가 나빴어요." 나는 돌아 나오다 말고 신부님에게 고백했다. "제대로 보살폈더라면 압둘은 건강하게 살았을 거예요. 내 정성이 부족해서 압둘이 죽어 가고 있어요."

마우리치오 신부님은 몇 시간 뒤에 병원으로 왔다. 이탈리아 후원회를 통해 돈을 구해 왔던 것이다. 의사들은 즉시 수혈을 했으나 압둘의 상태는 더 나빠질 뿐이었다. 압둘은 내 팔 위에 축 늘어져 커다란 갈색 눈으로 허공만 멍하니 바라보았다. 배가 고플 텐데도 울음소리 한 번 내지 않았다.

사흘 뒤에 압둘의 몸은 깃털처럼 가벼워졌고 옴짝달싹하지 않았다. 숨결은 차츰 잦아들었다. 몇 번이나 느릿느릿 눈을 떴다가 감았다. 나는 압둘을 꽉 껴안은 채 앉아 있었다.

"시간이 된 것 같구나." 고모가 소곤거리며 압둘을 내 팔에서 내려놓았다. 고모는 내게 나가라는 몸짓을 하더니 내 등 뒤로 문을 닫았다.

복도를 따라 걸을 때 병실의 아기들에게 조금이라도 시선이 갈까 봐 앞만 바라보았다. 아기들을 볼 때마다 압둘의 얼굴이 눈에 밟혔다.

그날 늦게 수용소로 돌아와 내 방에 들어갔다. 그러고는 돗자리에 누워 잠들었다. 누군가 말을 걸면 야멸치게 대꾸했다. "날 그냥 내버려 둬."

처음 며칠은 변소를 갈 때만 일어났다. 그러고는 밥 몇 덩어리를 들고 내 방으로 곧장 와서 돌아누웠다.

수용소의 이슬람교 사원에서 식구들이 압둘을 위한 장례식을 열었다. 이맘이 기도를 올렸고 가족들은 한 사람씩 명복을 빌었다. 나는 가만히 앉아 있었으나 무슨 소리인지 귀에 들어오지 않았다. 다같이 코란의 구절을 읽을 때는 숨죽여 속삭였다.

머릿속으로는 이런 생각을 했다. '알라신이여, 날 착한 사람으로 만들어 주세요.'

그 후로 몇 주 동안 내리 잠만 잤다. 고모들과 파트마타는 기회가 닿을 때마다 나를 위로하며 밥과 채소 요리를 갖다 주었지만, 번번이 물리쳤다. 마리 고모는 박보로 이야기를 해 주었다. "우린 언젠가 돌아갈 거야. 기다려 봐. 곧 막보로로 갈 테니까."

아비바투 고모는 수차례 나무랐다. "얼른 몸을 추스르고 일어나야지. 도대체 어떻게 먹고 살 거야? 이럴 거면 차라리 그때 반군의 손에 죽지 그랬어."

압둘과 결혼한 파트마타는 수용소에 잠깐씩 머물렀는데 이렇게 다독여 주었다. "그래도 이 세상 어디엔가 희망이 남아 있을 거야. 마리아투."

"도대체 어디에요?" 나는 툭 내뱉었다. "겨우 동냥질이나 하며 가족에게 빌붙어 살아가는 신세였다. 가족을 위해서라면 사라져 주는 편이 나았다. 하지만, 어디로 가야 할지 몰랐다.

잠이 들면 압둘의 모습이 자꾸 나타났다. 꿈속에서 나는 홀로 중얼거렸다. '압둘도 사람이었어. 내가 사랑하지 않았다는 걸 느꼈겠지. 내가 압둘을 원하지 않았었다는 것도. 그래서 내 곁을 떠났나 봐.'

압둘의 울음소리에 잠에서 화들짝 깨어나기도 했다. 꿈이라는 걸 알고서야 안도감이 스쳐 갔다. 꿈에서는 압둘이 내 배 위에 누워 있고는 했다. 깨어나서 안아 주려고 보면 압둘의 빈자리만 크게 느껴졌다.

고모들은 압둘의 옷가지와 장난감을 모아서 마우리치오 신부님에게 돌려주었다. 내가 압둘을 기억할 수 있는 것이라고는 내 배에 새겨진 기다란 수술 자국뿐이었다. 나는 그 사실을 깨닫고서 반나절이나 펑펑 울었다. 내가 짜낼 수 있는 마지막 눈물 한 방울까지 다 짜내고서 나는 깊은 잠에 빠져들었다.

얼마 뒤, 살리우가 두 번째로 꿈에 나타났다. 살리우는 내가 임신한 사실을 처음 알았을 때처럼 내 곁에 앉았다.

"나한테 화났죠?" 내가 물었다.

"천만에." 살리우가 대답했다.

"하지만, 내가 압둘을 죽였잖아요."

"네 탓이 아니야. 넌 너무 어려, 마리아투. 나야말로 내 욕심만 챙겼어. 그런 고통을 겪게 해서 미안하구나. 압둘은 나와 함께 잘 있단다."

홀연히 나타난 압둘이 살리우의 무릎에 앉아 있었다. 압둘은 아랫니 두 개가 보일 만큼 활짝 웃고 있었다. 아프기 전처럼 팔다리가 통통하고 배는 원래대로 돌아왔으며 눈이 동글동글 행복해 보였다.

살리우가 압둘을 안고 일어서며 말했다.

"이제부터는 모든 게 잘 풀릴 거야. 압둘의 죽음 때문에 너 자신을 탓하지 마."

그 날 이후로 살리우는 다시는 내 꿈에 나타나지 않았다.

살리우의 말에 내 마음이 홀가분해졌다면 얼마나 좋았을까. 난 그러지 못했다. 살리우의 행동이 괘씸할 따름이었다. 무엇보다 압둘이 그리웠다. 그래도 꿈을 꾸고 나자 마음이 조금이나마 가벼워졌다. 일찍 일어나 세수를 하고는 깨끗한 티셔츠와 치마로 갈아입고 나서 나뭇가지로 이를 닦고 아담세이 언니와 시계탑으로 갔다. 언니는 자꾸만 말을 걸었지만 나는 별로 입을 열지 않았다. 어떤 회사원이 언니의 봉투에 몇 레온을 넣어 주자 언니는 부랴부랴 시장으로 가서 망고를 한 개 사왔다. 언니가 망고를 내밀었으나 나는 고개를 저었다.

"언니나 먹어." 나는 한숨을 내쉬었다. 언니의 친절을 받아들이기가 부끄러웠다.

나는 길거리를 터덜터덜 걸었다. 검은색 비닐봉지를 옆에 축 늘어뜨린 채로. 물론 그날은 한 푼도 못 벌었다. 하지만, 이튿날에는 그래도 비닐봉지를 약간 높이 치켜들었다. 그리고 그 다음 날에는 언니에게 말문을 열었다.

어느 날 오후에 집으로 가는 도중에 언니가 자기 이야기를 꺼냈다.

"어떤 프로그램에서 날 받아 줬어. 어쩌면 독일에 갈지도 몰라."

나는 언니의 말을 듣고나자 기분이 좋아졌다. 수용소 아이들이 외국의 자선 단체 프로그램에 참여한다는 소식에 내 마음마저 들떴다. 서양인들이 시에라리온에 관심을 두고 있다는 수용소 직원의 말이 사실이었던 것이다.

언니는 살짝 한숨을 내쉬며 말을 이었다. "입양 프로그램은 아니래. 학교 다닐 동안만 독일에 머무는 거야."

내가 언니에게 물었다. "독일이 어디야?"

"독일은 유럽에 있어." 언니는 프리타운 산 너머에 독일이라도 있는 양 북쪽을 가리키며 대답했다. "온통 초록색일 거야."

"아, 그래." 나는 바닥을 보며 말했다. 언니가 떠나면 나는 어떻게 될지 갑자기 막막해졌다.

언니가 달랬다. "걱정하지 마." 언니는 걸음을 멈추고 기다란 팔로 나를 안아 주었다. 언니가 팔을 풀려는 찰나에 내가 언니를 꽉 끌어안았다. 한참이나 그 자세로 있었다. 얼굴을 언니의 부드러운 어깨에 파묻었다. 언니에게서 풀잎 냄새를 맡는 순간 막보로가 생각났다. 거기로 돌아가고 싶었다. 언니랑 내 친구 마리아투와 함께 깡통말을 타고 놀거나 마리 고모에게 줄 진흙 파이를 만들던 시절로 돌아가고 싶었다.

토요일에 수용소에 사는 마리아투라는 이름의 여자애가 나를 만나러 왔다. 마리아투는 나와 이름도 똑같았고 동갑내기였다. 게다가 생김새도 나랑 비슷했고 나처럼 양손이 없었다.

주말에는 회사원들이 일을 쉬기 때문에 우리는 동냥하러 나가지 않았다. 토요일이나 일요일에는 전쟁을 피해서 온 시골 출신의 가난한 사람들이 프리타운의 도심지를 북적북적 메웠다. 오히려 그들이 우리에게 돈을 달라고 했으므로 시내에 가봤자 허탕만 칠뿐이었다. 그래서 주말에는 수용소를 어슬렁거리며 빨래를 하거나 카사바를 갈거나 사람들에게 전쟁 소식을 들었다.

나는 마리아투를 잘 알고 있었다. 왜냐하면, 마리아투가 종종 나와 언니가 동냥하러 나갈 때 따라 나왔기 때문이다. 오늘은 내가 아침 식사를 마칠 때까지 곁에 앉아 있었다.

"빅터가 극단 활동은 영혼을 북돋우는 일이래." 마리아투는 힘주어 말했다.

마리아투는 내가 압둘을 낳기 전부터 수용소 극단에 들어가자고 졸랐다. 한번은 임신 8개월의 몸으로 마리아투를 따라 극단 연습장에 간 적도 있었다.

그때 만난 극단의 단원은 스물다섯 명인데 모두 전쟁 부상자였다. 그들은 토요일과 일요일마다 수용소 회관에 모였다. 단원 중에는 다리를 잃은 사람도 있고, 손이 없는 사람도 있었다. 거의 내 또래였으나 나이 든 남자와 여자도 보였다. 내가 처음 본 연습 장면에서 그들은 전쟁에 관한 연극을 하고 있었다. 마리아투는 시에라리온 북서부의 시골 마을에서 반군을 피해 엄마를 따라 프리타운으로 온 소녀를 연기했다. 두 소년이 마리아투를 불구로 만든 반군 역할을 맡았다. 그들이 주고받는 대사가 자못 귀에 익었다.

"대통령에게 가." 한 소년이 말했다.

"손을 새로 달라고 해." 다른 소년이 덧붙였다.

연습이 끝나자 마리아투가 극단 설립자인 빅터에게 나를 소개했다. 빅터는 우리가 겪은 고통을 속속들이 잘 알고 있었다. 빅터는 반군들에게 부상당한 곳은 없으나, 친구와 가족들이 여럿 죽었고 고향은 쑥대밭으로 변했다.

연극을 하다 보면 아픈 기억이 되살아날 것 같아서 마리아투와 빅터에게 극단에 참여할 수 없을 것 같다고 정중히 거절했었다.

"이제 아기가 태어나면, 아기를 돌봐야 해서요. 어쨌든 불러 줘서 감사합니다. 다음 기회에 할래요."

마리아투는 내가 예전에 말했던 다음 기회가 바로 지금이라며 대꾸도 못 하게 몰아붙였다.

"넌 압둘 말고 다른 데 관심을 쏟아야 해." 마리아투가 나를 구슬렸다.

"난 연기에 소질이 없단 말이야." 나는 투덜거렸다.

"그럼 노래하면 되잖아!" 마리아투는 얼른 받아쳤다.

"노래도 젬병이야." 나는 고개를 저으며 말했다.

마리아투는 물러서지 않았다. "춤은 잘 추잖아. 춤 못 추는 시에라리온 여자애 있으면 나와 보라고 해!"

정말이지 말문이 막혔다. 시에라리온에서 시골 여자애들은 걷자마자 춤을 배운다. 그리고 밤이면 밤마다 화톳불 곁에서 춤을 춘다. 친구들과 나는 풀잎으로 치마를 만들어 입고 구슬로 장식한 뒤에 두셋씩 번갈아 춤을 추었다. 막보로의 소년들은 북을 쳤고 나머지 마을 사람들은 노래하며 박수를 쳤다.

나는 마리아투에게 말했다.

"좋아. 한번 가서 보자. 어차피 오늘은 할 일도 없으니까. 그렇더라도 가입한 건 아니야!"

아침 식사를 하고 세수를 마친 뒤에 마리아투와 나는 천막 사이를 빠져나갔다. 수용소 회관에 이르러 보니 극단은 에이즈에 관한 촌극을 상연하려던 참이었다.

시에라리온 사람들을 죽음으로 몰아넣는 바이러스에 대해 들어 보기는 했으나 우리 가족은 아무도 걸리지 않았으므로 화제를 삼은 적이 없었다. 그날 오후에 촌극을 볼 때까지는 어떻게 에이즈에 걸리는지도 몰랐다. 연극 장면은 에이즈로 죽은 여성의 장례식이었다. 조문객들이 잠시 멈춘 가운데 극단의 나이 많은 여자와 남자가 에이즈는 성관계로 감염된다고 설명했다. 그들이 이야기를 마치자 연극은 다시 시작되었다.

마리아투는 엄마를 여읜 딸의 역할을 맡았다. 마리아투는 연기를 척척 해냈다. 흐느껴 울 때면 진짜처럼 느껴졌다.

"가족을 돌보던 훌륭한 분이었는데."

마리아투는 울먹이며 연기를 했다.

장례식이 끝나자 모든 등장인물이 나와서 에이즈에 관한 노래를 불렀다.

에이즈가 아프리카를 죽이고 있네. 멈추려면 어떻게 해야 하지? 오직 우리만이 멈출 수 있어! 아내와 남편에게 충실하자.

촌극이 끝나자 마리아투와 빅터가 내게 다가왔다.

"이제야 왔구나." 빅터가 웃으면서 내 어깨를 살짝 두드렸다.

"그냥 구경하러 왔어요." 내가 말했다.

"네가 극단에 들어오면 좋을 텐데." 빅터가 말했다.

빅터는 키가 크고 잘생긴데다 갸름한 얼굴에 머리카락이 아주 짧았다. 웃을 때면 눈이 살짝 아래로 처져서 선해 보이는 인상이었다. 고작 한두 번 만났을 뿐이지만 나는 빅터가 금세 좋아졌다. "요즘 안 좋은 일이 있어서요." 나는 솔직히 털어놓았다. "아직은 연기하고 노래하고 춤출 상황이 아니에요."

빅터가 조곤조곤 말했다. "아기가 최근에 죽었다고 들었어. 네가 극단에 가입해 주길 예전부터 바랐지만 아직은 너무 빠르겠지. 고작 열네 살짜리가 아기를 가졌다가 잃었으니 얼마나 힘들었겠니."

나는 빅터에게 '내가 압둘을 죽인 거나 다름없고, 그래서 나는 아주 고약한 아이'라고 털어놓고 싶었다. 그러면 아마도 이렇게 나에게 말을 걸지 않을 텐데.

그러나 대신에 내 입에서는 이런 대답이 튀어 나왔다.

"예, 무척 힘들었어요. 아기가 죽어서 정말 가슴이 아파요."

"그러니까 극단에 가입해서 네 고통을 연극으로 승화하는 게 어때? 여긴 다들 좋은 사람이야."

빅터는 손으로 동그랗게 단원들을 가리켰다. 그들은 땅바닥에 앉아서 쉰 목소리로 도란도란 이야기를 나누고 있었다.

"해 볼게요." 순간 나도 모르게 그런 대답이 튀어나왔다. "한번 해 볼래요."

빅터는 에이스 촌극에서 죽은 여성의 조문객 역할을 나에게 주었다. 내가 할 것은 우는 연기뿐이었다. 아주 작은 역할이었으나, 그게 오히려 마음에 들었다. 빅터가 멈추라고 할 때까지 몇 차례 연습했다.

나는 마리아투에게 고맙다고 말하고 빅터에게는 작별 인사로 팔을 흔들고서 천막으로 돌아왔다. 행복하지는 않았으나 답답한 가슴이 조금 뚫리는 기분이었다. 빅터가 옳았다. 무대에서 우는 연기를 하다 보니 내 아픔이 좀 덜어지는 것 같았다.

다음 일요일에 식구들에게 행선지는 밝히지 않고 늦겠다는 말만 던진 채 극단으로 향했다. "내 걱정은 하지 마." 나는 소리쳤다.

다음 주말에도 극단으로 갔다. 촌극을 몇 차례 연습하고 나서 다들 춤추고 노래를 불렀다. 소년들은 북을 꺼냈다. 손은 없었지만 아무렇지 않다는 듯 북을 쳤다. 어느덧 나 자신도 음악에 맞춰 몸을 흔들며 템네의 인기곡을 합창했다.

연습을 마치자 저녁 때가 되었다. 나는 빅터를 따라 수용소로 돌아왔다. 도중에 빅터의 천막에 이르렀다. 빅터의 아내가 쌀과 채소로 음식을 만들고 있었다. 빅터는 함께 저녁을 먹자고 날 초대했다.

"난 강간을 당했어요." 식사 도중에 내가 소곤거렸다.

"알아." 빅터가 대답했다.

"나도 에이즈 검사를 받아 볼까요?"

"그래라, 마리아투."

수용소의 간호사가 주삿바늘로 피를 약간 뽑아 약병에 채워 넣을 때 내 몸이 부르르 떨렸다. 그동안 눈곱만큼만 좋은 일이 있어도 나쁜 일이 금세 이어졌기 때문에 행여 에이즈에 걸리지 않았을까 걱정스러웠다. 불운이 나만 따라다니는 것 같았다. 한편으로는 그런 꼴을 당해도 싸다는 생각이 들었다. 압둘을 잘 돌보기는커녕 죽음으로 몰고 갔으니 에이즈에 걸려도 누굴 원망할 처지가 아니었다.

빅터가 에이즈 환자라고 알려 준 여자는 무척 고통 받고 있었다. 예전보다 몸이 반으로 야위었다고 한다. 눈자위는 푹 꺼졌고 얼굴과 팔에는 종기투성이였다. 처음에는 막대기를 지팡이 삼아 수용소를 걸어 다녔는데 이제는 천막 앞에 깔아 둔 돗자리에 얇은 담요만 한 장 덮고 누워서 허구한 날 흐느낄 뿐이었다. 나는 극단을 오가는 길에 그 여자를 볼 수 있었다.

반군이 쳐들어온 날처럼 나는 눈을 감고 기도를 올렸다.

"알라신이여, 전 고약한 엄마였어요. 예쁘고 귀여운 압둘을 키울 만한 자격이 없었지요. 그래서 압둘을 데려가셨잖아요. 그렇더라도 에이즈에 걸리지 않도록 도와주세요. 제발요! 수용소의 여자처럼 서서히 죽어 가는 건 싫어요. 어쨌든 마나마에서 절 살려 주셨잖아요. 에이즈에서 지켜 주시면 매사에 감사하면서 평생 착하게 살 것을 약속할게요."

그 후로 몇 주 동안 나는 조바심을 내며 결과를 기다렸다. 그리고 약속대로 착하게 살려고 애를 썼다. 고모나 파트마타나 언니가 일을 시키면 군말 없이 따랐다. 요리는 물론이고 시장에서 쌀을 가져오거나 카사바 잎을 휘젓는 등 집안일을 도왔다. 심지어 쌀이나 카사바도 빻았다. 물론 조롱박에 대고 막대기로 방아를 찧다 보면 팔이 자꾸 미끄러지기 일쑤였다. 저녁에는 깔고 앉을 돌을 언니나 오빠들에게 양보하고 나는 맨바닥에 털썩 주저앉았다. 커다란 접시에 담겨 나온 음식은 언니 오빠들이 먼저 먹을 때까지 기다렸다. 그 당시 나는 순가락을 팔에 접착포로 붙여서 밥을 먹었다.

"너 무슨 일 있니?" 어느 날 저녁에 모하메드 오빠가 물었다.

"전에는 음식을 보면 일등으로 덤벼들었잖아!" 이브라힘 오빠가 씩 웃으며 한마디 거들었다.

"아하, 마리아투. 우리에게 꿍꿍이속이 있구나. 너, 소리를 만나고 싶어서 그러지?" 모하메드 오빠가 덧붙였다.

오빠들은 몇 달 전 수용소로 온 소리와 금세 친구가 되었다. 소리는 키가 늘씬하고 몸이 탄탄했으며 활짝 웃는 모습은 모하메드 오빠와 비슷했다.

나는 조용히 대답했다. "아니야. 남자 따위 더는 만나기 싫어. 남자라면 신물이 날 정도야. 다들 압둘이 있을 때 잘해 줬으니까 이제부터는 내가 힘껏 도울래."

오빠들은 일어나 플라스틱 주전자를 기울여 가며 서로 상대편 팔의 밑동을 씻어 주었다. 그러다 다짜고짜 나를 밀쳐서 바닥에 쓰러뜨렸다. 모하메드 오빠는 내 머리카락을 마구 헝클어뜨렸고 이브라힘 오빠는 내 배를 간질였다.

'난 오빠들이 최고로 좋아.' 나를 일으켜 앉혀 주는 오빠들을 보며 그런 생각을 했다. 오빠들은 하늘색 천막 사이로 빠져나가며 서로 배나 어깨를 장난스럽게 툭툭 쳤다. 친구들과 축구시합을 하러 수용소에서 멀지 않은 주택가 공터로 가는 중이었다.

오빠들이 시야에서 사라지자 나는 반듯이 누워서 하늘에 떠 있는 커다란 뭉게구름을 보았다. '죽어야 한다면 빨리 끝내고 싶어. 고통 속에서 질질 끌고 싶지 않아.'라고 생각했다.

나는 속으로 굳게 다짐했다. '살리우, 전에 날 지켜보겠다고 말했지요? 난 오래 살고 싶어요. 오랫동안 착하게요. 벌써 사람들을 도와주며 착하게 살고 있어요.'

간호사에게 결과를 들으려면 밖에서 길게 줄을 서야만 했다. 두 시간가량 지난 뒤에야 건물 안으로 겨우 들어가 검사대 위에 앉았다. 간호사는 서류를 읽으면서 다가왔다.

간호사가 방긋 웃으며 말했다. "마리아투, 음성으로 판정되었어요. 에이즈에 걸리지 않았네요."

나는 천막으로 걸어오는 도중에 생각했다. '드디어 내 운명이 좋은 쪽으로 바뀌려나 봐.'

그 뒤로 토요일과 일요일이면 수용소 회관으로 가서 극단에 참여했다. 에이즈 연극 외에도 용서와 화해에 대한 새로운 연극을 연습했다. 전쟁 장면을 재현하기 위해 몇몇 젊은이들이 희생자를 연기하고, 어떤 젊은이들은 소년병이 되었다. 전에 마리아투를 따라 극단에서 연극을 볼 때는 소년 반군이 희생자의 손목을 자르고 마을을 불태우는 내용이었다. 그런데 이번에는 연극의 결말이 달랐다.

첫 장면에서 반군의 지휘를 맡은 한 남자가 주위에 있는 소년 반군들에게 명령을 내렸다.

"힘껏 싸워! 다 죽이란 말이야!" 지휘관은 불호령을 내렸다. 그러고는 소년들에게 약을 건네며 말했다. "이 약이 너희를 강한 남자로 만들어 줄 거야."

소년 반군 한 명이 싫다고 거절하자 지휘관이 그 소년을 흠씬 두들겨 팼다.

두 번째 장면부터는 소년 반군들이 꿰안은 채 울고 있었다. 자신들의 범행을 털어놓으며 고향으로 돌아가 예전처럼 살고 싶다는 소망을 밝혔다. 애버딘 수용소의 사람들이라면 누구나 품은 꿈이었다.

마지막에는 소년 반군과 희생자들이 팔짱을 낀 채, 모두 무대로 올라와서 평화를 기원하는 노래를 불렀다.

바닥에 앉아 구경하다가 나를 해친 소년 반군들도 어디엔가 가족이 있겠다는 생각이 들었다. 나더러 함께 숲으로 다니자고 말하던 반군도 떠올랐다.

'그 반군도 나에게 사람을 죽이라고 부추겼을까?' 갑자기 그게 궁금해졌다.

마리아투 때문에 내 생각은 연기처럼 흩어져 버렸다. 마리아투가 내 팔짱을 끼더니 나를 무대 위로 이끌었다.

"이제 춤을 보여 드리겠습니다." 마리아투가 큰 소리로 알렸다.

극단의 남자애들이 막보로의 소년들처럼 북을 쳤다. 그러자 소녀 두 명이 나와서 춤을 추었다. 나머지 사람들은 노래하거나 리듬과 박자에 맞춰 몸을 흔들었다.

나는 앞으로 나선 순간 눈을 질끈 감았다. 그리고 무릎을 굽혔다. 몸을 위아래로 또 좌우로 열심히 흔들었다. 동작을 반복하다가 나 자신을 음악에 맡겼다. 오랜만에 살아 있다는 느낌이 들었다.

어느 일요일에 연습을 마치고 나자 빅터가 단원들에게 조용히 하라는 몸짓을 했다.

"전할 말이 있어요." 빅터는 잠시 입을 다물었고 단원들 사이에는 긴장감이 감돌았다.

"어서요, 빅터. 빨리 말해 주세요." 마리아투가 조바심을 냈다.

"여러 사람 앞에서 연극을 하기로 했어요." 빅터는 눈을 반짝이며 발표했다.

"아, 또 그런 건가요?" 마리아투가 눈을 치켜떴다. "이번엔 누가 수용소로 오는데요?" 구호 단체 직원이나 정치가들이 수용소에 올 때마다 극단은 연극을 보여 주었다. 내가 부탁을 받고 압둘과 함께 기자들을 만났던 것처럼. 기자들은 내가 털어놓은 이야기들을 자그마한 공책에 열심히 받아 적었다. 극단에서는 촌극이나 춤이나 노래로 이야기를 전하는 셈이었다.

빅터가 마리아투에게 눈짓을 하며 대답했다. "그런 게 아니야. 몇 주 후에 브룩필드 경기장에서 장관들과 여러 사람 앞에서 연극을 해 달라는 요청을 받았어."

가슴이 오그라드는 기분이었다. "사람들 앞에서는 연기 못 해요." 나는 딱 잘라 말했다. 브룩필드 경기장은 프리타운의 가장 큰

공공장소였다.

빅터가 단호하게 말했다. "넌 할 수 있어. 단원들은 누구나 할 수 있고, 해야만 해. 전쟁을 매듭짓고 시에라리온에 다시 평화를 가져다줄 좋은 기회야!"

"꿈이 너무 큰 거 같아요." 마리아투가 투덜댔다.

나 역시 투덜댔으나 이유는 달랐다. 연극에서 빠져나갈 핑계를 대려고 궁리했다. 하지만, 내 안에서 무언가 강렬한 느낌이 솟구쳤고 결국 단원들과 무대에 오르겠다고 마음먹었다. 우리에게는 중요한 목적이 생겼다. 이 나라의 문제를 세상에 널리 알리는 일이었다.

새로운 무대

"마리아투! 마리아투!" 모하메드 오빠가 불렀다.

나는 온종일 동냥을 한 뒤 먼지투성이의 고단한 몸을 끌고 시계탑에서 돌아오는 길이었다. 머릿속에는 고모들이 마련한 양념 뿌린 밥과 채소 요리를 먹고 빨리 자야겠다는 생각뿐이었다. 축구장에서 선보일 연극을 앞둔 터라 밤이면 서둘러 잠자리에 들었다. 그 당시 나는 내가 연극을 망칠지도 모른다는 생각에 걱정이 태산이었다. 반면에 마리아투는 행사를 치른다는 생각에 한껏 들떠 있었다. 마리아투의 흥분에 주변 사람들까지 함께 들떠서 팔짝팔짝 뛰어오르더니 나중에는 그 속도가 점점 빨라졌다. 그러다 신이 나서 누가 가장 높이 뛰어오르는지 내기라도 할 기세였다. 그런데 내 걱정으로 마리아투의 기분에 찬물을 끼얹고 싶지 않았다.

"어떤 멋진 숙녀가 널 만나고 싶대."

모하메드 오빠가 얼마나 급하게 달려왔던지 숨이 턱까지 차서 헐떡거렸다. 예전에 오빠는 동글동글한 아기 모습이었는데, 수용소에 온 뒤로는 하얀 이를 드러내고 활짝 웃으면 누구라도 반할 만큼 잘생긴 청년으로 자랐다.

오빠가 조바심을 냈다.

"빨리. 그 여자가 천막에 있어. 지금 천막에 있다고. 이젠 네 차례인가 봐."

아담세이 언니는 한 달 내로 독일로 떠날 예정이었다. 수용소의 젊은이들 가운데 여섯 명가량이 미국으로 이주했으며 그 밖에도 몇 명이 이주 명단에 올라 있었다. 하지만, 나에게 관심을 보이는 사람은 아무도 없었다.

"오빠, 놀리는 거 다 알아."

우리는 시장의 좌판을 이리저리 빠져나가면서 플라스틱 빨래 통이나 상자를 뛰어넘었고, 개나 고양이도 훌쩍 뛰어넘었다.

"괜히 허황된 바람 좀 넣지 마!"

"마리아투, 농담 아니야. 진짜라니까. 정말 어떤 여자가 왔어. 수용소에서 엄마랑 고모에게 네 이야기를 묻고 있어."

심장이 두방망이질 쳤다. 오빠 말이 사실일까? 시에라리온의 부자들에게 몇 푼이라도 구걸해야 하는 밑바닥 인생을 접고 서러움으로 가득 찬 이곳에서 벗어날 수 있을까? 꿈속에서는 여전히 압둘이 나타났다. 수용소에서 엄마 등에 매달린 아기들을 보는 순간 나는 고개를 돌리고 걸음을 재촉했다. 외국으로 떠나면 나를 물고 늘어지는 이 죄의식에서 벗어날지도 모른다.

오빠를 따라 지름길로 들어선 다음에 다른 사람들의 천막 뒤로 빠져나갔다. 부랴부랴 가는 중에 누군가 소리쳤다. "뭐가 그리 급해? 특별히 어디 갈 데도 없으면서."

나는 그 사람에게 대꾸해 주고 싶었다. "난 갈 곳이 있어! 미국에 갈 거야!"

천막에 도착해 보니 마리 고모는 불을 피우고 있었다. 고모 뒤로 갈색 치마와 하얀색 블라우스를 입은 여자가 보였다. 마리 고모와 키가 같았으며 덩치가 컸고 짧은 곱슬머리였다.

"안녕." 그 여자는 걸음을 멈춘 나에게 인사를 건넸다. "난 컴퍼트야. 네가 마리아투니?"

"예." 나는 달려온 참이라 숨이 차서 헐떡였다.

"그래. 마리아투 카마라에게 할 말이 있어서 왔단다."

"뭔데요?"

"내일 아침 사무실로 오면 알려 줄게. 거기에서 좀 더 상의하자꾸나." 여자는 사무실로 오는 길을 알려 주고 돌아갔다.

나는 가만히 서서 무슨 일일지 상상의 나래를 펴 보았다. 내가 과연 세상에서 가장 살기 편하다는 미국으로 가게 될까?

이튿날 아침, 늦도록 잠을 자도 상관없지만, 언니를 따라 일어났다. 사촌들이 모두 집을 나선 뒤에 내가 가진 옷 중에서 가장 좋은 빨간색 도켓 라파를 차려입었다. 거기에 단 한 켤레뿐인 주황색 슬리퍼를 깨끗이 씻어 신고는 길을 나섰다.

컴퍼트의 사무실은 수용소에서 멀지 않았다. 그때까지 사무실 건물에는 들어간 적이 없었다. 전에 아담세이 언니와 정문에 서서 회사원들에게 돈을 보태 달라고 사정한 적은 있었지만, 그때마다 경비들이 우리더러 꺼지라고 윽박질렀다.

그날 아침에 정문으로 걸어가면서 경비원이 날 쫓아내지나 않을까 은근히 걱정했다. 하지만, 그런 일은 없었다. 경비원은 가벼운 웃음을 띠었고 나를 위해 문까지 열어 주었다.

컴퍼트가 일러 준 대로 건물의 가장 안쪽으로 가서 계단을 따라 4층까지 올라갔다. 층계참에는 컴퍼트가 나를 맞이하러 나와 있었다. "시간을 정확히 맞췄네." 컴퍼트가 흡족하다는 듯 말했다.

그날 컴퍼트는 커다란 갈색 구슬이 달린 파란색 아프리카 도켓 라파를 입고 있었다. "아주 멋져요." 나는 칭찬을 아끼지 않았다.

"고마워. 나는 서양식 옷도 좋아하고, 아프리카 의상도 즐겨 입어."

컴퍼트의 사무실은 컸으며 책장으로 가득했다. 꽃 그림과 자격증, 졸업장 액자가 벽에 걸려 있었다. 내가 두루두루 살펴보자 컴퍼트는 자신이 사회사업가라고 밝혔다. 수용소의 장애인들에게 가족을 찾아 주는 등 치료 외의 문제를 도와주는 일이었다. "어떤 집안에서는 전쟁으로 팔다리를 잃은 가족을 무척 수치스러워한단다. 장애인이 된 식구들을 처음에는 함부로 대하기도 해. 나는 각 가정에서 장애인 식구를 사랑으로 받아들이도록 도와주고 있어."

나로서는 컴퍼트의 말을 받아들이기가 조금 어려웠다. 수용소에서 컴퍼트를 본 적도 없었고 우리 가족은 오순도순 잘 지냈기 때문이다. 우리 가족들이 날 바라보는 시선은 반군에게 당하기 전과 조금도 달라지지 않았다. 그들은 여전히 나에게 자질구레한 일을 시켰다. "가서 물 좀 떠와라, 마리아투! 가서 피망 좀 사와라! 어서 이 좀 닦아라!" 컴퍼트가 누굴 도와주었는지 알 수 없었다. 하지만, 묻지 않았다.

컴퍼트는 나에게 책상 옆 의자에 앉으라고 손짓했다.

"캐나다에서 어떤 남자에게 전화가 왔어." 컴퍼트는 내 맞은편에 앉았다. "이름이 빌인데 신문 기사에 나온 여자애를 찾는다는구나." 컴퍼트는 신문에서 오려 낸 종잇조각을 내밀었다. 놀랍게도 거기에는 내가 압둘을 안은 사진이 있었다. "이 여자애가 너야?"

"예." 나는 어린 아들의 얼굴을 가만히 바라보았다. "저예요." 나는 눈물을 꿀꺽 삼켰다.

컴퍼트는 내 슬픔을 눈치 채지 못했다. "사진 속의 아이가 너라면 빌이라는 분이 도와줄 거야. 빌과 그 식구들이 네 이야기를 읽고서 너에게 먹을 거며 옷가지를 살 돈을 전달하고 싶대."

"캐나다가 뭔데요?" 내가 물었다.

컴퍼트는 책상 뒤에서 지도책이라는 커다란 책을 꺼냈다. "이곳은 북아메리카야." 컴퍼트는 책장을 넘기며 말했다. "캐나다는 미국 바로 위에 있는 나라란다."

"아, 캐나다는 안전한가요?"

"그럼, 안전한 곳이지. 그리고 부자 나라야. 날씨는 몹시 춥단다. 일 년에 절반은 눈이 내리지."

눈이라는 말은 금시초문이었다. 컴퍼트가 설명하기를 날씨가 추워지면 하늘에서 하얀 소금 같은 것이 떨어진다고 했다. 나는 머릿속으로 시에라리온의 쌀쌀한 봄날 저녁에 하얀 소금이 여기저기 떨어지는 모습을 그려 보았다.

"시에라리온의 가장 추운 밤보다 훨씬 춥단다!" 컴퍼트는 내 마음을 읽기라도 한 듯 일러 주었다. "시에라리온 날씨는 비할 바가 아니야."

"그럼, 빌이라는 남자가 날 캐나다로 데려가나요?"

내가 물었다.

"아니. 하지만, 네가 기도를 열심히 한다면 가능성이 있어."

수용소로 돌아온 나는 고모와 고모부에게 빌에 대해 이야기했다. 그러자 두 분은 나와 식구들에게 잘된 일이라며 기뻐했다.

빌이 돈을 보내면 이런저런 음식을 사야겠다고 말했다.

"난 캐나다에 가고 싶어요. 그 사람이 날 데려가면 좋겠어요."

"앞으로 파인애플이나 코코넛 같은 과일을 살 수 있겠군." 고모부는 내 말을 흘려들은 채 다른 이야기를 덧붙였다. "달콤한 것을 맛본 지가 까마득하네!"

고모와 고모부는 노르웨이 자선 단체에서 전쟁 부상자를 위해 지어 주는 새집 이야기를 꺼냈다. 고모부는 가족 중에 네 명이 불구인데다 집이 없으므로, 우리야말로 자격이 충분하다고 주장했다. 반군은 고모의 집을 포함해서 막보로의 집을 거의 다 부숴 버렸다.

고모부는 말을 이었다.

"빌이 돈을 보내 주면 새집으로 이사 갈 때 도움이 되겠어."

"다 네 덕분이다." 고모는 기뻐하며 내 등을 토닥였다.

고모와 고모부가 빌에 대해 이야기꽃을 피우는 동안 나는 수용소의 사원으로 갔다. 크고 푸른 천막의 앞자리인 남성 구역에서 몇 사람이 기도를 올리고 있었다. 뒤쪽의 여성 구역에는 나밖에 없었다. 나는 무릎을 꿇었다. 머리를 바닥에 대고 연신 속삭였다. "감사합니다. 알라신이여."

한 주 뒤에 컴퍼트의 사무실로 갔다. 나는 컴퍼트의 책상 맞은편에 앉아 초조한 마음으로 빌이 전화하기만을 기다렸다. 그 사람이 나를 꺼릴지도 모른다는 생각에 와락 겁이 났다. 나 말고 영어를 잘하는 다른 여자애로 바꿀까 봐 걱정도 되었다. 수용소 여자애 중 몇몇은 학교에 다녔기 때문에 영어를 몇 마디 배웠다.

나는 포트 로코의 병원에서 처음으로 전화를 알게 되었다. 의사한 명이 하루에 환자를 100명 이상 상대했으므로 간호사들은 종종 프리타운으로 전화를 걸어 그곳의 의사들에게 곤란한 사항을 상의했다. 그전에는 전화를 구경도 못 했다. 우리 마을에는 전화가 아예 없었다. 게다가 전기나 발전기도 없었다. 프리타운에서는 전쟁 때문에 종종 전기가 나갔는데 그럴 때면 주로 발전기를 돌렸다.

몇 분 후에 벨 소리가 들렸다. "빌이 전화했나 보다." 컴퍼트가 수화기를 집어 들며 말했다.

컴퍼트는 빌과 오랫동안 대화를 나누었다. 그러더니 손으로 수화기를 감싸고는 나에게 말했다. "빌은 템네 말이나 크리오 말을 못 한단다. 둘이서 통화해 봤자 무슨 뜻인지 못 알아들을 거야. 하지만, 서로 목소리를 들어 볼 수는 있겠지." 컴퍼트가 내 귀에 수화기를 대 주었다.

"안녕하세요?" 나는 크리오 말로 인사했다.

"차 차 추 추 추우" 빌이 대답했다. 내 귀에는 빌의 영어가 꼭 그렇게 들렸다.

"제 이름은 마리아투에요. 도와주셔서 고맙습니다. 진심으로 감사드려요." 나는 템네 말을 했다.

컴퍼트가 수화기를 가져갔다. 컴퍼트가 영어로 빌과 대화를 나누는 동안에 방 안에 걸린 졸업장과 자격증을 둘러보았다. 프리타운 병원에서도 종이를 넣어 둔 비슷한 액자를 본 적이 있었다. 전에 간호사들이 설명해 주기를 졸업장이란 학교에서 이런저런 공부를 마쳤다고 써 놓은 것이라고 했다. 그래서 학교란 어떤 곳이냐고 간호사에게 물어보았다. 간호사가 대답해 주었다. "때로는 아주 힘겹기도 해. 하지만, 학교에 다니면 여자애들에게는 특히 새로운 세계가 열리거든. 학교를 나와서 중요한 일을 하거나 남을 도와줄 수 있어. 시골 마을에 평생 살면서 줄줄이 아기를 낳을 필요도 없어."

그때 나는 나도 학교에 가고 싶다고 생각했었다.

컴퍼트는 전화를 끊고 나를 바라보았다. "빌이 상자에 옷을 담아 너에게 우편으로 보내 준대. 그리고 돈도 보내 준대. 여기까지 오는 데 한 달쯤 걸릴 거야. 소포가 도착하면 연락해 줄게."

다음 몇 주는 정신없이 지나갔다. 나는 빌이 보낸 소포가 도착하기를 손꼽아 기다렸다.

그리고 축구장에서 펼칠 연극을 연습했다. 단원들은 주말에만 만나는 게 아니라 주중에도 저녁 시간에 짬짬이 모였다. 때로는 연습을 일찍 마친 뒤에 행사 안내 포스터를 만들었다. 글씨와 그림에 재주 있는 단원들이 포스터를 꾸몄다. 나머지는 포스터를 들고 프리타운 곳곳에 나눠 주었다.

빅터는 나에게 에이즈 촌극의 대사를 한 줄 맡겼다. "그래요, 참 좋은 여자였지요."라는 대사인데 에이즈로 죽은 여자를 두고 하는 말이었다. 아울러 여러 차례 무대에 올라가서 춤을 추고 노래하기로 했다.

연극이 상연되는 당일 아침에 빅터는 자기 아내와 수용소 여자들이 바느질한 의상을 건네주었다. 에이즈 촌극에서 나는 주황색 아프리카 의상을 입기로 했다. 춤추고 노래할 때 입을 옷은 쌀자루를 가닥가닥 잘라 만든 치마였다.

그렇게 가슴이 콩닥거리기는 처음이었다. 우리는 빅터가 빌린 몇 대의 소형 버스를 나눠 타고 경기장에 가기로 했다. 다들 한 시간 전에 수용소 한복판에서 만났다.

"겁나니?" 마리아투가 물었다. 우리는 의상을 반듯하게 개켜서 동냥할 때 쓰던 검은색 비닐봉지에 넣었다.

나는 대답했다. "당연하지. 무대에서 발을 헛디디거나 휘딱 자빠지면 어떡해?"

마리아투가 짓궂게 놀렸다. "네가 안 넘어지면 내가 확 밀어줄게."

나도 질세라 농담을 했다. "너야말로 조심해야 할걸. 내가 먼저 널 떠밀어 버릴 거야."

우리는 무대에서 옥신각신하는 장면을 떠올리며 까르르 웃었다. "외국의 자선 단체에 그런 꼬락서니를 보여 주면 정부에서 좋다고 하겠네." 마리아투가 키득거렸다. "여자애 둘이서 엎치락뒤치락 뒤엉킬 테니!"

둘이 한참 킬킬거리고 있는데 빅터가 다가왔다. 게시판과 건물 옆은 물론이고, 도시 어디에나 정문마다 포스터가 붙어 있었다. 빅터는 우리에게 수용소를 제공해 준 자선 단체의 대표를 비롯하여 1000여 명의 사람들이 연극을 보러 올 거라고 귀띔해 주었다.

웃음거리가 될지도 모른다는 공포감이 다시 스멀스멀 올라왔다.

나는 빅터를 한쪽으로 불러서 사정했다.

"빅터, 날 빼고 그냥 가세요. 다들 연기나 노래나 춤을 잘하는데 난 그런 재주가 없어요."

소형 버스가 다가오고 있었다. 빅터가 버스에 내 자리가 없다고 말해 주기를 바랐다. 그런데 빅터는 나를 다독였다. "난 네가 정말 자랑스럽단다, 마리아투. 넌 스스로 먼 길을 헤쳐 나왔잖아. 수많은 고통을 딛고 일어선 너 자신을 보렴. 이제 무대에 나서서 연기를 펼치려고 하잖니."

"내가 단원들을 웃음거리로 만들지 모르잖아요?"

빅터가 대답했다.

"아니, 그 반대야. 우린 연극을 통해 전쟁 부상자를 돕는 뜻깊은 일을 하고 있어. 자선 단체는 무대에 오른 너를 보면서 극단의 필요성을 깨닫고 다른 지역의 극단도 지원해 줄지 몰라. 게다가……." 빅터는 내 어깨를 부드럽게 어루만지며 말을 이었다. "네가 가지 않으면 우리도 안 갈 거야. 우린 동료고 가족이니까. 네가 아무리 초조해하더라도 널 떼어 놓는 일은 없어. 불안한 마음이 드는 건 아주 당연해. 말짱하다면 그게 더 이상한 거지."

무대에 도착하여 커튼 사이로 슬쩍 객석을 내다보았다. 경기장의 무대 주변에 마련한 의자들은 사람들로 빼곡했다. 사람들을 하나하나 살펴보았지만 아는 얼굴이 없었다. 술라이만 삼촌과 마리아투 숙모가 오겠다고 약속했으니 어디엔가 있을 텐데 보이지 않았다. 대부분 정장을 갖춰 입었고 몇몇은 외국 기자인지 피부가 하얀색이었다. 날이 후텁지근하게 더웠으므로, 아프리카 의상을 빳빳하게 차려입은 여자들은 우리가 만든 포스터로 자꾸만 부채질했다. 극단의 소년들이 커튼이 내려진 상태에서 무대에 올라 북을 치기 시작했다. 연극을 시작한다는 신호였다. 첫 순서에는 모든 단원이 무대에 올라 빅터와 단원들이 가사를 붙인 전쟁 노래를 부를 예정이었다. 나는 키가 작았기에 앞줄에 서기로 했다.

빅터가 커튼을 잡아당겼다. 무대에 오르다 말고 나는 쭈뼛거렸다. 그때 뒤에 서 있던 마리아투가 나를 슬쩍 밀었다. 환한 조명이 비추자 나는 화들짝 놀랐다. 아마도 놀란 사슴처럼 보였을 것이다. 나는 가까스로 자리를 찾아서 다른 단원들과 함께 노래를 불렀다. 내 앞에 낯선 사람들이 있다는 사실도 잊어버렸다. 우리는 수용소에서 연습한 대로 노래와 춤을 선보였다.

나는 에이즈 촌극에서 대사를 읊었고 눈물을 흘렸다. 용서와 화해의 촌극은 관객들의 열렬한 기립 박수를 받았다. 단원들이 모두 무대에 올라 팔짱을 낀 상태에서 막이 내렸다.

술라이만 삼촌과 마리아투 숙모가 공연 후에 날 찾아왔다. 나는 내 친구 마리아투, 메무나투와 함께 웃음보를 터뜨렸다. 메무나투는 프리타운이 침입을 당했을 때 한쪽 손을 잃은 여자애다.

삼촌이 나를 꽉 끌어안았다. "정말 대견하다." 삼촌은 눈물을 훔치며 말을 이었다. "네가 캐나다라는 곳으로 떠난다면 참 보고 싶을 게다!"

"걱정하지 마세요, 삼촌. 난 아무 데도 안 가요."

그러나 내 추측은 빗나갔다.

시에라리온이여 안녕

"그럼, 영국에 가는 건 어때?" 내 앞에 앉은 젊은 여자가 물었다. 우리에게 정보를 제공한 그 여자의 이름은 야뇸이었다.

나는 웅얼거렸다. "모르겠어요. 당장 결정해야 하나요?"

마리 고모가 나를 흘겨보았다. 내 대답이 잘못되었다고 생각하는 것 같았다. 저녁이면 다들 모여 앉아서 내가 캐나다로 떠나면 어떤 미래가 펼쳐질지 그리고 어떤 방법이 나와 가족의 생활에 보탬이 될지 중구난방으로 떠들어 댔다. 먼 나라로 떠난 아이들이 가족에게 매달 30만 레온 즉 100달러를 보낼 뿐만 아니라 초콜릿 등 듣도 보도 못한 물건들을 부친다는 이야기도 나왔다. 그런 판에 다른 여자가 뜬금없이 나타나 나더러 영국에 가는 게 어떠냐고 제안한 것이다.

"좋아요." 나는 짐짓 들뜬 목소리로 대답했다. "영국도 좋을 것 같아요." 나는 한시라도 빨리 이 지긋지긋한 수용소에서 벗어나고 싶었다. 그런데 언니의 독일행이 그만 물거품이 되어 버렸다. 나는 언니가 먼저 떠나기를 바랐다. 언니는 내가 밤에 악몽이라도 꾸면 꼭 안아 주는 등 늘 다정다감했다. 그러니 그럴 만한 자격이 충분했다.

"내일부터 서류 작성을 시작하지요." 야봄이 설명했다. "출생증명서와 여권이 필요해요."

"하지만, 그딴 건 하나도 없다오." 마리 고모가 깜짝 놀라며 말했다.

야봄이 말했다. "알아요, 마리아투가 서류 신청할 때 제가 도와줄 거예요."

나는 억지로 웃으며 말했다.

"잘됐네요. 시키는 대로 따를게요."

우리는 거의 두 해 정도 수용소에서 살았다. 고모들과 파트마타의 하루하루는 거의 비슷했다. 빙 둘러앉아 이야기를 나누며 나와 사촌들이 동냥해 온 돈이나 시장에서 사온 음식을 기다렸다. 파트마타는 압둘 삼촌과 결혼해서도 온종일 수용소에서 지냈다. 그리고 여자들과 함께 음식을 만들었다. 마리 고모는 어디라도 좋으니 시골로 가고 싶어 했다. 마빈티 할머니처럼 소일거리가 필요했던 것이다. 고모와 고모부는 전쟁 부상자를 위해 지어 둔 집으로 하루빨리 들어가기를 바랐다. 그런데 이사를 하려면 돈이 필요했다.

내가 빌과 통화한 지도 넉 달가량 지났다. 빌이 보낸 소포에는 내 옷보다 두 치수 큰 바지와 티셔츠 등 서양 옷이 들어 있었다. 아울러 15만 레온(50달러)도 보내 주었다. 컴퍼트는 빌이 소포를 또 보내겠다고 약속했다고 했다. 하지만, 나를 캐나다로 데려가려는 뜻은 전혀 내비치지 않았으므로 고모와 고모부는 불안해했다.

고모는 탄식했다. "참 고약한 일이구나. 그래도 좋은 일이 생기겠지. 누군가 널 외국으로 데려가 줬으면 좋겠다. 거기서 공부해서 일자리를 구하면 오죽이나 기쁘련만. 그럼 넌 돈을 벌어서 여기 가족에게 보내 줄 수도 있을 텐데."

나는 고모를 기쁘게 해 주고 싶었다. 고모 말대로 살고 싶었다.

야봄 역시 컴퍼트처럼 사회사업가라고 말했지만, 수용소에서 본 적은 없었다. 처음에 나눈 대화도 컴퍼트와 비슷했다. "어떤 사람이 있어." 야봄은 독특하게도 손짓을 하며 이야기했다. 한 마디 한 마디를 강조하며 손을 휘저었다. 내 시선은 야봄의 손을 따라가다가 환하고 매끄러운 피부와 크고 동그란 눈에 머물렀다. "이 영국 남자는 네 영국행 비행기 표를 마련하느라 돈을 모으고 있어. 넌 병원에서 치료도 받을 거야."

"어떤 치료인데요?"

"데이비드라는 그 남자는 널 병원으로 데려갈 거래. 간호사와 의사들이 자동차 사고나 농장의 사고로 팔다리를 잃은 환자들에게 도움을 주는 곳이야." 야봄의 설명은 계속되었다. "데이비드는 병원에 돈을 내서 너에게 의수를 맞춰 주겠대. 의수가 뭔지 알아?"

"아니요."라고 대답했다. 난생처음 듣는 말이었다.

야봄은 단어를 골라 가며 설명했다. "데이비드가 너에게 주려는 것은, 그러니까 설명하자면, 가짜 손이야. 그런데 예전의 진짜 손과 같아서 식사하거나 움직이는 데 아무 불편이 없대."

가짜 손? 도저히 상상조차 되질 않았다. 수용소에는 반군에게 잃은 다리에 가짜 다리를 달고 다니는 아이들이 몇 있었다. 커다란 통나무처럼 생긴 나무 장치를 절단된 다리에 테이프로 붙였다. 하지만, 통나무는 금방이라도 떨어져 나갈 것처럼 보였다. 두 다리로 어색하게 걷는 걸음보다 한 다리로 콩콩 뛰어다니는 게 더 자연스러워 보였다. 나무로 만든 손과 손가락이 어떻게 불편하지 않을까? 하지만, 가족을 위해서라면 난 뭐든지 해야 했다.

  둘이 다시 만난 날, 야봄은 나를 데리고 대통령궁 곁의 정부 사무실로 들어갔다. 정문으로 들어서던 나는 기다란 봉에 나부끼는 시에라리온 국기를 잠깐 바라보았다. 우리나라의 국기는 단순했다. 파란색과 초록색과 하얀색의 줄무늬다. 나는 프리타운에 와서야 시에라리온의 국기를 볼 수 있었다. 그것도 몇 번 안 되었다.
  "시에라리온의 역사를 아니?" 내 곁에서 국기를 멀거니 쳐다보던 야봄이 물었다.
  "아니요, 수용소에서 전쟁에 대해 들었을 뿐, 아무것도 몰라요."
  "흠, 그렇구나." 야봄은 나를 건물 옆 벤치로 데려갔다.
  정문의 안쪽은 어찌나 조용하던지 바깥의 복잡하고 시끄러운 거리에 비해 딴 세상이었다. 막보로를 떠난 뒤로 새들의 지저귐을 처음으로 들은 게 이때였다. 바깥에서는 새들의 노랫소리마저도 소형 버스와 자동차의 경적 소리와 사람들의 수다 소리에 파묻혀 버렸다.
  "1500년대에 포르투갈의 개척자가 배를 타고 서부 아프리카 해안에 닿았단다." 야봄이 이야기를 시작했다. "그가 오늘날의 프리타운에 이르고 보니, 폭풍우가 몰아쳤어. 천둥이 산을 뒤흔들자 선원은 그 소리가 사자가 울부짖는 소리와 비슷하다고 생각했지. 그래서 그 지역을 시에라 리오아 즉 사자 산맥이라고 이름 붙였어."
  야봄은 깃발을 흘낏 보았다. "근대 역사에서 시에라리온은 언제나 다른 나라의 식민지였어. 그 나라는 바로 영국인데, 네가 가게 될 나라야. 다시 말해서 영국인들은 시에라리온을 자기 땅이라고 주장했지."

영국인들이 시에라리온에 건물을 짓고 천연자원을 캐 갔다는 야봄의 설명이 이어졌다. 그들은 시에라리온을 현대화하고 오늘날 유럽의 나라처럼 만들려고 노력을 기울였다.

"그래서 어떻게 되었나요?" 내가 물었다.

"좀 복잡해." 야봄이 적당한 단어를 고르느라 잠시 멈췄다. "유럽인들은 시에라리온 사람들을 다른 아프리카인들처럼 노예로 여겼어."

야봄은 노예로 팔린 아프리카인들이 배를 타고 북아메리카까지 가서 대가 없이 일해야 했던 상황을 설명해 주었다. "많은 사람이 배에서 죽어나갔고, 살았더라도 가족과 떨어진 채 등골이 휠 만큼 고된 노동에 시달려야 했어. 엄마들은 아기를 빼앗겼고 남편과 아내는 서로 헤어졌지. 노예 제도가 금지되자 자유를 얻은 노예들이 프리타운으로 돌아왔어. 그래서 이 도시에 자유라는 뜻의 이름이 붙었지. 그런데 예전에 노예였던 이들이 전부 시에라리온 출신은 아니었어. 아프리카 각 지역에서 잡혀갔거든. 따라서 템네 말이나 멘데 말을 못하는 사람이 많았지. 그들은 서양에서 배운 어설픈 영어인 크리오 말을 주고받았어."

야봄은 내 어깨에 팔을 둘렀다. "시에라리온은 1960년대에 이르러 비로소 영국으로부터 독립할 수 있었어. 네 엄마가 태어나기 바로 전일 거야. 시에라리온이 제대로 자리 잡기까지는 그 후로도 10년이 걸렸어. 그동안 정부 관리들의 부패가 심했지. 한번 둘러봐." 야봄은 손을 휘휘 내저었다. "우리나라는 다이아몬드를 비롯하여 보크사이트 등 천연자원이 풍부한 부자야. 그런데도 일반 서민들은 찢어지게 가난해. 서민들은 천연자원을 판매한 돈을 구경도 못해. 시에라리온에서 전쟁이 터진 시기에 동쪽의 라이베리아에서는 내전이 한창이었어. 포데이 산코라는 사람이 1991년에 라이베리아에서 혁명연합전선(Revolutionary United Front, RUF)을 조직했는데 그때 네 나이가 네댓 살쯤 되었을 거야. 산코는 자신의 목적은 시에라리온의 타락한 정치가들을 끝장내는 것이라고 주장했어. 그들이 우리나라의 자원을 외국에 팔아넘겨서 돈을 착복했다는 거야. 하지만, 산코는 자기가 도둑이라고 비난한 어느 정치가 못지않게 파렴치한 짓을 저질렀어. 옛 속담에도 있잖니. 누군가에게 손가락질할 때 세 개의 손가락은 자기 자신을 가리킨다는 것."

나는 고개를 끄덕였다. 마리 고모는 우리가 음식을 두고 남을 고자질할라치면 마구 꾸짖으며 비슷한 표현을 썼다. 고모는 투덜거리는 우리를 이렇게 타일렀다. "얘들아, 남의 못된 짓을 흉보기 전에 자신부터 돌아봐야지."

"산코는 자신의 손가락부터 봐야 했어." 야봄이 말했다. "산코는 다이아몬드를 캐내어 라이베리아로 가져가서 전쟁을 일으킬 무기로 바꾸었지. 그러고는 소년들을 부추겨 군인으로 만들었어. 산코의 손에 붙잡힌 소년들은 정신이 망가졌어. 시에라리온은 가난해. 학교도 집도 없어서 소년들이 어디에도 마음을 붙이지 못해. 그러니 소년들이 산코의 먹잇감이 되는 건 순식간이었어. 마리아투, 우리는 이 세상에서 가장 가난한 나라야. 네가 영국으로 가게 되면 금방 알아차릴 거야. 런던 사람들의 옷과 값비싼 집, 그들이 먹는 음식, 극장, 박물관을 보게 될 거야. 물론 영국과 달리 프리타운에는 아름다운 모래사장이 있긴 하지만, 달랑 그것뿐이란다."

우리는 한 시간가량 밖에 앉아서 이야기를 나누었다. 따뜻한 아침 바람이 잦아들자 시에라리온의 깃발도 더는 펄럭이지 않았다.

"들어가서 서류를 써야겠다." 야봄이 해를 바라보며 말했다. "벌써 오후로 접어들고 있네. 이 일을 끝내지 못하면 넌 다른 곳으로 갈 수 없어!"

정부의 출생증명서를 발급 받으려면 엄청나게 많은 질문에 대답해야 했다. 야봄과 나는 1층 사무실의 어떤 여자 앞에 앉았다. 한눈에 보기에도 사무원이라는 것을 알 수 있었다. 하얀색 블라우스와 단정한 베이지색 치마에 굽이 높은 검은 구두를 신고 있었다.

처음 몇 가지 질문은 쉬웠다. "어디에서 태어났지? 지금 어디에 살아? 엄마의 성함은 뭐니?" 여직원이 나에게 물었다.

이어서 "생년월일이 언제니?"라는 질문이 나왔다.

그 순간 나는 당황스러웠다. 먼저 여직원을 물끄러미 보다가 야봄에게 눈길을 돌렸다. "모르겠어요." 나는 어깻짓을 했다.

"니민 그런 건 아니야." 여직원이 말했다. "시에라리온에서는 자녀의 생일을 기록해 두지 않으니까. 그래도 여기에 채워 넣어야 해. 뭐 생각나는 거 없니?"

"어느 철에 태어난 거 같아?" 야봄이 나에게 물었다.

나는 골똘히 생각했다. "아버지 말씀으로는 내가 비 오는 날에 태어났대요. 그런데 원래 비가 내릴 철은 아닌 것 같았어요. 아무래도 건기가 끝나는 시기인가 봐요." 나는 조심스레 추측해 보았다.

"그럼 5월로 쓰자." 야봄이 말했다. 여직원은 5월이라고 기록했다.

"가장 좋아하는 숫자가 있어?" 여직원이 또 물었다. "5월 며칠인지 써야 하거든."

나는 프리타운에서 구걸하며 숫자를 배웠다. 레온마다 다른 금액이 적혀 있다는 것도 그때 알았다. "모르겠어요. 그런데 25가 좋아요." 내가 대답했다.

"그럼 5월 25일로 정하자꾸나." 여직원이 말했다.

나는 생일을 지낸 적은 없지만 살아온 햇수가 16년인 건 알았다. 그래서 1986년 5월 25일이 내 생년월일이 되었다.

질문이 끝나자 직원이 나더러 서명하라고 했다.

"어떻게 하는지 몰라요." 내가 여자에게 대답했다.

"출생증명서나 여권처럼 정부의 서류에는 이름을 써야 해. 그런데 전쟁 중에 손을 잃은 사람들이 워낙 많아서 발로 하는 서명도 인정한단다. 그러니 엄지발가락을 찍도록 해라."

야봄이 내 오른쪽 슬리퍼를 벗겼다. 엄지발가락을 수건으로 닦아내고 나서 푸른색 잉크를 발랐다. 그러고는 잉크가 묻은 발가락을 여러 장의 서류에 찍었다.

"수고했어." 우리가 일을 마치자 여자가 말했다. "아마 6주 뒤에 출생증명서를 받게 될 거야."

"6주가 지나면 넌 영국으로 곧 떠날 수 있어." 우리가 사무실에서 일어설 때 야봄이 말했다.

야봄과 만나면서 빌에 대해 몇 번인가 털어놓으려고 했다. 하지만, 그때마다 망설였다. 야봄을 못 믿어서가 아니었다. 그 반대였다. 야봄의 상냥한 태도는 파트마타를 떠올리게 했다. 파트마타는 앞장서서 우리를 도와주면서도 보답을 바란 적이 없었다. 하지만, 다른 외국인이 나에게 관심이 있다고 밝히면 영국으로 영영 못 떠날까 봐 노심초사가 되어 말을 꺼낼 수 없었다.

우리 집 여자들은 내가 입을 만한 서양 옷을 구하러 다녔다. 나는 몸집이 아주 작은 편이다. 북아메리카에 가 보니 아주 작은 치수의 옷이 나에게 맞았다. 그런데 수용소에 기증된 옷은 대부분 컸으므로 파트마타와 아비바투 고모는 마우리치오 신부님에게 도움을 청했다. 얼마 후에 신부님이 이탈리아 스타일의 청바지를 건네주었는데 얼마나 통이 좁았는지 수영복처럼 꽉 끼었다. 티셔츠도 몸에 찰싹 달라붙었다.

나는 바지를 입어보고는 소리를 질렀다. "어떻게 이런 옷을 입고 여자들이 걸어 다니지?" 무릎을 구부리기도 어려웠다.

파트마타가 까르르 웃었다. "뼈마디가 보일 정도로 몸매가 다 드러나네."

천막 안에는 몸을 돌릴 틈도 없어졌다. 각 방의 벽마다 옷 무더기를 비롯하여 항아리와 프라이팬, 쌀자루, 음식 재료 등 우기에 필요한 물건이 차곡차곡 쌓여 있다. 게다가 야봄이 사 준 커다란 검은색 가방까지 자리를 차지했다. 가방에는 마우리치오 신부님에게서 얻은 옷을 챙겨 두었다.

어느날 저녁에 마리 고모와 아비바투 고모, 파트마타, 아담세이 언니까지 모두 화톳불 곁에 둘러앉았다. 남자들은 모두 사원에 있었다. 우리 여자들은 모였다 하면 입담을 자랑하기 마련이었다. 그런데 그날 밤에는 꿀 먹은 벙어리처럼 다들 조용했다.

"마리아투," 마리 고모가 막대기로 불 속을 쑤시며 입을 뗐. "네가 야자유 악몽을 꾸었다고 말했는데도 흘려들어서 미안하구나."

고모가 사과하자 나는 깜짝 놀라서 아무 말도 못했다.

"우린 고향에 못 돌아갈 것 같아." 아비바투 고모가 말을 이었다. "이번 전쟁은 너무 길어 신물이 나는구나. 하지만, 마리아투! 너에겐 기회가 왔어. 너 자신이 뭔가 이뤄 낼 기회를 얻은 거야."

"나도 가고 싶다." 아담세이 언니가 들릴락 말락 속삭였다. 얼굴이 눈물범벅이었다. 나는 언니를 끌어안고 말해 주고 싶었다. '언니가 대신 가.'

"내가 마나마를 탈출하여 숲을 벗어나는 데에 일주일이나 걸린 거 알지?" 언니가 말했다.

나는 천천히 고개를 끄덕였다. 언니가 포트 로코 병원에 도착했을 무렵에는 피부 조직이 괴사하여 상처 주변의 살이 썩어 들고 있었다. 의사들은 반군이 잘라 낸 왼쪽 팔의 위쪽까지 절단해야만 했다.

"넌 나보다 영리해, 마리아투." 언니가 말을 이었다. "넌 가야 할 곳을 잘 찾아내는데다 사람들의 마음속을 잘 헤아리잖아. 영국이라는 곳에서도 야무지게 잘해낼 수 있지? 그리고 나중에 좋은 길을 알려 줘."

"넌 우리 희망이야, 마리아투." 마리 고모가 말했다. "병원에서 치료를 받고 나서 학교에도 가고 일자리도 구해라." 잠시 아무도 입을 열지 않았다. 화톳불에서 불꽃이 탁탁 타올랐다.

마리 고모가 침묵을 깼다. "돌아보지 마라, 마리아투. 그래 봤자 후회와 아쉬움만 남을 뿐이니까. 항상 앞만 보고 가도록 해."

내가 영국으로 떠나던 날 아침에는 우리 가족은 물론이고 빅터와 극단의 단원들까지 모두 배웅하러 나왔다. 문득 마리아투가 그리웠다. 마리아투는 축구장에서 연극을 마치고 얼마 지나지 않아 미국으로 떠났다.

"우리를 잊지 마라." 빅터가 작별 인사를 나누는 자리에서 말했다.

"어떻게 잊겠어요." 나는 얼른 대꾸했다. 그건 사실이었다. 내가 빅터나 극단의 단원들을 잊을 리가 없었다. 메무나투와 여러 단원이 작별의 노래를 불렀고, 나는 그들과 춤을 추었다.

가족 중에서 모하메드 오빠가 제일 먼저 앞으로 나왔다.

"잘 가, 마리아투." 오빠가 우람한 팔로 나를 꽉 안아 주었다.

아비바투 고모가 내 팔에 밥과 양념이 담긴 양은그릇을 안겨 주는 순간, 눈에서 눈물이 쏟아질 것 같아 이를 악물었다. 고모가 울먹이며 말했다. "배 타고 먼 길을 가다 보면 허기질 거야."

"가자, 마리아투." 마리 고모가 내 가방을 들었다. 나보다 훨씬 자그마한 고모가 커다란 가방을 끙끙거리고 드는 모습에 웃음이 터져 나왔다.

"어서 고모 좀 도와줘." 나는 오빠들에게 소리쳤다.

오빠들은 가방 옆을 번쩍 들어 올려 함께 머리에 이었다. 이브라힘 오빠가 웃으며 한마디 던졌다. "야, 마리아투, 다시는 이래라 저래라 간섭하는 네 꼴을 안 봐도 되니 속이 다 후련하다!"

나는 킥킥거리며 이브라힘 오빠를 쓰러뜨릴 양으로 슬쩍 밀었다. 하지만, 금세 오빠들 뺨에 입을 맞췄다.

다들 길거리에 주차된 소형 버스까지 따라 나왔다. 야봄은 벌써 버스 안에서 날 기다리고 있었다. 트렁크에 가방을 싣고 나서 나는 운전사 옆 자리에 앉아 몸을 내밀고 팔을 흔들었다. 가족과 친구들은 날 보고 웃어 주었다. 나 역시 마음속은 떨렸지만 계속 웃었다. 내 어깨에 막중한 짐이 놓인 것 같았다. '저 사람들을 다시 볼 수 있을까?' 버스가 출발하자 나는 그런 생각에 잠겼다. '가족이 원하

는 대로 내가 해낼 수 있을까?'

　나는 억지로 눈물을 삼키려고 노력했다. 흙길을 한참 달리는데 마리 고모의 말이 떠올랐다. "마리아투, 항상 앞만 보고 가도록 해."

회색빛 런던

"또 비가 내려요." 나는 웅얼거리며 침대 밖으로 나와서 눈을 비볐다.

부엌 창문 너머로 물살이 일렁이는 템스 강을 내려다보았다. "시에라리온의 우기에 내리는 비보다 훨씬 많이 쏟아지네요." 나는 커피를 홀짝이는 야봄에게 말했다. "오늘도 나가야 하나요?"

"뭔가 해야지." 야봄이 건성으로 대답했다. 냉장고에 붙여 둔 쪽지에는 데이비드가 추천한 방문할 만한 장소가 적혀 있었다. "자연사 박물관일걸?"

런던에 두 주 동안 머물렀는데 그동안 주야장천 비가 내렸다. 데이비드는 병원에 예약해 둔 날짜가 아직 멀었다며 그동안 도시를 돌아다니라고 권했다. 데이비드의 목록에는 빅벤이라는 커다란 시계가 달린 국회 의사당을 비롯하여 웨스트민스터 사원, 성 바울 성당, 마담 튀소 박물관이 있었다.

"마담 튀소 박물관은 뭔가요?" 내가 야봄에게 물었다.

"데이비드 말로는 유명 인사들의 밀랍 인형을 모아 둔 곳이라던데."

"유명 인사가 뭔데요?"

"모르겠어." 야봄은 고개를 흔들며 대답했다.

우리가 들어온 방 두 칸짜리 아파트는 시에라리온 여자인 마리아마의 집이었다. 마리아마는 데이비드가 추진한 내 영국행을 처음부터 도와주었다. 야봄이 나를 위해 텔레비전을 켰다. 나는 다리를 포개고 앉아서 엔싱크(N'Sync, 미국의 팝그룹이며 2002년 공식 해체했다)라는 밴드의 연주를 지켜보았다. 그들이 부르는 가사를 한 마디도 알아들을 수 없었고, 리듬도 생소했다.

"서양 음악은 박자가 느껴지지 않아요." 나는 아침 설거지를 하는 야봄에게 말했다. "북 치는 사람들은 없나요?"

마리아마가 전에 가르쳐 준 대로 텔레비전을 끄고는 야봄이 있는 부엌으로 갔다. "난 이 나라가 싫어요. 회색뿐인데다 우중충해요. 시에라리온에서는 사람들의 옷이며 나무며 꽃들이 죄다 알록달록 화려한 색깔들이잖아요."

야봄이 대답했다. "런던에 곧 적응할 거야. 영국의 상황과 독특한 색깔을 받아들이려면 시간이 걸려."

"회색은 도저히 못 받아들이겠어요." 나는 웃고 말았다.

런던 시내의 사람들은 걸음이 빨랐으며 안녕이라는 인사말도 서로 나누지 않았다. 지나치면서 고개 한번 까딱이지 않았다. 마리아마의 아파트를 나설 때면 웰링턴이라는 이상한 장화를 신고, 불편하기 짝이 없는 고무 재질의 외투를 입어야 했다.

야봄은 나를 살살 달래서 데리고 나갔다. 그럴 때면 나는 팔짱을 낀 채로 이를 덜덜 떨었다. 런던은 비가 내려 축축한데다 쌀쌀했다. "야봄, 어디 안으로 들어가면 어때요?"

"버스 타러 가자." 야봄이 말했다.

나는 반색하며 소리쳤다. "좋아요! 꼭대기에 앉아도 돼요?"

빨간색 이층 버스를 처음 보던 날, 나는 야봄에게 한번 타자고 졸랐다. 시에라리온의 포다포다는 좌석이 열다섯 개뿐이라 열 명은 바닥에 앉든지 옆자리나 뒤에 매달려야 했다. 그런데 영국 버스는 그보다 더 많은 승객을 태울 수 있었다.

마리아마는 전쟁이 나기 전에 영국으로 이주했다. 그 뒤로는 런던에 있는 시에라리온 단체에서 힘닿는 대로 일하며 새로운 이주민에게 집이나 직장을 찾아 주고 식사를 마련했다. 내 병원비에 도움을 주려고 런던에 사는 시에라리온 사람들을 상대로 모금 활동을 벌이기도 했다.

"사람들이 신문에서 전쟁 부상자 관련 기사를 읽었어. 다들 도와주려고 해." 마리아마가 나에게 말했다.

마리아마의 아파트에는 내 방이 따로 있었다. 고향 집에서는 어림도 없는 노릇이었다. 하지만, 창문이 회색 아파트에 가로막혀 어두컴컴했기 때문에 혼자 자기가 께름칙했다. 나에게 그 방은 너무 크고 휑뎅그렁했다. 얼마 전까지 내 곁에는 항상 누군가 누워 있었다. 그때는 밤마다 새근새근 사람들의 숨소리가 들려 마음이 놓였다. 그런데 런던의 잠자리는 어두컴컴한 가운데 냉장고의 윙윙거리는 소음만 귓가를 맴돌았다.

영국에 도착한 뒤로 나는 반군이 등장하는 악몽을 꾸기 시작했다. 그들이 나를 쫓아오는 꿈이었다. 포트 로코까지 진흙길을 다시

걸어가기도 했다. 위험이 코앞에 닥쳤다는 걸 알려 주듯 매 한 마리가 소리를 질렀다. 길쭉한 억새풀 사이로 반군 대장이 보였다. 반군 대장은 손을 올리며 소년들에게 날 공격하라고 명령을 내렸다. 그때마다 반군들의 얼굴이 드러났다. 그들은 눈을 이글거리며 씨근씨근 거친 숨을 몰아쉬었다. 반군들의 몸은 피로 칠갑한 채였는데 바로 내가 흘린 피였다. 소년들은 숲에서 튀어나와 달려왔다. 그리고 눈 깜짝할 사이에 나를 덮치고는 마체테를 휘둘렀다.

나는 외마디 소리를 내지르며 악몽에서 깨어났다. 옆방에서 마리아마와 같이 자던 야봄이 헝클어진 머리에 구겨진 잠옷 바람으로 달려왔다. 야봄은 내 곁에 누워 병원에서 파트마타와 아비바투 고모가 그랬듯이 내 머리를 쓰다듬어 주었다. 그러면 나는 깜박 잠들었으나 다시 꿈속을 헤맸다.

어느 날 저녁에 야봄이 말했다. "반군과 멀어졌다는 안도감에 자꾸 꿈을 꾸는 것 같아. 억눌렀던 감정과 털어놓고 싶은 기억들이 솟아오르나 보다."

"그날 일을 입 밖으로 낸 적이 없어요. 고작해야 의사들과 기자들뿐이었지요. 그들은 받아 적느라 급급해서 나와 눈길도 별로 마주치지 않더군요. 내 말의 절반이라도 들었는지 모르겠어요."

"나한테 말해 볼래?" 야봄이 비스듬히 누우며 말했다. 아이보리 비누 비슷한 냄새와 따스한 온기에 마음이 푸근해졌다. 이야기를 풀어놓는 동안 야봄은 나를 안아 주었다. 막보로의 어린 추억에서 시작하여 고모, 고모부와 어떻게 살게 되었는지 말했다. 반군에 대한 기억과 숲에서 만난 남자가 포트 로코로 가는 길을 알려 준 것도 이야기했다. 심지어 살리우에 대해서도 털어놓았고 언니가 아니라 내가 먼저 시에라리온을 떠나게 되어서 죄스러웠던 심정도 밝혔다.

나는 한숨을 쉬었다.

"나보다 언니가 와야 했어요. 언니는 착한데 난 못됐으니까요. 난 압둘을 죽였거든요."

야봄은 남들과 달리 내 말에 귀를 기울여 주었다. 내 말이 끝나자 야봄은 자기 이야기를 했다. 야봄은 결혼을 했고 아이를 갖고 싶었지만, 전쟁이 끝날 때까지 미루기로 했다. "모든 게 안정되면 아들딸을 낳을 거야. 넌 앞으로 아이를 낳을 거니?"

"그럼요. 전부터 자식을 넷 낳고 싶었고 지금도 변함없어요."

야봄이 자애롭게 말했다.

"있잖아, 압둘은 너 때문에 죽은 게 아니야. 시에라리온에는 질병과 영양 부족으로 피어나 보지도 못하고 죽는 아기들이 많아. 넌 어린애에 불과했어. 어린애가 어떻게 아기를 키울 수 있겠니? 더구나 압둘은 네 고모들이나 파트마타나 마빈티 할머니에게서 사랑을 듬뿍 받았잖니. 네가 고모 고모부와 함께 산 것처럼 말이야. 네 엄마는 널 사랑하지 않아서 그랬을까?"

"아니요." 나는 그런 생각을 손톱만큼도 해본 적이 없었다.

나는 두려운 감정도 야봄에게 털어놓았다. "우리 가족은 내가 공부를 해서 버젓한 직장에 다니길 원해요. 난 손이 없는데도 잘해낼 수 있을지 모르겠어요. 그들이 날 대견해하면 좋겠는데……. 고모 고모부와 우리 식구들이 막보로로 돌아가서 예전처럼 살면 얼마나 좋을까요? 그런데 우리 가족은 거기까지 갈 여비도 없어요. 내가 돈을 많이 벌어서 가족을 고향으로 보내 주고 싶어요. 내가 그런 일을 할 수 있을지 잘 모르겠어요."

야봄은 팔꿈치에 기대어 몸을 일으켰다. "이 작은 어깨에 너무 많은 짐을 이고 있구나. 네가 새로운 손을 얻고 공부를 하면 언젠가 직업을 구하겠지. 그것만으로도 네 가족은 널 먹여 살리거나 보살필 짐을 더는 거야. 지금은 네 힘으로 일어서는 일에만 신경 쓰렴. 나머지는 지금 걱정할 때가 아니야."

마음에서 그 문제를 완전히 털어내지는 못했지만 야봄의 뜻을 이해할 것 같았다. "알았어요. 그럴게요."

탁자 위에 놓인 전자시계를 보니 벌써 새벽 네 시였다. 밤새도록 이야기를 나눈 셈이었다. "오늘은 꽃을 사러 가자. 그러고 나서 ABC를 배우는 거야. 네 방이랑 네 마음을 환하게 가꿔 보자꾸나."

야봄의 말을 끝으로 우리는 깊은 잠에 빠져들었다.

야봄은 런던에 적응하기까지 시간이 필요하다고 했는데, 데이비드는 의수 장치에 적응하는 데 시간이 걸릴 거라고 했다. 데이비드와 야봄과 마리아마가 지켜보는 가운데 나는 병원 진찰실에서 의수를 끼워 보려고 끙끙댔다. 배낭처럼 짊어져야 하는 은빛 금속 기구에는 두꺼운 가죽끈이 여러 개 달려 있었다. 기구는 큼지막했고 무지무지 무거웠다. 등과 팔의 모든 근육에 잔뜩 힘을 주어야만 기구를 간신히 끼울 수 있었다.

사람들은 기구를 잠시만 쓸 거라며 나를 달랬다. 가짜 손이야말로 내가 런던에 온 목적이었다. 그런데 제대로 된 가짜 손을 받으려면 몇 주 더 기다려야 했다. 딱 맞는 가짜 손을 만들기 위해 끈적이는 플라스틱 틀에 양팔을 집어넣는 과정을 여러 번 거쳤다. 그래도 새로운 플라스틱 손은 더 작고 가볍다고 들었다. 그때까지는 이 무시무시한 금속 기구를 사용하는 수밖에 없었다.

그런데 금속 손은 내 뜻대로 움직이지 않았다. 병원의 물리치료사가 한 주에 두세 번씩 금속 손가락으로 플라스틱 고리나 주먹 크기의 공을 어떻게 집는지 열심히 가르쳐 주었다. 곧게 뻗은 금발 머리의 여자 물리치료사가 팔을 붙잡아 줄 때면 나는 상자 한쪽에 있는 동전을 다른 한쪽까지 그럭저럭 밀어냈다. 하지만, 혼자 할 때는 동전 가까이는 얼씬도 못 했다. 더구나 의수가 무거워 상자마저 쓰러뜨릴 때는 좌절감과 당황스러움에 한숨만 푹푹 나왔다.

"괜찮아." 물리치료사는 영국식 억양으로 늘 다독거렸다. 하지만, 실망스러운 표정이 역력했다. 물리치료사는 축구 팬이 좋아하는 선수를 응원하는 심정이라며, 뽀얀 얼굴이 벌겋게 달아오를 만큼 주먹을 꼭 쥐고 격려했다. 팬들이란 좋아하는 선수가 점수를 못 내더라도 응원을 보내는 모양이다.

데이비드와 마리아마는 내가 기구를 끼고 날마다 연습하기를 바랐다. 아침마다 마우리치오 신부님이 주신 청바지와 긴소매 셔츠를 입고서 혼자 힘으로 기구를 끼우는 것이 내 첫 일과였다. 나는 기구를 침대에 올려놓고 나서 바닥에 앉아서 팔을 끼워 넣었다. 십중팔구 기구는 쓰러졌고, 다시 시작해야 했다. 의자에 기구를 올려 두고 뒷걸음질로 가서 끼워 본 적도 있었다. 그때는 의자가 자꾸 넘어졌다.

야봄은 안타까워했다. 마리아마가 집을 나서자마자 야봄은 내 방으로 달려와 도와주었다. 기구를 끼고 처음으로 아침 식사를 하는 자리에서 나는 기다란 손가락 끝에 버터를 바른 토스트 한 조각을 가까스로 꽂았다. 야봄은 꼬챙이에 고기라도 꿴 듯한 토스트를 어서 먹으라고 권했지만 나는 얼굴을 찌푸렸다. 이런 식으로 먹고 싶지는 않았다. 사실, 기구가 없어도 숟가락이나 포크를 접착포로 팔에 붙여 두면 간단히 해결될 문제였다. 그런 도구만으로도 밥이나 조그만 콩알쯤은 너끈히 처리할 수 있었다. 나에게는 가짜 손가락이 필요 없었다.

 토스트 사건 이후로 나는 아침 식사를 거부했다. 기구를 등에 메고 방에서 나와 시리얼 상자와 우유와 생크림이 든 팩, 바나나와 빵을 바라보며 군침을 삼켰다. 하지만, 배가 고프지 않다며 사양했다. 그리고 방으로 돌아가서 야봄이 나를 데리고 나갈 때까지 청소하며 기다렸다.

 야봄과 나는 런던에 오자마자 이곳저곳을 누비고 다녔다. 그런데 런던 시내를 걷기가 차츰 부담스러워졌다. 처음에는 무심코 지나치던 사람들이 이제는 발걸음을 멈춘 채 나와 금속 손을 빤히 쳐다보았다. 마리아마와 야봄이 사 준 파란색 모직 외투는 금속 기구를 가릴 수 있도록 두 치수 큰 것이었다. 그런데도 은색 손은 툭 삐져나왔다. 사람들은 우산 밖으로 고개를 내밀어 쳐다보았다. 헐렁헐렁한 옷차림의 자그마한 아프리카 여자애가 양쪽 소매 밖으로 금속 기구를 내민 모습이 그들의 시선을 잡은 것이다.

 전에는 모퉁이의 꽃 가게를 드나드는 것이 런던 생활의 즐거움이었다. 가게 주인이 만든 꽃다발을 보거나 분홍색, 노란색, 빨간색 장미와 하얀색 백합의 향기를 맡으며 시간을 보냈다. 때로는 마리아마와 데이비드가 준 용돈으로 치자 꽃을 사서 내 방 탁자의 유리병에 꽂아 두기도 했다. 그런데 이제는 내가 꽃병이라도 깰까 봐 빨간 머리의 판매원이 졸졸 따라다니기 시작했다. 언젠가 하얀 장미 꽃다발을 바닥에 떨어뜨렸기 때문이다.

 프리타운에서 동냥할 때 나는 늘 시선을 내리깔았다. 그런데 그때의 나와 똑같은 시선을 가진 사람을 런던에서 보게 되었다. 허름하고 부스스한 노숙자들이 행인에게 푼돈을 구걸하고 있었다. 앞에 검은 비닐봉지가 아니라 양철 깡통을 두었다는 점만 달랐다. 우리 아파트 근처의 런던 지하철역 입구에도 어떤 젊은이가 항상 나와 있었다. 스무 살가량 되어 보였는데, 때 묻은 금발이 헝클어져 있었다. 누덕누덕 기운 갈색 모자와 해진 외투에 너덜너덜한 청바지 차림이었다. 손은 때가 껴서 새까맸으며, 손가락이 누리끼리했는데 야봄의 말로는 담배 탓일 거라고 했다. 남자는 대체로 차가운 시멘트 바닥에 넋을 놓고 앉아 있었다. 가끔 기타를 연주하기도 했다. 한 번은 아프리카 북을 친 적도 있었다. 빠르고 힘차게 두들기는 우리나라 남자애들과 달리 북 치는 솜씨가 형편없었다. 그런데도 나름대로 열심히 쳤다.

 나는 팔꿈치로 야봄을 찌르고는 돈을 주자며 금속 기구로 남자를 가리켰다. 야봄은 거절했다. "돈을 허투루 쓰면 안 돼."

 "야봄, 부탁이에요. 장애인 수용소에서 지내던 내 모습이 떠올라요." 나는 사정했다.

 야봄은 남자의 기타 가방에 동전 몇 푼을 떨어뜨렸다. 나는 미소를 지으며 남자의 시선을 끌어 보려고 했다. 하지만, 남자는 적선해 주는 사람을 함부로 쳐다봐서는 안 된다는 것을 잘 알고 있었다.

 "왜 런던의 젊은이가 거지 노릇을 하나요?" 어느 날, 저녁 식사를 하던 중에 마리아마와 데이비드에게 물었다. "여기는 부자 나라라서, 어디에나 고급 승용차인 벤츠가 널렸는데요."

 데이비드가 대답했다. "영국이 시에라리온보다 잘사는 건 사실이야. 하지만, 여기에도 가난한 사람들이 산단다. 전 세계 어디에나 가난한 사람들은 있어. 사실 부자보다는 가난하게 사는 사람들이 훨씬 더 많아."

 나는 가슴이 철렁 내려앉았다. 빨리 공부를 시작하지 않으면 영국의 노숙자가 되어서 시에라리온의 거지나 다름없는 신세로 전락할 것 같았다. 게다가 추위와 빗줄기에 시달리겠지.

그날 저녁 식사를 마치자마자 야봄에게 냉장고에 붙어 있는 색색의 알파벳 자석을 떼어 달라고 부탁했다. 그때까지는 금속 손가락으로 자석을 만질 엄두가 나지 않아서 알파벳 배우기를 미뤄 왔다. 데이비드와 마리아마가 식탁을 치우기에 야봄에게 내 방으로 알파벳 자석을 갖다 달라고 속삭였다. 그러고는 야봄의 도움을 받아 기구를 벗었다. 바닥에 편안히 앉아서 팔로 글자를 가지런히 늘어놓았다. 야봄이 실수를 몇 번 지적했으나, 한 시간 반이 지나자 나는 A에서 Z까지 순서대로 놓을 수 있었다.

야봄은 기쁨을 감추지 못했다. "내일부터는 영어 단어를 익혀도 되겠어."

한두 주 단어를 익히던 때였다. 야봄의 질문에 나는 또 다시 가슴이 철렁 내려앉았다. "마리아투, 빌이 누구니?"

차마 대답할 수 없었다. 나는 시선을 피했고, 마리아마는 나를 물끄러미 보았다.

우리 셋은 마리아마네 거실에 있었다. 조금 전에 마리아마가 정부 기관에서 일을 마치고 돌아와, 단어 공부를 도와주던 야봄을 자기 방으로 불렀다. 나는 텔레비전을 켜고 뮤직비디오를 보고 있는데 두 사람이 내 방으로 들어왔다. 마리아마가 텔레비전을 껐고 야봄이 내가 앉은 소파 옆자리에 앉았다.

"마리아투, 빌이 누구지?" 마리아마 역시 질문을 던졌으나, 야봄과 달리 사근사근한 말투가 아니었다.

나는 그들이 빌을 알고 있으리라 애써 믿고 있었다. 야봄은 프리타운의 수용소에 종종 전화를 걸어 내 치료 과정을 전하며 우리 가족에게 안부를 전하고 있었다. 언젠가는 야봄이 고모, 고모부와 언니가 프리타운에서 차로 한 시간 거리에 있는 마사이카 외곽의 작은 시골 마을로 떠났다는 소식을 전해 준 적도 있었다. 캐나다에 있는 사람에게서 돈을 받아 이사한 것이다. '그런데 어떻게 야봄과 마리아마가 빌에 대해 모를 수 있지?' 나는 속으로 생각했다.

마리아마는 손가락으로 의자 옆을 톡톡 두들겼다.

야봄이 다시 물었다. "마리아투, 빌이 누구니? 어서 말해 봐."

나는 숨을 깊이 들이마시고는 빌과 어떤 관계인지 한 시간 정도 설명했다.

"왜 빌에 대해 좀 더 일찍 말해 주지 않았니?" 내가 말을 마치자 마리아마가 추궁했다.

나는 대답했다. "두 분 다 빌에 대해 알고 있을 줄 알았어요. 게다가 빌은 날 캐나다로 데려갈 마음이 없었거든요."

야봄이 한숨을 내쉬었다. "마리아투, 빌이 널 캐나다로 데려가려고 해. 네가 캐나다로 오는 것에 동의했다는구나."

나는 솔깃한 표정을 감추려고 애썼다. 마리아마와 야봄과 데이비드는 나에게 무척 잘해 주었다. 나로서는 그들을 실망시키고 싶지 않았다. 하지만, 야봄의 말을 듣자마자 생각과 달리 마음이 부풀어 올랐다. 딱 꼬집어 이유를 설명할 수는 없었다. 하늘에서 소금이 떨어진다는 것만 알 뿐 캐나다가 생소한데도 왠지 마음이 끌렸다.

"빌이 캐나다로 언제 오래요?" 내가 다짜고짜 물었다.

마리아마가 꾸짖었다. "마리아투, 의수가 곧 준비될 거야. 그리고 사용하는 법을 익혀야 해. 아직 치료도 더 받아야 하고. 넌 영국을 떠날 수 없어."

나도 모르게 얼굴이 확 달아올랐다. "난 캐나다에 가고 싶어요. 영국에 6개월만 머물 거잖아요. 그다음에는 어떻게 되나요? 그때는 캐나다로 갈 수 있어요?"

야봄이 내 어깨를 감싸며 말했다. "그걸 기회로 영국에 남아야지. 마리아마네 식구가 널 후원해 줄 거야. 나중에 의수를 잘 다루면 여학교에 다닐 수도 있고."

"왜요?" 나는 버럭 소리 질렀다. 불쑥 튀어나온 고함에 야봄과 마리아마뿐만 아니라 나 자신도 깜짝 놀랐다. 하지만, 속에서 치밀어 오르는 화를 참을 수는 없었다. "왜 이딴 걸 끼워야 하는데요?" 나는 금속 손을 움켜쥐고는 물었다. "정말 지긋지긋해요. 이거 없어도 뭐든지 잘할 수 있어요. 난 다른 곳에 갈래요. 캐나다로 가고 싶다고요!"

"은혜라고는 눈곱만큼도 모르는구나." 마리아마가 힐난했다. "넌 수용소의 아이들이 꿈꾸는 기회를 얻었잖아."

나는 벌떡 일어나서 발을 굴렀다. "내가 바란 건 아니잖아요. 난 그저 캐나다라는 곳에 가고 싶을 뿐이에요."

나는 방으로 뛰어 들어가 기구를 벗어 바닥에 내동댕이쳤다. 내 뒤를 따라온 야봄이 나를 달랬다.

"날 내버려 둬요." 나는 악을 쓰며 야봄을 문으로 밀어냈다. 야봄은 놀란 눈으로 나를 바라보았다. 나는 야봄을 향해 사납게 덤벼들었다. 진통제를 먹고 배 속에 아기와 함께 죽으려는데 아비바투 고모가 말리던 때와 비슷했다. 내가 덤벼들자 야봄이 몇 걸음 뒤로 물러섰다. 그 순간 야봄의 코앞에 대고 문을 쾅 닫아 버렸다.

나는 숨을 몰아쉬며 뒷걸음치다 침대에 부딪혔다. 순간 바닥에 주저앉아서 머리를 감싸고는 펑펑 울었다.

잠시 후, 눈물은 멎었지만 꼼짝 않고 방에 틀어박혀 있었다. 집 안은 정적에 휩싸였고 다들 잠자리에 들었다. 누구도 나를 들여다 보거나 잘 자라는 말을 건네지 않았다. 내가 한숨 자고 아침에 일어나면 분노가 사라질 거라고 짐작한 모양이었다.

그러나 분노는 수그러들었어도 캐나다로 가겠다는 결심은 변함없었다. 마리아마와 데이비드가 나더러 영국에 남아 있으라고 구슬렸으나 내 마음은 확고했다. 야봄은 어떤 설득도 소용이 없다는 것을 깨닫고는 나에게 캐나다 비자를 얻어 주려고 절차를 밟기 시작했다.

어느 날 아침에 우리는 지하철을 타고 캐나다 고등 판무관 사무실을 찾아갔다.

젊은 여자가 친절하게 설명했다. "어쩌지요. 캐나다로 가려면 출생지에서 절차를 밟아야 해요."

야봄이 간청했다. "애는 시에라리온으로 돌아갈 수 없어요. 아직도 전쟁 중이거든요. 거기에 가면 다시는 못 나와요."

그 말은 사실이 아니었다. 그때가 2002년 2월이었는데, 이미 한 달 전에 아메드 테잔 카바 대통령이 전쟁의 종료를 선포했다.

여직원이 공손하게 대답했다. "규칙상 시에라리온에서 신청해야만 해요. 여기서는 방법이 없네요."

"그럼 난 우리나라로 갈래요!" 지하철역으로 걸어가는 길에 나는 야봄에게 딱 잘라 말했다.

야봄이 경고했다. "그럼 다시는 시에라리온을 못 떠나. 마리아마와 데이비드 말이 옳아. 영국이야말로 너에게는 기회야. 시에라리온으로 돌아가는 건 너무 무모해. 게다가 프리타운에는 캐나다 영사관도 없단다. 서류를 작성할 곳도 없는데 그런 말을 하다니! 난 이해할 수 없구나. 넌 자칫하면 프리타운에 발이 묶이게 돼. 그렇게 되고 싶니?"

영국인들이 튜브라고 부르는 지하철에 올라타서 나란히 앉은 뒤에야 나는 입을 열었다. "아무래도 난 영국과 맞지 않아요." 나는 속삭이며 야봄에게 팔짱을 끼었다. "이유를 설명할 수는 없지만, 정말 그래요. 반군과 마주친 때처럼 내 인생에는 기회가 여러 번 있었어요. 그때마다 내 바람과는 달리 사람들의 뜻을 따랐지요. 이번엔 날 믿어 주세요. 이젠 손이 없어도 웬만한 일을 할 수 있어요. 나에게는 의수가 필요 없어요. 그리고 가족도 만나고 싶어요. 무엇보다 캐나다 비자를 받아서 눈이 내리는 곳에서 학교도 다니고 내 앞길을 헤쳐 갈래요."

"좋아, 마리아투. 널 믿어 보마. 어쨌든 네 인생이니까. 힘닿는 데까지 널 도와줄게."

짧은 귀향

내가 울분을 터뜨린 이후로 야봄과 마리아마와 데이비드는 의수로 포크를 들고 식사하라거나, 기구를 낀 채 산책하라고 강요하지 않았다. "오늘은 안 할래요. 내일 연습할게요."라고 말하면 더는 다그치지 않았다.

양팔과 이로 운동화 끈을 묶고, 스웨터와 재킷의 지퍼를 올리고 또 병뚜껑과 물병 마개를 비틀어 돌리는 동작을 보란 듯이 척척 해냈다. 심지어 야봄과 함께 시장에서 사 온 쌀, 고추, 닭 그리고 생선으로 요리도 했다.

"의수가 보탬이 될 줄 알았는데 우리의 착각이었나 보다." 어느 날 저녁에 데이비드가 인정한다는 듯이 말했다.

내가 대답했다. "그렇지 않아요. 언젠가는 의수에 익숙해질 거예요. 그런데 지금은 내 힘으로, 내 손으로 일을 처리하고 싶어요. 데이비드, 도와주셔서 고마워요. 영국에서 참 많이 배웠어요."

사람들은 이번 일을 헛수고로 여겼지만 나는 정말 얻은 게 많았다. 거리의 간판에 쓰인 영어를 포함하여 약간은 영어를 읽을 수 있었다. 숫자도 100까지 셀 수 있었다. 무엇보다 영국에서 나는 내 마음속 소리에 귀를 기울일 수 있는 자존감과 원하거나 필요한 것을 요구할 수 있는 자신감을 얻었다.

내가 프리타운으로 떠나던 날에도 어김없이 비가 내렸다. 새로운 의수는 부드러운 종이에 곱게 싸서 가방 속에 넣어 두었다. 그동안 쓰던 금속 기구를 대신하는 나에게 딱 맞는 의수였다. 플라스틱이라 작고 가볍고 편안했지만, 굳이 그 의수를 팔에 끼우지 않아도 나는 이런저런 일을 할 수 있었다.

내가 패션에 관심이 있다는 사실도 런던에서 비로소 깨달았다. 의수 곁에는 굽 높은 검은색 가죽 부츠가 포장되어 있었다. "저런 걸 신고 어디 가려고?" 내가 그 신발을 사 달라고 부탁하자 야봄이 말했다. "제대로 걸을 수나 있겠어?"

실제로 나는 어디를 가든 그 부츠를 신고 다녔다. 런던에 있을 때, 몸에 딱 맞는 모직 외투를 걸치고 마리아마의 실크 스카프를 둘렀다. 양손은 주머니에 찔러넣었다. 거기에 멋들어진 부츠를 신고서 도시 곳곳을 신이 나서 돌아다녔다.

나는 비행기 좌석에 앉자마자 옆에 있는 창문 가리개를 내렸다. 나는 창밖을 보고 싶지 않았다. 비행기가 속도를 높여 이륙하고 구름이 가까워져 마침내 그 사이를 날아다니는 동안, 난기류 때문에 덜컹거릴 때마다 나는 야봄의 팔을 움켜잡으며 기댔다.

승객들은 대부분 잠들었으나 나는 비행기가 산산조각이 날까 봐 눈도 못 감았다. 그리고 영어를 어설프게나마 알아들었으므로 승무원들이 나누는 영어 대화에 귀를 쫑긋 세웠다. 저녁 식사로 닭고기 요리와 감자가 나왔지만, 입만 대고 말았다. 착륙이 가까워져서야 나는 가까스로 화장할 수 있었다. 런던에서 야봄은 내가 곧 열일곱 살이니 자기 화장품을 써도 된다고 허락해 주었다. 마리아마는 내가 프리타운으로 떠나기 전에 립글로스, 분홍색 아이섀도, 갈색 아이라이너를 비롯하여 작은 화장품 보관함을 사 주었다.

자정이 가까워서야 룽기 국제공항에 도착했다. 공항 앞에는 시에라리온 강이 흘렀고 강 건너편에 프리타운이 있었다. 늦은 시각인데도 공항은 짐꾼과 세관 직원들로 북적였다. 세관 직원 가운데 한 사람이 내 초록색 시에라리온 여권에 도장을 찍더니 통과해도 좋다며 손짓했다.

공항을 나오자 어린 소년들이 휘파람을 불며 돈을 달라고 손을 내밀었다. 뜨겁고 끈적이는 공기와 소년들의 모습에 정신이 번쩍 들었다. 이 아이들 역시 예전의 나처럼 몇 푼이라도 벌어야 쌀과 채소를 사서 가족을 먹여 살릴 수 있었다. 공항이야말로 그런 아이들에게 안성맞춤인 장소였다. 긴 비행을 마치고 시에라리온에 첫발을 디딘 외국인들은 대부분 구호 기관 직원이었기 때문에 너그러웠다.

야봄은 어떤 소년에게 몇 레온을 주면서 우리 짐을 카트에 싣고 소형 버스 정류장까지 따라오게 했다. 버스에는 열다섯 명이 끼어 탔는데 나와 야봄 외에는 모두 외국인이었다.

버스는 곧장 여객선 위로 올랐다. 강을 중간쯤 지나자 버스에서 내려 갑판 위의 난간을 향해 걸었다. 벌겋게 불이 붙은 석탄과 매운 향신료 냄새가 진동했다. 나는 그 익숙한 공기를 흠뻑 들이마셨다. '고향에 왔구나.' 이런 생각으로 슬며시 웃고 있는데 갑자기 차가운 기운이 온몸을 훑고 지나갔다. '시에라리온을 떠나지 못하면

어쩌지? 다시 구걸하며 살아갈 수는 없잖아.' 돌아온 것이 엄청난 실수일지도 모른다는 생각이 번쩍 스쳐 갔다.

 버스를 다시 탔으나 야봄에게 그런 심정을 밝히지는 못했다. 강 건너편에 도착하자 나는 졸고 있던 야봄을 깨웠다. 야봄의 남편이 이미 마중 나와 있었다. 야봄의 남편은 친구에게 빌렸다는 찌그러진 고물차에 짐을 실었다. 나는 뒷좌석에 올라탔고 야봄은 남편 옆 조수석에 앉았다.

 늦은 시간인데도 길거리는 활기가 넘쳤다. 사람들은 화톳불 옆에 서서 카사바를 굽거나 흙바닥과 시멘트 바로 위에 돗자리를 깔고 잠을 청했다. 파김치가 된 나는 야봄의 남편이 프리타운 시계탑에서 좌회전할 무렵에 깜박 잠이 들었다.

 "어디로 가는 거예요?" 나는 화들짝 놀라 앞으로 몸을 숙이며 물었다.

 "우리 집으로." 야봄이 대답했다.

 "난 수용소로 갈래요." 내가 소리쳤다.

 "안 돼, 마리아투." 야봄이 몸을 돌려 날 바라보며 말했다. "이번엔 내 말 들어."

 내가 물었다. "왜요? 난 가족이 보고 싶어요!"

 "가족은 마사이카 근처의 시골로 옮겨 갔잖아."

 "몇 명만 이사 갔어요. 애버딘에는 아직 친척과 친구들이 살아요. 제발 데려가 주세요."

 야봄이 나지막하지만, 딱 부러지게 말했다. "잘 들어, 마리아투. 여기는 아직도 고통에서 헤어나지 못하고 있어. 전쟁이야 끝났을지 모르지만 수많은 사람이 집도 없고 고향으로 돌아가지도 못해. 너처럼 다친 사람들도 수두룩해. 시에라리온 사람들은 네가 운이 좋게도 영국을 다녀오더니 다시 캐나다까지 가게 된 걸 겉으로야 축하할지도 몰라. 하지만, 속으로는 얼마나 부럽고 배가 아프겠니? 그들은 네가 가진 걸 간절히 원하고 있어. 어쩌면 여자 주술사를 불러서 너에게 불길한 일이 일어나도록 주문을 걸 수도 있어."

"그런 사람들은 하나도 두렵지 않아요. 어느 누가 나에게 악령이 깃들기를 바라겠어요? 게다가 지금까지 겪을 만큼 겪었어요. 그러니 수용소로 데려다 주세요."

야봄은 입을 꼭 다문 채 나를 한참 바라다보았다. 그러다가 입을 열었다. "마리아투, 난 널 도와주고 싶어. 제발 내 말 좀 들어."

"그럼 날 믿어 줘요." 나는 목소리를 높였다. "런던에서 그런다고 약속했잖아요. 난 애버딘으로 갈래요."

야봄의 남편이 끼어들었다. "가고 싶다는데, 보내 주자. 애도 스스로 결정할 만큼 나이가 들었잖아."

야봄의 남편은 자동차를 돌려 곳곳이 웅덩이인 골목으로 들어서더니 곧이어 애버딘 가는 길로 접어들었다.

수용소 옆에 차를 세우자 화톳불이 보였다. 사람들의 말소리와 개 짖는 소리도 들렸다.

야봄이 차에서 내려 차 문을 열어 주었다. 내가 말했다. "혼자서 들어갈게요."

"아무래도 내 판단이 더 옳은 것 같지만, 널 믿어 볼게. 며칠 뒤에 보러 오마. 별일 없을 거야, 마리아투. 괜찮을 거야."

나는 가방의 손잡이를 잡아당겨서 끈을 어깨에 걸쳤다. 그리고 수용소로 돌아서며 야봄에게 말했다. "남편이랑 잘 지내세요. 우린 곧 만나서 캐나다로 갈 거예요. 걱정하지 마세요!"

"안녕하세요!" 큰 소리로 내가 외쳤다.

시끄러운 소리에 잠을 깬 오빠들과 압둘과 파트마타는 반가워서 어쩔 줄 몰라 했다. 그동안 야봄이 수용소로 전화한 덕에 파트마타가 딸을 얻었고, 내 이름을 따서 마리아투라고 부른다는 사실을 알고 있었다.

파트마타는 날 끌어안고 눈시울을 적셨다. 모하메드 오빠는 늘 그렇듯 농담을 던졌다. "나 없이는 못 살겠더냐?" 오빠는 껄껄 웃었다. "아무래도 나한테 시집와야겠다."

"하하하." 나는 얼굴을 찌푸려 보였다. 하지만, 하얀색 상의와 바지를 입은 오빠가 근사해 보이기는 했다. "나 없는 사이에 어떻게 된 거야?" 나는 놀려댔다. "오빠는 영화배우가 다 되었네!"

"뭐가 되었다고?" 오빠가 물었다.

"아무것도 아니야." 나는 오빠를 껴안으며 말했다. 모하메드 오빠가 텔레비전 프로그램이나 영화를 본 적이 없다는 사실을 깜박했다.

수용소에서 데이비드와 마리아마가 건네준 돈으로 생선과 염소 고기를 사서 다들 배불리 먹었다. 내가 시장에서 큰 자루 가득 쌀을 사면 압둘과 파트마타가 머리에 인 채 집으로 가져왔다. 채소, 아보카도, 파인애플, 코코넛과 플랜테인(채소처럼 요리해서 먹는 바나나와 비슷한 열매)도 조금씩 샀다. 그런데 시장의 물건들은 영 볼품없었다. 파트마타는 전쟁 통에 농작물이 망가진데다 농부들이 이제 막 농사를 다시 짓기 시작했기 때문이라고 했다. 프리타운에서 농작물을 구할 수는 있으나 그렇다고 굶주림에서 벗어날 정도는 아니었다.

나는 얼마 지나지 않아 빅터를 찾아갔다. 극단의 단원들 몇몇은 떠나고 없다고 했다. 그들은 고향으로 돌아가거나 고모, 고모부와 언니처럼 노르웨이 자선 단체에서 지어 준 집으로 들어갔다.

빅터가 걱정스럽게 말을 이었다. "정부는 사람들을 그 집으로 이주시키고 있어. 하지만, 그곳은 고향에서 멀리 떨어졌잖니. 어떤 단원들은 일가친척이나 친구도 없이 혼자 떠났어. 그건 바람직하지 않아."

빅터는 극단의 돈이 자꾸 줄어든다고 걱정했다. 자선 단체에서 전쟁이 끝났다며 지원을 끊었기 때문이다. "그래도 최선을 다하고 있어." 빅터는 극단을 통해 전쟁 희생자나 소년병이 정신적으로 치유된다는 보고서를 작성 중이라고 덧붙였다.

수용소에 남아 있는 단원은 열 명이었다. 주말이면 예전처럼 회관에서 만나 촌극을 공연하고 춤추며 노래를 불렀다. 하지만, 우리는 빙 둘러앉아 담소를 나누는 데 더 많은 시간을 보냈다.

"영국은 어때?" 어느 날 내 친구 메무나투가 물었다.

"너무 추워. 별로 마음에 안 들 거야." 사람들이 나를 시기하며 괴롭힐 거라는 야봄의 말을 믿어서가 아니라 영국이나 캐나다에 대해 친구와 가족에게 함부로 떠벌릴 수는 없었다. 수용소로 돌아와 보니 내가 떠나게 된 게 얼마나 행운인지 새삼 느껴졌다. 나는 내 말 때문에 사람들이 수용소에서 사는 것을 비참하게 여기는 걸 바라지 않았다.

메무나투가 채근했다. "어서 말해 봐. 좀 더 다른 이야깃거리 말이야! 새로운 손은 어디에 뒀어? 넌 안 끼고 다니더라."

딱히 떠오르는 이야기는 없었다. 자선 단체에서 수용소의 장애인들에게 금속 기구를 제공하고 있었다. 그것은 플라스틱 손발과 다리 등 내가 영국에서 사용한 것과 같았다. 간혹 의수로 먹고 마시고 요리하고 몸을 씻는 사람들도 있었다. 하지만, 나는 내 팔을 사용하는 게 마음이 훨씬 편했다. 의수를 쓰면 예전에 압둘을 낳았을 때처럼 어쩐지 남들과 다르다는 기분이 들었다. 지금은 어떻게든 사람들 속에 섞이고 싶었다. 런던에서 팔을 감춘 채 굽 높은 검은색 부츠를 신고 돌아다니면 스스로 멋지게 느껴지기도 했지만, 무엇보다 나도 다른 사람과 똑같은 도시의 일원이 된 듯한 느낌이 들어서 좋았다.

어느 날 오후, 컴퍼트가 천막으로 와서 바위 위에 털썩 주저앉더니 야봄 대신 자신이 캐나다 여행을 추진할 거라고 밝혔다. "내가 널 데려갈 거야." 컴퍼트는 싱긋 웃었다. 나는 뜨악한 표정을 애써 감췄다. 나에게 야봄은 엄마나 마찬가지였다.

빌은 매달 50달러를 부쳐 주었으므로 런던에서 받아온 돈과 합치면 애써 구걸할 필요는 없었다.

컴퍼트가 내 캐나다 비자를 마련하기까지 몇 개월이 걸렸다. 야봄이 옳았다. 프리타운에는 캐나다 영사관이나 정부 기관이 없었으므로 이웃 나라인 기니에 가서 서류를 준비해야만 했다. 나는 컴퍼트를 따라 비행기로 단거리 여행을 다녀왔다. 야봄과 달리 컴퍼트는 비행기가 이륙할 때 내가 자기 팔을 붙들면 질색했다.

"마리아투, 그만큼 비행기를 탔으면 이제는 익숙해질 만도 하잖아." 컴퍼트는 웃어 댔다. 그리고는 내 팔을 붙잡아 내 무릎에 내려놓았다.

시에라리온으로 돌아와 얼마 지나지도 않았는데, 캐나다로 며칠 안에 떠나야 한다고 컴퍼트가 재촉했다.

나는 그럴 수 없었다. "엄마랑 아버지를 만나러 가야 해요. 시간이 필요해요. 왜 이제야 말해 주는데요?"

"비행기 표를 오늘에야 받았어. 나도 몰랐다니까. 그러니 짐을 꾸리고 어서 준비해."

딱 한 번만이라도 엄마와 할머니를 안아 보고 싶었지만, 두 분이 계신 곳은 너무 멀었다. 할머니는 연세가 높아서 내가 시에라리온으로 다시 돌아오기 전에 세상을 떠날지도 모른다는 사실이 두려웠다. 하지만, 어쩔 수 없었기에, 새로운 마을로 옮겨 간 고모와 고모부, 그리고 아담세이 언니를 찾아가기로 했다. 컴퍼트에게는 내 계획을 비밀에 부쳤다. 사정해 봤자 이마저도 안 된다고 붙잡을 게 뻔했다. 나는 알루신이라는 소년에게 쪽지를 건네며 컴퍼트에게 전해 달라는 부탁을 했다. 그러고는 포다포다를 타고 마사이카로 향했다. 마사이카는 수용소 근처에서 가장 큰 마을이다.

원래 그 마을은 버스로 한 시간이 안 걸리는 곳인데도 11년간의 내전으로 길이 예전과 많이 달라졌다. 움푹 팬 곳이 사방팔방에 널린 탓에 행여 버스 바퀴가 빠질까 싶어 굵은 억새풀 숲으로 방향을 틀어야만 했다. 아침나절에 수용소를 떠났는데도 늦은 오후에야 겨우 목적지에 이르렀다.

큰길가에 고모네가 이사 간 마을이 있었다. 오두막은 열 채였으며 진흙으로 담벼락을 세우고 양철 지붕을 얹어 놓았다. 아직 이름도 없는 마을이었고, 우리 가족은 이웃들을 거의 몰랐다.

고모가 넋두리를 늘어놓았다. "수용소에서 온 두세 명은 낯이 익더구나. 헌데 친한 사이가 아니거든. 우리 가족이 이렇게 뿔뿔이 흩어질 줄이야. 낯모르는 사람들 사이에 끼어 사는 팔자가 되고 말았어. 곁에서 카사바를 갈고 있는 여자에게 이름을 물어봐야 한다니, 참 기가 막힐 노릇이야."

고모네 집을 비롯하여 여러 사람이 새로운 땅에서 밭을 갈고 경작했다. 이듬해까지는 농작물을 추수할 수 없어, 고모는 내가 영국에 있을 때 빌이 보낸 돈으로 근근이 버텨 왔다. 그나마 멀지 않은 곳에 호수가 있어서 고모부가 물고기를 잡을 수 있었다.

원래는 언니와 고모, 고모부와 함께 밤새 머물려고 했다. 남자애들이 화톳불을 크게 피우고 여자애들은 춤을 추려고 풀잎 치마를 차려입었다. 그런데 수용소의 소년, 알루신이 나타났다.

"당장 돌아가야 해." 소년은 얼마나 달렸는지 숨이 턱까지 차서 말했다.

나는 깜짝 놀라 벌떡 일어났다. 화톳불 불빛으로도 소년이 머리부터 발끝까지 붉은 흙먼지를 뒤집어쓴 게 보였다. "여기까지 어떻게 왔어?" 내가 걱정하며 물었다.

"원래 포다포다를 타고 왔는데 마사이카에서 기름이 떨어지는 바람에 멈췄어." 소년은 여전히 헐떡거리며 대답했다. "운전사가 기름이 워낙 귀하다며 한두 시간 지나야 구한다잖아. 그래서 여기까지 줄곧 뛰어왔지."

언니는 슬픈 표정으로 화톳불을 바라보았다. 알루신을 본 순간 헤어져야 한다는 것을 서로 직감했다.

"컴퍼트가 당장 프리타운으로 돌아오래." 알루신이 말을 이었다. "널 데려오라며 돈을 주더라고. 아침까지 서류를 못 쓰면 비행기를 놓친대."

"아직 이틀이 남았다고 했는데……." 내가 말했다.

"컴퍼트가 오래. 당장 와야 한대."

나는 언니 앞에 앉아서 언니와 이마를 맞댔다. "사랑해." 나는 속삭였다. "영원히……. 곧 언니 차례가 올 거야."

따뜻한 사람들

비행기가 토론토의 피어슨 국제공항으로 고도를 낮출 때 나는 눈을 떴다. 그리고 밖을 내다보며 소리 질렀다. "하얀색밖에 안 보여요. 우리가 죽은 건가요?"

컴퍼트가 소리 내어 웃었다. "아니, 구름 속을 가는 것뿐이야."

우리는 열아홉 시간을 여행했다. 내 옷 중에서 제일 좋은 도켓 라파를 입고 왔는데, 아프리카풍의 빨간색, 노란색, 초록색이 섞인 그 옷은 그만 쭈글쭈글해져 버렸다. 런던에서 토론토까지 비행하는 도중에 세 번씩 이를 닦고 세수를 했는데도 어쩐지 꾀죄죄해 보였다.

비행기가 기우뚱했다. "으악." 나는 소리를 지르며 컴퍼트의 팔을 붙잡고 목덜미에 얼굴을 묻었다.

이번에는 컴퍼트도 뿌리치지 않았다. "난기류 때문에 살짝 흔들린 거야. 자 봐." 컴퍼트가 창밖을 가리켰다.

나는 발아래 펼쳐진 도시를 넋을 잃고 바라보았다. 정말 어마어마했다! 넓고 푸른 초원이 보이더니 뒤이어 갈색 콘크리트 집들이 나타났고 다시 초원이 펼쳐졌다.

나는 생각했다. '영국보다 캐나다가 더 맘에 들 것 같아. 여긴 알록달록하잖아.'

공항의 세관 직원은 내 비자를 살펴보고는 여권을 덮었다. "캐나다에 오신 걸 환영합니다." 세관 여직원이 웃으면서 말했다.

공항 입국장으로 걸어가면서 나는 새로운 땅의 냄새와 첫인상을 잔뜩 기대했다. 그런데 예상과 달리 나를 부르는 목소리부터 들렸다. 여럿에서 내 이름을 불러 댔다. 곧이어 사진기의 불빛이 번쩍 터지더니 사람들이 나를 붙잡으려고 팔을 뻗었다.

"무슨 일이에요?" 컴퍼트에게 물었다.

"기자들이야."

"근데 나한테 왜 이러는데요?"

"네 이야기에 흥미를 느끼나 봐."

나는 컴퍼트 뒤로 몸을 감추었고 컴퍼트가 사진기를 향해 웃음을 지었다. 하지만, 기자들이 원하는 것은 컴퍼트의 사진이 아니라 내 사진이었다. 그래서 이제는 사진기의 플래시가 터지지 않았다.

"마리아투! 빌을 만나고 나서 여기를 빠져나가자." 컴퍼트는 몸을 돌려 내 귀에 속삭였다.

제복을 입은 경찰관 두 명이 나에게 다가오더니 영어로 인사말을 건넸다. 처음에는 등골이 오싹했다. 프리타운에서 만난 경찰관들은 무지막지했다. 그런데 두 남자 역시 표정이 딱딱한데다 꼿꼿한 자세로 힘주어 걸어서 영락없이 경찰관처럼 보였다. 그들이 컴퍼트와 나더러 따라오라고 하기에 나는 내게 무슨 문제가 생긴 줄 알았다. '내가 캐나다에 올 자격이 없었던 걸까? 하긴 거지 노릇으로 먹고살던 시에라리온의 가난한 시골 여자애에 불과한걸.'

하지만, 그곳 경찰관들은 친절했다. 그들은 나와 컴퍼트의 양쪽에 서서 우리를 기자들로부터 보호해 주었다. 그리고 대기실 바로 뒤편에 있던 키가 큰 금발의 남자에게 안내했다. 남자 옆에는 금발의 여자가 있었고 내 또래의 남자애도 보였다. "안녕하십니까?" 남자는 컴퍼트와 악수를 하며 말했다. "제가 빌입니다."

빌의 부인인 셸리와 아들인 리처드가 차례로 나를 안아 주었다. 빌은 장식이 달린 금 목걸이를 내 목에 걸어 주었다. 빌과 셸리가 기자들과 이야기를 나누는 동안에 나는 오른팔로 매끄러운 금을 만져 보았다. 금붙이를 받은 건 생전 처음이었다. 몇 분 뒤에 우리는 포즈를 취하고 사진을 찍었다. 나는 컴퍼트가 시킨 대로 미소를 지었다.

밖으로 나오자 열기가 훅 밀려왔다. 토론토는 시에라리온처럼 더웠다. 그리고 공기가 눅눅한 것도 고향과 비슷했다. 마치 소나기가 내리고 난 것처럼 공기에서 맑고 신선한 냄새가 났다.

"눈은 어디에 있어요?" 빌의 승합차 뒷좌석에 앉고 나서 나는 옆에 앉은 컴퍼트에게 물었다. 자신만의 포다포다를 몰고 다니는 것은 처음 보았다. 그런데 여기에서는 그런 차를 운전하는 사람들이 많아 보였다. 컴퍼트가 웃음을 터뜨렸다. 그러고는 눈은 겨울에 내리므로 몇 달 더 기다려야 한다고 설명해 주었다. "조바심 내지 마, 마리아투. 겨울이 되면 얼마나 추운데." 컴퍼트가 캐나다를 제대로 아는지 나로서는 확실하지 않았다. 컴퍼트가 시에라리온 밖으로 가 본 장소라고는 내 비자 때문에 함께 다녀온 기니가 전부였다. 그렇다고 이러쿵저러쿵 따질 수는 없었다. 어차피 영어로는 몇 마디 나누지 못하기에 빌에게 물어볼 수도 없는 노릇이므로 컴퍼트의 말을 믿기로 했다.

컴퍼트가 창문을 내리자 초록빛 초원과 희한한 생김새의 짙푸른 나무가 보였다. 나뭇잎이 바늘처럼 뾰족했다. "쓰레기는 다 어디에 있어요?" 가는 도중에 컴퍼트에게 물었다. 프리타운은 전쟁 중일 때 쓰레기차를 운행하지 않으므로 길거리에는 빈 담뱃갑에서부터 찌그러진 플라스틱 병까지 온갖 쓰레기들이 넘쳐 났다.

"여기서는 비닐봉지에 담아서 버려." 컴퍼트가 크리오 말로 대답했다. "북아메리카에서는 필요한 물건이 있으면 돈을 주고 산단다. 쓰고서 버리는 것은 쓰레기차가 와서 가져가지."

컴퍼트의 말에 와락 겁이 났다. '내가 캐나다 식구들이 바라는 사람이 아니면 어쩌지? 그들이 나를 버릴까?'

빌의 가족이 사는 거리는 고즈넉해서 밤이면 고향인 막보로에서처럼 귀뚜라미 소리가 들렸다. 영국에서와 마찬가지로 내 방이 따로 있었는데 침대와 보들보들한 조각보 이불이 마련되었다. 컴퍼트가 밤에 쌀쌀하면 침대에 깔라고 알려 주었다. 커다란 창문에는 레이스가 달린 하얀 커튼이 걸려 있었고 밖으로 숲이 보였다.

캐나다에는 항상 햇살이 쨍쨍 내리쬐는 것 같았다. 우리는 언덕까지 먼 길을 산책하곤 했다. 셸리는 치즈 샌드위치, 피자, 스파게티, 샐러드 등 서양식으로 점심과 저녁을 차려 주었다.

도착하고 며칠 뒤에 빌이 우리 모두가 파티에 초대받은 사실을 알려 주었다. 빌과 셸리는 그곳으로 가던 도중에 머리 땋는 곳으로 나를 데려갔다. 내 머리를 땋아 준 여자는 피부가 검은색이었는데 템네 말을 하지 못했다. 그 사람이 한 말을 거의 못 알아들었지만,

색색의 구슬로 장식하여 땋아 준 머리는 마음에 쏙 들었다.

머리 손질을 마친 뒤 다 함께 차를 타고 맞은편 시내로 출발했다. 빌이 이층집 앞에 차를 세우자 시에라리온에서 왔다는 카디라는 중년 부인이 활짝 웃으며 현관문을 열어 주었다.

"어서 오세요!" 여자는 눈빛을 반짝이며 템네 말로 인사했다.

그 뒤에는 키가 크고 짧은 머리의 나이가 좀 들어 보이는 남자가 서 있었다. 그는 카디의 남편 아부였다. "들어와요, 들어와." 그 남자는 환하게 웃으며 양팔을 활짝 벌렸다.

안으로 들어서는 순간 내 입가에 절로 웃음이 번졌다. 마치 고향에 온 느낌이었다. 카디와 아부 나베의 집은 시에라리온의 목공품과 그림으로 가득했으며, 사진 속에 사람들은 아프리카 전통 의상과 머리 장식으로 치장하고 있었다. 카디와 아부를 따라 부엌에 들어갔더니 시에라리온 음식이 맛있는 냄새를 풍겼다. 뒤뜰에서는 아이들의 웃음소리가 들려왔다.

그날 오후는 정말 즐거웠다. 나는 카디와 아부네 조카들과 축구를 하며 놀았다. 개중에 몇몇은 내 또래의 여자애들이라서 시에라리온과 막보로에 대한 이야기꽃을 피울 수 있었다. 그 여자애들이 자라난 마케니라는 도시는 내가 살던 곳과 그리 멀지 않았다.

어떤 여자애의 설명으로는 카디와 아부는 전쟁 전부터 캐나다에서 살았다고 한다. 전쟁이 터지자 그들은 일가친척 전부를 토론토로 데려왔다. 그 여자애가 뒤뜰의 바비큐 파티는 핫도그, 햄버거, 스테이크를 숯불에 굽는 북아메리카의 여름 행사라고 귀띔해 주었다. 그러고는 까르르 웃으며 농담 삼아 한 마디 던졌다. "시에라리온에서는 음식을 항상 그렇게 요리하잖아. 날마다 바비큐 파티를 하는 셈이지!"

카디가 내 건너편에 앉아 한 마디 보탰다. "염려하지 마라. 서양 음식만 준비한 게 아니라 너를 위해 특별히 시에라리온 음식을 마련해 두었단다! 보나 마나 넌 고향 음식이 그리웠을 거야."

자정이 가까워서야 우리는 일어섰고, 카디와 아부는 나를 껴안아 주며 또 오라고 말했다. 그날 밤 잠자리에 누웠을 때 내 머릿속은 즐거움으로 가득했다. 카디네 가족과 어울려 시에라리온 음식까지 먹고 나니 행복했다. 고향에 대한 이런저런 기억이 자꾸 밀려들었다.

풋잠이 들었는데 누군가 어깨를 흔들었다. 빌이었다. 빌은 불을 켜더니 침대 모서리에 앉아서 집게손가락을 입술에 대고 말했다. "쉿." 빌은 말없이 내 옷가지와 작은 배낭을 차례로 가리켰다. 빌은 미소를 띠며 말했다. "널 카디와 아부에게 데려다 주마."

난 영어는 서툴렀지만 알아들었다. 밖은 아직 어둑어둑했으나, 몇 시인지 신경 쓰이지 않았다. 내가 옷을 갈아입는 동안에 빌은 방을 나갔다. 잠시 후, 빌은 나에게 주스 한 통과 바나나를 안겨 주었고 우리는 차에 올라타자마자 출발했다.

한 시간쯤 뒤에 카디네 집에 도착해 보니 카디가 진입로에서 기다리고 있었다. 카디가 템네 말로 설명해 주었다. 빌은 내가 오늘 여기에 묵기를 바란다는 것이었다. "잘됐구나. 네가 어제 만난 여자애들도 여기에 있단다."

빌은 내가 자동차 뒷좌석에 놓아둔 배낭을 카디에게 건넸다. 그러고는 나를 껴안으며 작별 인사를 하더니 자동차에 올라탔다. 자동차가 멀어지는 순간 빌을 다시 못 만날 것 같은 야릇한 예감이 들었다.

앞으로 나아가기

카디가 부엌에서 서성였다. 그러고는 아부에게 말했다. "전화에 메시지라도 남겼는지 확인해 보세요."

아부가 수화기를 들었다. "아무것도 없는데."라고 걸걸한 목소리로 대답했다.

나는 의자에 앉아서 벽에 기댔다. 가슴이 콩닥거렸다. 빌이 데리러 오겠다고 약속한 저녁 시간이 훨씬 지나 버렸다. 빌이 전화해서 좀 늦을 거라고 말하기는 했지만, 그것이 내가 직접 들은 빌의 마지막 말이었다.

카디의 딸인 아미나투가 부풀어 오른 배를 쓰다듬었다. 이제나 저제나 출산을 기다리는 중이었다. 부엌 옆 거실 소파에 앉은 아미나투는 등받이 없는 의자에 발을 올려놓고 잡지로 부채질했다. "차가 막히나 봐요." 아미나투가 말했다.

"퇴근 시간은 지났는데." 카디가 이마를 긁으며 말했다. "도대체 어디에 있을까? 전화에 메시지를 남겼는지 확인해 봐요." 카디가 아부에게 다시 부탁했다.

그러고도 한 시간이 지나서야 전화벨이 울렸다.

"여보세요? 여보세요?" 카디가 처음에는 크리오 말을 하더니 이어서 영어로 말했다. 전화를 받는 동안 카디는 착 가라앉은 목소리로 고작 몇 마디만 대꾸했다. "예. 좋아요. 예." 카디는 수화기를 내려놓았다.

"마리아투, 빌이 너더러 우리랑 좀 더 지내라는구나." 카디가 무릎을 꿇고 앉아서 내 다리를 쓰다듬었다.

"날 싫어하는군요." 나는 한숨을 쉬며 말했다. 처음부터 빌이 날 좋아하지 않으면 어쩌나 하는 걱정이 내 마음속에 도사리고 있었다.

"아니야, 마리아투." 카디가 날 달랬다. 그러고는 어떻게 된 사연인지 솔직히 털어놓았다. 그날 새벽에 빌이 전화하기를 컴퍼트가 웬일인지 나를 시에라리온으로 데려가려 한다는 것이었다. 그래서 빌은 날이 밝기도 전에 나를 카디네 집에 데려다 놓았다고 했다. "빌은 네가 캐나다에 머물면서 학교에 다니기를 원하거든. 컴퍼트와 몇 시간 이야기를 나누면서 설득할 생각이었대."

"그런데 잘 안 됐나요?" 내가 물었다.

"아직까지는. 우리 집 지하실이 넉넉하니 오늘 밤은 여자애들이랑 자거라."

그 말에 슬그머니 웃음이 났다. 나는 수아드, 하자, 판타를 그 전날 바비큐 파티에서 알게 되었다. 내가 하루 묵던 날은 종일토록 함께 뮤직비디오를 보았고, 저녁 식사 때는 시에라리온 쌀 요리를 준비했다.

카디가 몇 마디 덧붙였다. "여럿이 어울리며 시에라리온 음식을 먹다 보면 낯선 나라에 적응하기도 쉬울 거야."

한 주가 훌쩍 지나더니 금세 2주, 3주, 4주가 흘러갔다. 빌은 여러 차례 전화해서 내가 잘 지내는지 확인했으나 돌아오라는 말은 없었다. 빌은 카디에게 전화로 컴퍼트가 시에라리온으로 떠난다고 알려 주었다. 컴퍼트가 떠나기 전에 먼저 나를 찾아다녔는지는 모르겠다. 나로서는 확인할 길이 없어서 그 부분은 아직도 모호하다.

수아드, 하자, 판타는 나보다 나이가 조금 많다. 모두 아부와 카디네 친척인데 정확히 어떤 관계인지 헷갈린다. 나는 그냥 셋 다 '조카'라고 불렀다.

시에라리온에 전쟁이 터지자 그들은 모두 프리타운으로 옮겨갔다. 다들 반군과 마주친 적은 있으나 다행히 피해를 보지는 않았다. 그들이 나와 다른 점이라면 시에라리온에서 학교에 다녔고 가을에는 캐나다의 학교에 다닐 예정이라는 것이었다. 모두가 나더러 함께 다니자며 권했다.

수아드가 쾌활하게 말했다. "학교는 재미있어. 읽는 것도 배우고 친구들이랑 어울리니까 좋잖아."

나는 시에라리온의 학교는 어땠는지 물었다.

"내 또래의 아이들을 학교에서 매일 만났지." 판타가 설명했다.

"난 엄마가 바느질해 준 초록색 교복을 입었어." 수아드가 말을 이었다. "선생님께서 우리에게 영어로 읽고 말하는 법부터 어떤 게 마실 수 있는 물인지 알아내는 법까지 빠짐없이 가르쳐 주셨어."

캐나다는 학비가 무료이지만 시에라리온에서는 아이들의 학비와 교복 비용을 모두 집에서 내 주어야 했다. 하자가 알려 주기를 시에라리온 학교에서는 시에라리온 사람들이 쓰는 크리오 말이나 멘데 말이나 템네 말 대신 주로 영어로 수업한다고 했다. 세계에서 영어를 공통어로 쓰기 때문이라고 덧붙였다. "시에라리온 사람들도 무역하려면 영어로 대화를 나눠야 하거든. 너도 일자리를 구하고 싶지?"

그야 두말하면 잔소리였다. 그 당시에는 내가 어디에 소질이 있는지 감이 오질 않았다.

어느 날 저녁, 캐나다 정부에서 근무하는 아부에게 가족들을 부양해야 할 책임을 느낀다고 털어놓았다. "열심히 공부해서 빨리 일자리를 구하고 싶어요."

"아, 천천히 해도 돼, 마리아투." 아부가 눈짓했다. "나도 고향에 있는 일가친척들을 대부분 돌보고 있어. 시에라리온 사람들은 가족 중에 누군가 서양으로 떠나면 기대를 하기 마련이지. 물론 학교를 마치려면 시간이 걸려. 그래도 고등학교를 졸업하고 대학교까지 차근차근 다니는 편이 훨씬 낫단다. 일자리에 급급해서 사회에 나가면 돈을 많이 주는 직장을 못 구하거든. 공부해야 좋은 직장을 구할 수 있지."

"그런데 어떻게 직장을 구하셨어요?"

"난 캐나다 대학교에서 정치학과 경제학을 배웠어."

"나도 그렇게 될까요?"

"마리아투, 넌 마음속에 품은 뜻을 얼마든지 펼칠 수 있어." 아부는 안경을 벗고 나를 똑바로 바라보았다. "북아메리카에서는 아이들이 공부하는 것을 당연하게 여겨. 하지만, 너처럼 가난한 나라 출신들은 공부가 어떤 의미인지 잘 알고 있을 거야. 그건 일종의 문을 열어 주는 것이지. 너에게 손은 없지만, 정신이 있잖아. 그것도 아주 야무진 정신 말이다. 네가 최선을 다하면 세상으로 향하는 길이 열릴 거야."

아부가 격려해 주었지만, 수아드, 판타, 하자가 아침에 등교할 무렵이면 나는 누워서 잠을 청했다. 계절이 겨울로 접어들자 자꾸 답답해졌다. 카디네 거실 창문 너머로 나뭇잎이 울긋불긋해지다가 후드득 떨어지는 모습을 며칠간 지켜보았다. 눈이 내리기 시작했는데 내 상상과 전혀 달랐다. 소금처럼 무겁기는커녕 깃털처럼 가벼운 눈송이가 햇볕 아래에서 반짝였다. 종종 눈송이가 떨어지는 모습을 지켜보았다. 그러면서 나 자신이 넓은 하늘을 가득 메운 눈송이 가운데 하나 같았다. 어디로 떨어질까 고민하는 눈송이.

나는 학교에 가는 게 두려웠다. 하자, 수아드, 판타는 상급반에서 수업을 받고 있었다. 따라서 나 홀로 낯선 사람들 틈에 끼어야 했다. 물론 책을 읽거나 글을 쓰고 싶었다. 하지만, 손도 없이 그런 일을 해낼 수 있을지, 자칫 놀림감이 되지 않을지 걱정부터 앞섰다.

저녁이면 사촌들은 하루 동안 일어났던 일을 지지재재 떠들거나 숙제 때문에 투덜거렸다. 그러다 나에게 학교에 갈 생각이 없는지 물을 때면 나는 고개를 가로저었다. "아직은 싫어. 조금 지나면 꼭 갈게."

나는 카디네 집에서 지내는 게 좋았다. 템네 말로 대화하는 시에라리온 사람들이 늘 북적였다. 그들은 조카들처럼 오랫동안 머물 때도 있었다. 또는 집을 구할 때까지 며칠이나 몇 주 정도 머물기도 했다. 저녁 식사에는 시에라리온 음식이 언제나 푸짐하게 나왔다. 식사를 마친 카디와 아부는 집을 구하거나 갓 도착한 시에라리온 이주민의 서류를 작성해 주러 나갔다. 조카들이 숙제를 마치면 나는 그들과 함께 응접실 소파에 앉아서 뮤직비디오를 시청했다. 거기에는 여성 힙합 가수들이 등장하기도 했다. 나는 힙합이 좋았다. 비디오에 출연하는 여자들은 죄다 흑인이었다. 음악의 리듬에 따라 내 몸도 움직였다.

내 마음은 종종 시에라리온으로 향했다. 모하메드 오빠의 농담이 그리웠다. 부엌에서 요리하는 사람이 카디가 아니라 마리 고모라면 얼마나 좋을까 상상도 했다. 밤이면 아담세이 언니의 따스한 몸에 기대고 싶었다. 아직 시에라리온에 남아 있는 언니를 생각해서라도 나는 열심히 살아가야 했다. 하지만, 언니는 너무 먼 곳에 있었다. 내가 그냥 이렇게 돌아가면 언니는 실망할까?

어느 토요일 아침, 여자애 다섯 명이 나를 덮치는 바람에 놀라서 깨어났다. "일어나! 일어나라고, 게으름뱅이야." 세 명의 조카와 최근에 시에라리온에서 온 우무와 케이케이였다. 그 둘도 이 집안의 친척이었다.

그들은 대개 아침이면 욕실에서 샤워를 마치고 위층으로 올라갔다. 그리고 식사를 하고 나서 버스를 타고 학교로 향했다. 그런데 그날은 주말이었다. 다들 나를 에워싼 채 손가락으로 찌르는가 하면 머리카락을 잡아당기더니 급기야 목과 배를 간질였다.

"일어나, 잠꾸러기!" 우무가 귀에 대고 소리 질렀다.

"더 잘래." 나는 웅얼거렸다. 나는 베개로 머리를 덮으려고 했으나 수아드가 그 베개를 빼앗아서는 하자를 내리쳤다.

"일어날 시간이라네." 판타가 힙합으로 노래했다.

이어서 다들 내가 어린 시절에 흥얼거린 템네 노래를 부르기 시작했다. "난 태어날 때 처녀였고 지금도 처녀라네." 우무가 먼저 노래를 불렀다.

"그게 사실이라면 보여 줘." 다른 애들이 합창했다.

서양에서는 듣기 어려운 노래이지만, 우리 마을에서는 누구나 알고 있었다. 이어서 여자애들은 시에라리온 민요를 하나 더 불렀다.

"내 배는 마케니 어디엔가 있다네." 그들은 함께 노래 부르며 손뼉을 치고 무릎을 두들겨 박자를 맞췄다. "내가 배를 탈 수 있다면 얼마나 좋을까."

나는 빙그레 웃으면서 여자애들을 보았다. 이른 아침인데도 활기에 넘쳤고 눈이 빛났다.

"잘 시간이 지났어." 우무는 노래를 마치고 나서 웃음을 터뜨렸다. "넌 틈날 때마다 잠만 자다 보니 이제는 몇 시인지도 모르는구나."

그들은 나를 부축해서 똑바로 일으켰다. 판타가 다그쳤다. "우선 이부터 닦고 준비해. 우리가 네 머리를 땋아준 다음에 도서관으로 데려갈 거야."

몇 시간 뒤에 나는 카디의 푸른색 승합차 뒷좌석에 앉았고 수아드와 하자가 내 양쪽에 자리 잡았다. 나는 도서관이 뭐냐고 물었다. "수업을 마치고 나서 이용하는 곳이야." 우무가 내 앞에서 손가락을 흔들며 대답했다.

카디가 운전석에서 어깨너머로 말했다. "도서관에서 공부에 필요한 책을 빌릴 수 있어. 대신 책을 늦게 돌려줘서는 안 돼. 하자, 넌 지난번에 빌린 책이 한 달이나 연체되었더구나. 벌금을 많이 물었단다. 난 너희가 하루빨리 일자리를 잡기만을 바라고 있어." 카디는 혀를 끌끌 차며 한 마디 덧붙였다. "그 뒤로는 너희에게 꿔준 돈을 받아서 먹고 살 거야."

"당연히 그러셔야죠, 카디 고모!" 앞좌석에 앉아 있던 판타가 말했다. "우리는 당신을 사랑해요." 판타가 노래를 불렀다.

하자는 내 머리에 밤색 머리끈을 엮어서 곱게 땋아 주었다. "마리아투, 넌 정말 예뻐."

수아드가 놀렸다. "우리랑 만난 뒤로 넌 항상 이불 밑에 숨어 있더라. 우리가 싫은 거야?"

"아, 아니야. 당연히 좋아하지." 나는 싱긋 웃었다. 전에는 나더러 예쁘다는 사람이 없었다. 나 역시도 나 자신을 그렇게 생각해본 적도 없었다.

판타가 몸을 돌려서 나에게 빙긋 웃어 보였다. "잘됐네. 그럼 넌 월요일부터 학교에 다니는 거다!"

카디는 진지한 말투로 덧붙였다. "널 이에스엘(ESL, 외국인에게 기초영어를 가르치는 과정)에 등록시켰어. 여기를 졸업하면 내년 9월에 다른 아이들과 함께 고등학교에 진학할 수 있어."

"하지만, 카디……." 나는 말문을 열었다.

"그만." 카디가 내 말을 끊었다. 자동차의 거울로 카디의 단호한 갈색 눈이 보였다. 얼굴은 심각했으며 말투에는 장난기가 없었다. "애야, 이젠 앞으로 나아가야 해."

카디는 토론토에 있는 시에라리온 사람들에게 대모와 다름없었다. 사람들은 자신의 목숨을 구해 준 카디와 그 가족을 신뢰했다.

하자가 말했다. "카디 어르신의 말을 따르는 게 좋을 거야. 그렇지 않으면 시에라리온으로 돌려보낼 테니까. 카디는 널 버스정류장에 내려놓고 이렇게 말할 게 뻔해. '잘 가라. 혼자서 비행장으로 가는 길을 찾아가렴.' 그러니 다른 건 기대하지도 마."

순간 내 몸이 부르르 떨렸다. 2월이라 추웠고, 창밖에는 눈까지 내리고 있어서 온통 희끄무레했다.

주차장에서 도서관으로 들어가며 나는 커다란 보라색 잠바 옷깃에 얼굴을 파묻었다. 그 옷은 그 지역 이슬람 사원의 이맘이 난민을 위해 모아둔 옷가지 중 하나였다. 현관문으로 들어서자 카디가 팔을 붙잡고 어린이 도서실로 데려갔다. 햇볕이 잘 드는 방이었는데 카디가 프랭클린이라고 알려 준 거북이부터 미키마우스, 잠자는 숲 속의 공주, 신데렐라까지 벽 곳곳에 만화 주인공들이 그려져 있었다.

카디는 선반에서 책을 꺼내더니 내 팔에 차곡차곡 쌓았다. "말을 배우는 가장 좋은 방법은 기초부터 시작하는 거야. 아이들이 보는 책부터 읽어 보자."

카디는 책을 열다섯 권쯤 건네고는 말했다. "우선 그 정도면 됐다." 우리는 작은 탁자 옆 어린이용 의자에 앉았다.

카디는 맨 위에 책을 집어 들고 말했다. "그래. 이건 아주 좋은 책이야. 제목은 《여동생은 무조건 싫대!》야." 카디가 책장을 넘겼다. "이 중에서 아는 단어 좀 읽어 볼래?"

나는 고개를 저었다.

카디의 목소리가 카랑카랑해졌다. "마리아투, 넌 훨씬 잘할 수 있어!"

나는 책에 집중했다. "이건 S고 이건 T예요." 나는 팔로 글자를 가리키며 말했다.

"잘했어." 카디가 말했다. 그러고는 책장을 넘기며 내용을 알려 주었다. 고슴도치처럼 희한하게 생긴 주인공과 여동생 이야기인데 여동생은 오빠가 시키는 일은 죽어도 안 했다. "우리 집 여자애들이랑 똑같군." 카디가 농담을 던졌다.

그리고 다른 책을 집어 들었다. "자, 이 책은 조지라는 원숭이 이야기야. 그리고 이건 닥터 수스가 쓴 《스니치즈》란다! 우리 아이가 어렸을 때 이 책을 읽어 주곤 했지."

카디는 잠시 생각에 잠겼다. "스니치라는 동물들이 있는데 양쪽으로 편을 가른 채 서로 어울리지 않았어. 생김새가 다르다는 이유로 말이야. 우리가 사는 세상과 비슷한 셈이지. 때로는 우리도 차이점만 보거든. 나는 그렇지 않은 때가 오기를 꿈꾼단다." 카디는 책을 차곡차곡 정리하면서 한숨을 쉬었다. 그러고는 빙그레 웃었다. "네가 이 책들을 우리 손녀딸에게 읽어준다면 넌 성공한 셈이야. 이 책들을 빌려 가자꾸나."

내가 카디네 집에 들어가자마자 카디의 딸인 아미나투가 카디자라는 딸을 낳았다. 만일 내가 서둘러 읽는 것을 배우지 않는다면, 갓 태어난 아기가 내 읽기 실력을 따라잡을지도 몰랐다.

나는 생각했다. '카디의 말이 옳아. 앞으로 나아가야 해!'

첫 수업

월요일 아침, 카디가 나를 첫 이에스엘(ESL) 수업에 데려다주었다. "거기 모인 사람들은 대부분 나이가 많은데다 영어를 모국어로 쓰지 않는 나라에서 왔어." 차 안에서 신호가 바뀌기를 기다리며 카디가 알려 주었다. "그들은 모두 얼마 전에 캐나다에 도착했고 힘든 일을 많이 겪었지. 세계 곳곳의 수많은 사람들이 전쟁을 피해 캐나다로 속속 들어오고 있단다. 너도 곧 알게 될 거야."

카디의 말이 옳았다. 우리 반에는 젊은 아시아 여성들과 중동의 할머니들과 남아메리카의 남자들이 모여 있었다. 영어를 할 줄 아는 사람은 한 명도 없었다. 말하자면 초급반이었다.

처음 이틀 동안 카디는 교실 뒤쪽의 내 옆자리에 앉아서 기다렸다. 그리고 학교와 집을 오가는 길에 버스 노선을 따라가며 거리의 버스정류장들을 알려 주었다.

이틀을 따라다니던 카디는 저녁에 선언하듯 말했다. "난 내일부터 일하러 가야 해!" 카디 역시 아부와 부서만 다를 뿐 정부 기관에서 일하고 있었다. 카디는 내 주머니에 버스표를 찔러주었다. "내가 전에 알려 준 길만 따라가면 아무 문제없어."

나는 침을 꿀꺽 삼켰다. "카디, 그러다 길이라도 잃어버리면요."

"그럼 뭐, 미아가 되는 거지." 카디가 무덤덤하게 대꾸했다.

토론토는 대도시다. 인구가 500만 명으로 시에라리온의 전체 인구와 맞먹는다. 내가 버스를 잘못 타서 낯선 곳에 내린 뒤, 사람들의 전화번호도 모른 채 추위에 오들오들 떨며 옴짝달싹 못하는 모습이 자꾸 떠올랐다.

카디는 내가 학교까지 타고 갈 버스와 내려야 할 정류장의 이름을 종이에 적어 주었다. 다른 종이에는 집으로 돌아올 때 필요한 사항을 적어 주었다.

카디가 일러 주었다. "버스에 올라타면 운전사에게 종이를 보여 줘. 운전사는 네가 제대로 탔는지 가르쳐 줄 거야. 내릴 곳도 알려 줄 테고."

처음으로 혼자 길을 찾아가려니 가슴이 벌벌 떨렸다. 나는 하자의 딱 붙는 청바지에다 분홍색 스웨터와 보라색 잠바를 걸쳤다. 헐렁한 모직 모자를 덮어쓰고 커다란 목도리로 목과 얼굴을 감쌌다. 눈만 빠끔 내놓은 상태였다! 런던에서 이층 버스를 여러 번 타긴 했지만, 그때는 야봄이 곁에 있어 주었다. 하지만, 이제는 나 혼자였다.

버스 세 대를 다 보낼 때까지 나는 가만히 서 있었다. 그러다 용기를 내서 몇 발자국 앞으로 나갔고, 타고 갈 버스의 운전사를 향해 팔을 들었다. 운전사에게 카디의 쪽지를 보여 주는데 팔이 떨렸다. 운전사는 웅얼거리듯 "예"라고 말하고는 자기 뒷자리를 가리켰다.

버스가 낯선 곳으로 갈까 봐 차마 밖을 내다보지 못했다. 잠시 후에 운전사가 내리라며 손으로 가리켰다. 자리에서 일어선 나는 안도의 숨을 "휴!" 하고 내쉬었다. 다행히 바로 앞에 학교가 보였다.

30분이나 늦어서 멋쩍어하며 교실로 들어섰는데도 선생님은 싱긋 웃어 주었다. 그러면서 앞자리에 앉으라고 손짓했다.

그때부터 나는 선생님의 말을 귀담아들었다. 수업이 끝나고 나서도 영어 단어들이 머릿속에 맴돌았다. 쉬는 시간이면 몸을 돌려 뒷자리의 사람과 이야기했다. 처음에는 주로 몸짓으로 표현했지만 금세 영어 단어를 주고받았고 몇 달 후에는 문장으로 대화를 나눴다.

저녁이면 도서실에서 빌려 온 유아용 책을 읽었다. 점차 the를 비롯하여 and, girl, boy, sneetches 같은 단어들이 온전히 눈에 들어왔다. 수업 시간에는 단어 쓰는 법을 배웠다. 팔에 끼운 연필로 내 이름 MARIATU KAMARA를 교과서에 처음 쓰는 순간 스스로 대견스러웠다.

나는 캐나다에 입국할 때 6개월 방문 비자를 받았다. 어느 토요일 오후, 카디와 아부에게 학교에 남고 싶다는 뜻을 밝혔다. "영어를 잘할 수 있게 되면, 그때 고향에 돌아갈래요." 카디와 아부는 무척 기뻐했다. 그날 저녁에 카디와 아부를 비롯하여 모든 식구가 파티를 열었다.

나는 인도주의적 차원에서 영주권자로 인정해 주는 난민 지위를 신청했다. 다시 말해, 시에라리온 전쟁의 희생자인 내게 다시 그곳으로 돌아가기보다 캐나다에서 더 나은 삶을 살 기회를 달라는 뜻이었다. 나의 후원자는 카디와 아부를 비롯하여 시에라리온에서 이민 온 알리마미 반구라라는 남자였다. 그는 토론토에 있는 '시에라리온 이민자의 정착과 통합'이라는 단체의 출신인데 카디와 아부가 전에 그 단체의 설립을 도와줬다고 한다.

후텁지근한 6월 10일 저녁, 캐나다에 발을 디딘 지 10개월 만에 나는 이에스엘(ESL)의 수료증을 받고 졸업했다. 졸업식은 학교 강당에서 열렸고 식이 끝난 뒤 학생들은 각자 가져온 음식으로 잔치를 벌였다. 나는 피망을 곁들인 생선과 밥을 준비해갔다. 중동의 쌀 요리와 서인도 제도의 케이준 치킨을 보자 군침이 돌았다.

음식을 먹기 전에 학생들은 자신들이 하고 싶은 말을 영어로 간단히 말해야 했다. 내 차례가 돌아왔다. 관중을 쭉 살펴보다가 마침내 카디와 아부, 그리고 조카들을 찾아냈다. 나는 입을 열었다. "저를 가족으로 받아주고 제게 따뜻한 가정을 주셔서 감사합니다. 여러분은 제 친자매나 다름없어요. 제 삶을 기쁨으로 채워 준 여러분을 언제까지나 사랑합니다. 아마 여러분이 없었더라면 지금 여기에서 이에스엘(ESL) 수료증을 받지 못했을 겁니다." 나는 선생님과 학급친구들에게도 감사를 전했다. "캐나다는 정말 살기 좋은 곳입니다. 제 기대 이상으로 모든 게 이루어져서 기쁩니다." 나는 연설을 마무리했다.

망고 한 조각

슬픈 소식

9월로 접어들면서 고등학교의 새 학기가 시작되었다. 이번에는 혼자 다니지 않아도 되었다. 케이케이와 우무가 있었다. 최근에 시에라리온에서 온 우무의 여동생인 마리아마도 수업 첫날 함께 갔다. 더구나 네 과목 중에서 영어, 과학, 수학 이렇게 세 과목은 케이케이와 함께 듣게 되었다.

고등학교의 현관문을 열고 들어선 순간 학교가 마음에 쏙 들었다. 길고 좁은 복도에 사물함이 줄줄이 놓여 있었다. 그리고 그 앞에 온갖 국적의 학생들이 보였다. 그들의 근사한 휴대 전화와 소형 카세트 그리고 멋진 청바지와 가방들이 내 시선을 사로잡았다. 나에게 딱 어울리는 장소 같았다. 케이케이와 나는 9학년에서 가장 나이가 많았으나 우리 둘 다 왜소했기 때문에 어느 누구도 그런 사실을 짐작하지 못했다. 나와 마찬가지로 학생들의 영어 말투에서는 외국 억양이 강하게 묻어났다.

학교는 몸이 불편한 나에게 특별히 여자 개인교사를 붙여 주었다. 개인교사는 수업마다 곁에 앉아서 필기해 주었고 수학방정식의 풀이나 영어 단어의 뜻풀이, 생물 실습의 설명 등을 도와주었다. 나는 수학과 과학이 제일 좋았다. 특히 암산하는 데 재능이 뛰어났다. 어느 날 저녁, 카디에게 넌지시 털어놓았듯이 프리타운에서 2년간 구걸하다 보니 실력이 늘었는지도 모른다. 예전에 아비바투 고모가 저녁에 피망이 네 개 필요하다고 말하면 내 머릿속으로 500레온을 벌어야 한다는 계산이 바로 나오곤 했다. 피를 보는 것은 딱 질색이었다. 하지만, 생물 시간에 개구리를 해부하거나 인체의 내부 그림을 관찰하더라도 움츠러들지는 않았다. 시에라리온의 병원에서 그런 장면을 자주 보았기 때문일까?

인내심이 많았던 개인교사는 내 팔에 연필이나 펜을 끼우고 필기체를 쓰는 것도 가르쳐주었다. 인쇄체를 배울 때와 마찬가지로 필기체로 쓴 나의 첫 작품은 내 이름 마리아투 카마라였다.

Mariatu Kamara.

선생님은 내가 과제와 시험을 마칠 때까지 시간을 충분히 주었다. 나는 첫 학기에 낙제할 줄 알았다. 다른 학생들은 선생님에게서 점수와 의견이 적힌 성적표를 받았지만 나는 잘했다는 말만 들었다. 그런데 6월에 성적표를 받고 보니 다행히도 모두 C학점이었다.

"이것이 컴퓨터란다." 안경을 쓴 여자 강사가 알려 주었다. 종이와 컴퓨터 부품이 널린 책상 앞에 강사와 나는 앉아 있었다. 검은색 노트북을 올려놓으려고 잡동사니를 한쪽으로 몰다 보니 책상 위는 어수선했다. 전쟁 부상자 후원단체인 캐나다의 워 앰프스(War Amps)에서 나에게 노트북을 주었던 것이다.

2004년 겨울이었다. 나는 여전히 카디네 집에 묵고 있었다. 우리 다섯 명의 여자들은 위층인 아미나투의 방으로 옮겨갔다. 그래서 아미나투네 식구들이 지하실을 썼다. 아침이면 조카들과 나는 욕실을 차지하려고 다투기도 했지만, 옷, 신발, 재킷, 가방을 돌려가며 사용했다.

조카들은 숙제할 때 거실에서 컴퓨터를 사용했으므로 나도 컴퓨터를 어느 정도 알았다. 학교로 컴퓨터를 가져오는 학생들도 몇몇 있었다. 물론 수업시간에 컴퓨터 사용은 금지되었다. 그러나 쉬는 시간이면 학생들이 사물함 옆이나 학교 도서관에 앉아서 자판을 두들겼다. 그 모습을 가만히 보고 있노라면 자그마한 자판 위에서 손가락이 이리저리 날아다녔다. 나에게도 그렇게 자판을 두드릴 손가락이 있다면 얼마나 좋을까 하는 생각이 들었다.

컴퓨터 강사가 설명을 이었다. "이 노트북은 장애인을 위해 만들어진 거야." 커다란 공 모양의 마우스는 내 팔로도 쉽게 움직여졌다.

바탕화면에 워드나 인터넷에 해당하는 아이콘이 나타났다. 나는 마우스 공을 움직였다. 강사가 푸른색 W 글자에 작은 화살을 대고 눌렀다. 화면에 텅 비어 있는 문서가 나타났다.

처음에는 자판을 누르기가 어려웠다. 자판은 컸지만 한 번에 한 글자씩 자판을 정확하게 누르기란 만만치 않았다. 한 시간이 지나자 강사가 수업을 끝냈다. 컴퓨터 화면에는 엉망진창인 글자와 숫자만 가득했다.

그날 저녁, 조카들이 아래층에서 영화를 보고 있을 때, 나는 침대에 앉아서 컴퓨터와 씨름을 했다. 여러 차례 실패를 거치고서야 마침내 제대로 된 문장을 입력했다.

'내 이름은 마리아투 카마라다. 나는 캐나다의 토론토에 살고 있으며 이곳을 무척 좋아한다.'

내가 노트북을 어느 정도 다루게 되자 강사는 인터넷 사용법을 알려 주었다. 시에라리온 내전을 두고 토론하는 웹사이트를 비롯하여 전 세계의 시에라리온 교포와 대화하는 모임 등 찾아볼 게 무궁무진했다. 나는 이메일을 조카들에게 보냈고 이어서 학교 친구들에게도 몇 자 적었다.

어느 날 카디가 빌과 셸리의 이메일 주소를 건네며 말했다. "이 사람들 소식을 통 못 들었구나. 네가 한 번 연락해 보렴."

나는 이메일을 썼다.

'안녕하세요. 절 기억하실 거예요. 마리아투 카마라입니다. 제가 캐나다에 올 수 있도록 도와주셨잖아요.'

그로부터 한 달이 지나도록 답장을 못 받았다. 그런데 답장을 받아보고는 무척 가슴이 아팠다.

리처드가 자동차 사고로 죽었다는 소식이었다. 빌 부부는 나를 알게 된 상황을 설명해 주었다. 어느 화창한 토요일 오후에 빌의 가족은 교외로 드라이브를 떠났다. 셸리가 시에라리온 전쟁에 관한 신문기사를 큰 소리로 읽고 있었다. 기사에는 내 이야기가 나왔다. 그러자 리처드가 나를 도와주자는 의견을 내놓았다. 나를 캐나다로 데려오자는 것도 리처드의 생각이었다.

빌과 셸리의 말에 따르면 컴퍼트는 나를 혼자 캐나다에 두고 가지 않으려고 했다는 것이다. 그래서 내가 캐나다에 오자마자 빌 부부는 컴퍼트와 옥신각신 다퉜다. 컴퍼트는 자기도 캐나다에 머물겠다며 고집을 부리더니 마침내 나를 시에라리온으로 도로 데려가겠다고 협박했다. 그래서 빌 부부는 나를 카디네 집에 맡겨야 했다. 두 사람은 내가 프리타운이 아닌 캐나다에서 아주 새로운 삶을 누리기를 바랐다고 덧붙였다.

나는 이메일을 읽고 나서 노트북을 덮고 상냥했던 리처드를 떠올렸다. 리처드는 나를 언덕으로 데려가 얼룩 다람쥐와 꼬리가 희고 털이 복슬복슬한 사슴을 보여 주었다. 나를 캐나다로 데려온 리처드가 저세상으로 떠나버리다니……. 빌과 셀리는 리처드가 하늘나라에서 나를 향해 웃고 있을 거라고 썼다. '리처드도 압둘과 산티기와 함께 있을까? 모두 나를 보며 웃고 있을까? 그러면 참 좋겠다.'

나는 컴퍼트를 떠올렸다. 빌과 셀리의 말이 진실이라면 컴퍼트는 나를 이용한 셈이었다.

그날 밤, 잠자리에서 생각했다. '음, 진실이야 어찌 되었든 난 여기 캐나다에서 공부하고 있어. 그러니 빌과 셀리와 리처드와 컴퍼트는 나에게 좋은 일을 한 거야.'

이스마엘과 만나다

2005년 봄이 지날 무렵, 나는 G.L. 로버츠 직업전문대학 도서실에 앉아 있었다. 저 앞에서 나와 이야기를 하려고 기자들 몇몇이 기다리고 있었다. 나는 그들과 눈을 마주치기가 두려워서, 커다란 탁자 아래에 무릎을 숨기고는 달달 떨고 있었다.

몇 분 후면 강당에서 캐나다의 유명한 록밴드인 썸41(Sum41, 캐나다의 팝 펑크 밴드다. 1년에 300회 이상 공연을 하며 여러 음악상을 수상했다)과 다소 무명의 밴드들이 나를 후원하는 자선 콘서트를 펼칠 예정이었다. 행사의 주최자는 우리 고등학교의 학생들과 로버츠 직업전문대학의 학생들이었다.

언제나 그렇듯 카디가 내 곁에 있었다.

"무서워요." 나는 어떤 기자가 다가오자 카디에게 속삭였다.

카디 역시 소곤거렸다. "그럴 필요 없어. 신문이나 방송에 그렇게 많이 나왔으면서 뭘 그래. 넌 능숙한 프로야!"

물론 기자들을 여러 번 만났던 건 사실이었다. 하지만, 전과 달리 이번에는 몹시 초조했다. 그럴만한 이유가 있었다. 통역 없이 혼자서 영어로 대화하는 첫 인터뷰였기 때문이다. 예상 질문에 대한 대답이 머릿속을 스쳐 갔다. 그러나 어떤 것 하나 마음에 들지 않았다.

우리 학교에는 과거의 내 기사들을 거론하는 학생들이 꽤 있었다. 나는 나에 관한 기사를 직접 본 적이 없으므로 기껏 고개를 끄덕이며 관심에 고마움을 표할 뿐이었다.

그런데 누군가가 세계사 선생님께 그 기사 내용을 주제로 토론하자고 제안했다. 선생님이 내 의견을 묻기에 나는 선뜻 찬성했다.

선생님이 나에 관한 첫 번째 기사를 큰 소리로 읽는 순간, 나는 쥐구멍에라도 들어가고 싶었다.

선생님이 두 번째 기사를 읽고 나서는 교실 밖으로 뛰쳐나가고 싶었다.

기사를 다 읽고서 선생님은 나에게 친구들과 나누고 싶은 특별한 경험담이 더 있는지 물었다.

나는 목이 메어서 말했다. "없어요." 목소리가 갈라졌다.

반 아이들은 박수를 쳤다. 종이 울렸다. 수업이 끝났다.

함께 이야기하려고 기다리던 몇몇 친구들을 뒤로 한 채 나는 쏜살같이 뛰쳐나와 화장실로 갔고 구역질을 했다.

반 아이들 몇 명이 따라왔다. 아이들은 내가 과거의 참혹한 기억이 밝혀진 것에 고통스러워한다고 생각했다. 어떤 여학생이 휴대전화를 꺼내어 카디의 조카에게 연락하려고 했다. 그래서 나는 억지로 입을 열었다. "난 괜찮아. 조금만 혼자 있게 해줘."

그 날 나는 기사에 실린 대부분의 내용이 터무니없이 잘못되었다는 걸 처음으로 알았고, 그래서 나는 엄청난 충격에 휩싸였다. 특히 반군이 강간했다고 쓴 부분이야말로 기자들의 가장 황당한 실수였다.

　런던에서 야봄에게 미주알고주알 털어놓은 뒤로는 살리우에게 겁탈당한 이야기를 입 밖으로 꺼낸 적이 없었다. 폭력의 피해자가 대부분 그렇듯 모든 게 내 탓이라고 여겼다. 그래서 마음속으로 이렇게 자책했다. '살리우가 왔을 때 얼른 집에서 나갈걸! 차라리 아내가 되겠다고 말했으면 살리우가 결혼할 때까지 손을 안 댔을 텐데!' 나는 살리우를 다시 입에 담거나 머릿속에 떠올리고 싶지 않았다. 살리우에 대한 생각마저도 싹 몰아내 버렸다.

　그날 학교에서 침묵이 거짓말을 키웠다는 사실을 깨달았다. 당황스러웠다. 기회만 닿는다면 실수를 바로잡고 싶었다. 그러나 한편으로는 침묵을 지키는 게 더 쉬워 보였다. 〈토론토 스타〉 신문 기자가 맞은편에 앉는 순간, 나는 마른 침을 꿀꺽 삼켰다.

　여기자가 먼저 인사를 건넸다. "안녕하세요, 콘서트가 열리니 신나겠어요?"

　"예."

　"의수를 갖고 싶다는 꿈이 이뤄져서 기쁘겠군요?"

　"예." 나는 무춤거리며 대답했다.

　내가 기자들을 꺼려한 이유는 또 있었다. 이번 자선콘서트의 취지는 내 의수를 위한 기금 모금인데 정작 나 자신은 의수가 필요한지 확신이 서지 않았다. 카디와 아부는 내 고민을 유일하게 알고 있기에 의수가 삶에 변화를 가져올 거라며 끊임없이 격려했다.

　아부의 설명에 따르면 어떤 의수 장치는 신경과 연결되어서 자유자재로 움직인다는 것이었다. 가령 펜을 잡으려고 근육을 움직이면 의수가 반응하여 진짜 손가락처럼 펜을 집어 든다고 했다. 내가 영국에서 받은 의수와 전혀 달랐다.

"설마 금속으로 만들어진 건 아니지요?" 나는 울먹였다.

아부가 껄껄 웃으며 대답했다. "아니란다. 진짜 손처럼 보이던걸." 아부가 인터넷에 나온 의수 사진을 보여 주었는데 과연 진짜와 흡사했다. 하지만, 무려 3만 달러에 이르렀다.

카디는 나를 도와주는 개인교사에게 내가 의수를 낀 채 시험을 치른다면 학업성적이 더 좋아지겠느냐고 물었다. 내 성적표가 여전히 C에 머물러 있자 카디는 내가 좀 더 분발해야 한다고 여겼다. 카디의 의견을 타당하다고 여긴 개인교사가 교장 선생님에게 필요한 경비를 밝혔고, 교장 선생님은 학생위원회에 그 안건을 제의했다. 그 결과 학생들이 이 행사를 주최하게 되었다.

나는 두려웠다. 겁탈 사건의 진실과 의수를 꺼리는 내 마음을 알고 나면 사람들이 등을 돌릴까 봐 겁이 났다. 그들에게 실망을 안기고 싶지 않았다. 그런데 다들 나를 과대평가하는 것 같았다.

몇 주 전에야 11학년 영어 수업에서 셰익스피어의 《로미오와 줄리엣》 읽기를 마쳤다. 책을 내려놓았을 때 나는 기쁨의 눈물을 흘렸다. 드디어 내 또래와 수준이 같아진 것이다.

학교의 연극 수업 중에 내가 수용소의 극단에 대해 설명하자 반 아이들은 어떤 연극이었는지 궁금해 했다. 연극 선생님은 수업시간의 잡담을 질색했지만, 커튼 뒤에서 나는 반 아이들에게 에이즈 촌극과 내가 맡은 조문객 이야기를 덧붙였다.

"우리도 자신의 이야기를 연극으로 올리면 좋겠다." 어떤 남자애가 말했다.

"자살과 폭력적인 남자친구들과 다이어트에 대한 연극이 제격

이야." 여자애가 한마디 했다.

"그런데 우리는 고작 어른들이나 좋아하는 지루한 내용이나 연기하고 있으니." 다른 애가 거들었다. 다들 웃음을 터뜨렸다.

"그 뒤에 입 닥쳐!" 선생님이 호통을 쳤다.

아이들은 나와 어울리는 것을 좋아했다. 그런 아이들이 내 속내를 알고 휙 돌아서면 어떡하나 두려웠다.

그날 오후에 도서관에 온 기자들은 전쟁이나 압둘에 대해 묻지 않았다. 난 순간적으로 마음이 놓였다. 하지만, 얼마 지나지 않아, 진실을 속 시원히 털어놓고 싶었다.

콘서트를 시작하기에 앞서, 내가 무대에서 몇 마디 하기로 되어 있었다. 나로서는 자못 떨리는 일이었다.

"안녕하세요, 여러분." 나는 마이크에 대고 말했다. 객석에는 빈자리가 없었다. "이렇게 도와주셔서 정말 감사합니다."

내 곁에는 썸41의 밴드 단원들이 서 있었다. 나는 많은 사람들 앞에서 농담을 던질 만한 주제가 못 되었다. 그런데 이런 말이 갑자기 떠올랐다. "여학생들은 여기 멋진 남자들을 꼭 만나고 가세요." 앞줄의 여자애들은 밴드 단원에게서 아예 눈을 떼지 못했다.

콘서트는 재미있었다. 나는 춤출 기분이 아니었기에 한쪽에 서서 지켜보았다. 연주 도중에 어떤 단원이 어린이에게 미치는 전쟁의 참상을 들려주며, 세계 지도자들이 갈등을 끝내기 위해 적극적으로 움직여야 한다고 주장했다. 나는 캐나다에 와서야 세계 곳곳에서 전쟁이 그치지 않는데다 가장 큰 피해자가 어린이라는 사실을 깨달았다. 수많은 나라에서 나와 같은 어린이들이 총과 칼에 불구자가 되고 만다.

내가 자리를 뜨려는데 선생님 한 분이 다가왔다. "네가 꼭 책을 쓰면 좋겠구나. 우리 학생들이 빠짐없이 읽을 수 있도록 말이다!"

그날 저녁, 차를 타고 집으로 오는 길에 선생님의 말을 곱씹었다. 내 경험을 책으로 펴내라고 제안한 사람이 그 선생님만은 아니었다. 잠들면서 이런 생각이 들었다. '내가 내 이야기를 글로 쓴다면 사람들이 그런 책을 읽으려할까? 책이 나오는 순간 나를 둘러싼 사람들의 환상은 깨지겠지.'

2007년 따스한 4월의 어느 저녁, 책 쓰는 일이 현실로 다가왔다. 며칠 전에 카디가 소식을 하나 전했다. 내가 캐나다에 도착해서 인터뷰했던 기자 중에 한 사람이 내 이야기를 자세히 알고 싶어 한다는 것이었다. 그 기자의 이름은 수전이었다. 지금 바로 카디와 내 앞에 앉아서 내 고등학교 생활에 대해 꼬치꼬치 묻고 있는 기자가 바로 그녀다.

"이스마엘 베아라고 들어봤니?" 수전이 이야기 끝에 물었다.

"아니요."

수전에 따르면 이스마엘은 예전에 시에라리온의 소년병이었다. 그런데 이스마엘이 쓴 경험담이 베스트셀러가 되었다는 것이다.

"베스트셀러!" 나는 소리를 질렀다. "여기 사람들도 시에라리온 이야기를 읽으려고 하나요?"

수전은 고개를 끄덕였다. 그러면서 이스마엘이 다음 주에 토론토로 온다고 알려 주었다. 나와 이스마엘의 이야기가 국영신문인 〈글로브 앤드 메일〉에 나란히 실릴 예정이었다.

수전은 나가다말고 돌아섰다. "마리아투, 이스마엘을 만나볼래?"

나는 멈칫했다. 내 손을 자른 소년 반군들이 떠올랐다. "글쎄요. 한 번 생각해 볼게요."

그동안 수천 번 수만 번, 소년 반군들을 떠올렸다. 카디와 아부는 내 앞에서 시에라리온의 정치문제를 가급적 언급하지 않았다. 하지만, 나는 인터넷을 통해 프리타운에 특별 법정이 세워졌으며 몇몇 반군들이 조사받았다는 사실을 알았다. 거기에는 겁탈과 살인과 사람들의 손을 자르라고 명령한 지도자도 포함되어 있었다.

'내가 법정에 섰다면 뭐라고 증언할까?' 나는 스스로 물었다. '나에게 칼을 휘둘렀던 소년들을 만난다면 난 어떻게 할까?'

처음에는 노여웠다. 나를 이렇게 만든 소년 네 명은 백번 죽어 마땅하다고 생각했다. 특별 법정에서 그들을 사형시키면 속이 후련할 것 같았다.

하지만, 노여움은 나를 고통으로 몰고 갔다. 시간이 지나자, 목숨을 빼앗는다고 해결될 일이 아니라는 것을 깨달았다. 그들도 나처럼 어렸으며 어쩔 수 없는 상황에 놓인 것뿐이었다. 숲에서 부모나 누이를 그리워하며 두려움과 외로움에 떨었을지도 모른다.

게다가 아무리 복수하고 싶더라도 방법이 없었다. 그 소년들이 앞에 나타나면 내가 그들의 털끝하나 건들 수 있을까? 어쩌면 소년들은 감옥에 잠시 갇힐지도 모른다. 하지만, 내가 고통을 주는 것과는 거리가 멀었다. 그 대신 나는 이런 장면을 상상해 보았다. 내 앞에 있는 소년들에게 말을 건네는 것이다. "나에게 한 짓을 진심으로 뉘우치길 바란다. 어쨌든 난 너희를 용서할 거야."

수전은 내가 자신의 기사를 읽었는지 확인하려고 주말에 전화했다. 일요일 저녁 여덟 시 즈음에 침대에 앉아 있던 나는 휴대전화로 수전의 전화번호를 눌렀다. 연결이 안 되면 다시는 부탁하지 않을 작정이었다.

수전이 전화를 받았다.

"안녕하세요? 나예요, 마리아투. 주말은 잘 보내셨나요?"

"그럼. 마리아투는 어땠어?"

"잘 지냈어요. 따님들도 잘 있지요?" 수전이 전에 자신의 두 딸에 대해 이야기한 적이 있었다.

"잘 있어." 수전이 대답했다. 그런데 내가 망설인다는 것을 알아차렸나 보다. "별일 없지, 마리아투?" 수전이 물었다.

"이스마엘을 만나고 싶어요!" 순간적으로 그 말이 튀어나왔다.

"내가 약속을 잡아 볼게." 수전이 말했다.

사흘 뒤, 토론토 시내의 크고 오래된 교회 앞에서 나는 아부, 카디, 수전과 함께 이스마엘을 기다리고 있었다. 홍보 담당자에 따르면 이스마엘은 연설과 책 사인회에 앞서 잠깐 짬을 내어 우리를 만날 예정이었다.

이스마엘을 본 순간 긴장이 스르르 풀렸다. 이스마엘은 마나마의 청년들과 별반 다르지 않았다. 넓적한 얼굴에 앞이마가 툭 튀어나왔고 머리가 곱슬곱슬했다. 예전에 소년병이었다는 사실이 믿어지지 않았으며 친구라도 만난 기분이었다.

아부는 시에라리온 음식 이야기로 이스마엘과 대화를 시작했다. "카사바 잎과 알싸한 고추가 그립네요." 이스마엘은 커피숍의 샌드위치를 한 입 먹으며 농담 삼아 말했다.

이스마엘은 뉴욕에 살았다. 그래서 뉴욕에 친한 사람이 있는지 나에게 물었다. 나는 그렇다고 대답했다. 수용소 아이들이 그쪽으로 떠났기 때문이다. 놀랍게도 이스마엘 역시 그들과 아는 사이였다. 나와 이스마엘은 음악 이야기도 나누었다. 이스마엘은 랩을 좋아했고 나는 힙합을 더 좋아했다.

"난 책을 쓰고 싶어요." 내가 말하는 순간 홍보담당자가 이스마엘에게 연설할 시간이라고 손짓을 했다.

"제목을 뭐라고 지을 건가요?" 이스마엘이 물었다.

"음, '꿈을 포기하지 마세요'라고 할까 봐요. 괜찮나요?"

"끝내주는 제목인데요." 이스마엘은 씩 웃으면서 몇 걸음 다가와 날 안아 주며 작별 인사를 했다.

"내 이야기를 책으로 펴내면 사람들이 읽어 줄까요?"

이스마엘이 고민할 것도 없다는 듯이 바로 대답했다. "그럼요, 당연하지요."

나의 목소리

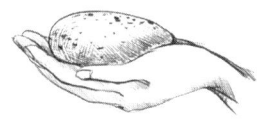

    2008년 2월에 나는 수전, 카디, 캐나다 유니세프(국제연합 아동기금) 소속의 여성과 함께 시에라리온으로 돌아왔다. 그 여정에는 1999년 1월 반군의 무자비한 프리타운 침공을 다룬 다큐멘터리 〈눈물의 프리타운〉을 만든 다큐멘터리 제작자 소리어스 사무라도 동반했다. 나는 책을 쓰라는 제안을 받았었다. 그래서 수전과 함께 기억을 더듬어 가며 책을 쓰다가, 책에 쓴 사실들을 확인하고 작업을 마무리 지으려고 시에라리온으로 돌아왔다.

    시에라리온에 온 지 두 주째로 접어드는 이른 아침이었다. 시에라리온의 향취는 예전과 다를 바 없었다. 화톳불과 향신료와 바다에서 풍기는 냄새로 가득했다. 그리고 형광등이라도 달아놓은 듯 환했다. 내가 지금 있는 곳은 프리타운이었다. 침대에서 내려와 창문을 열고 몸을 내민 채 숨을 한껏 들이마셨다. 막 돌아서서 카디를 깨우려는데 내 휴대전화가 울렸다.

나는 주머니를 뒤져 전화기를 꺼내어 대답했다. "여보세요."

소리어스 사무라였다. "넌 내일 대통령과 만나게 됐어."

전화가 찍찍거려서 제대로 들리지 않았다. "통 못 알아듣겠어요. 뭐라고요?"

"마리아투, 네가 내일 대통령을 만나도록 약속을 잡아놨어. 시에라리온의 대통령 말이야."

소리어스는 우리나라 지도자인 어니스트 바이 코로마 대통령을 만나면 어떻게 행동해야 할지 시시콜콜 알려 주었다. 9년 전, 대통령이라는 말을 처음 듣던 때가 떠올랐다.

"마리아투, 내 말 듣고 있니?" 소리어스의 목소리에 옛 생각에서 빠져나왔다.

"예, 그런데 대통령을 만나서 뭘 해야 되나요?"

"그냥 네 이야기를 하면 돼. 할 수 있지?" 소리어스가 다정하게 물었다.

"모르겠어요." 나는 한참 있다가 속삭였다. "잘 기억해둘게요."

소리어스와 통화를 마치고 나자 누구를 붙들고 이야기할 기분이 아니었다. 걱정만 자꾸 쌓여갔다. '대통령에게 무슨 말을 하지? 대통령이 내 이야기를 왜 듣고 싶을까?'

나는 수전, 카디와 함께 가족을 만나러 욘크로로 갈 예정이었다. 서둘러서 몸을 씻고 옷을 갈아입어야 했다. 자칫하면 정오가 되어도 마을에 닿지 못하기 때문이었다. 카디는 전화벨 소리에 잠이 깨었다. 비척비척 욕실로 와서 누구 전화냐고 물었다.

"소리어스요. 우리가 내일 대통령을 만날 거래요."

"잘됐네." 카디는 세면실 문을 닫으며 담담하게 말했다. "대통령이 우리 오빠랑 같은 학교에 다녔거든. 다시 만난다니 반갑군." 이어서 수돗물 소리가 들렸다.

시에라리온 사람이라면 카디 부부와 어떻게든 연결되었다는 생각에 웃음이 터져 나왔다. 그렇다고 대통령과 만나는 문제가 머릿속에서 떠난 것은 아니었다. 대통령이 카디네 오빠와 친구라는 사실도 내 불안감을 잠재우지는 못했다. 욘크로로 가면서도 그다지 입을 열 기분이 아니었다.

룬사 외곽의 자그마한 마을에 도착할 때까지도 소리어스의 전화 내용이 머릿속을 맴돌았다. 버스에서 내리자 마을 아이들과 몇몇 여자들이 환영의 노래를 불렀다.

"마리아투! 마리아투, 거기 왔니?" 할머니의 목소리가 들리는 곳으로 몸을 돌렸다. 아프리카 전통 치마와 연푸른 머릿수건 차림의 할머니가 발을 질질 끌며 흙길을 걸어왔다.

할머니는 내 기억 속이 모습보다 훨씬 늙어버렸다. 얼굴은 자글자글 주름졌으며 눈은 축 처졌고 이가 여러 개 빠져 있었다. 손에 쥔 기다란 막대기로 몸만 지탱하는 게 아니라 길을 이리저리 더듬었다.

"저 왔어요, 할머니" 나는 대답하며 할머니 품으로 달려들었다.

할머니는 나를 부둥켜안으며 내 얼굴을 쓸어내렸다. "네가 다신 못 올 줄 알았구먼. 어찌 이리 갑자기 왔누." 할머니가 눈시울을 적셨다.

"깜짝 놀래주고 싶었거든요, 할머니." 할머니의 갈색 눈동자는 푸른색으로 변해 있었다. 내가 배운 바로는 백내장이었다. 캐나다라면 백내장 수술쯤은 식은 죽 먹기지만 시에라리온의 가난한 사람들로서는 어쩔 도리가 없었다. 할머니는 앞이 전혀 안 보이는 상태였다.

나는 고향에 돌아온다는 말을 아무에게도 하지 않았다. 미리 받은 책의 인세로 한 달 전에 옷이며 신발, 치약, 비누, 우산 등을 사서 상자에 가득 담아 배편으로 시에라리온에 보냈다. 그때 고모 고모부와 통화를 했지만, 곧 출발한다는 이야기를 비치지 않았다. 떠난 지 6년 만이었다. 가족들이 자신들의 일을 내팽개친 채 음식을 준비하거나 돈을 들여 버스를 타고 프리타운까지 마중 나오게 할 수는 없었다. 나는 그들을 그저 행복하게 해 주고 싶었다.

우리는 노래하는 사람들 틈을 비집고 나왔다. 그리고 엄마네 오두막 옆에 자그마한 나무의자까지 함께 갔다. 강아지 네 마리가 우리 발치에 매달렸다.

나는 꼬마 때처럼 할머니 무릎에 머리를 기댔고 할머니는 내 머리카락을 쓰다듬으며 캐나다에서 어떻게 지내느냐고 물었다. 나는 카디와 아부가 얼마나 잘해 주는지 이야기했다. 그러다 왈칵 눈물을 쏟았고 고개를 들어 할머니의 번들거리는 눈을 바라보았다.

"전부터 할머니에게 꼭 하고 싶었던 이야기가 있어요. 할머니가 꿈에 야자유를 보면 날이 저물 무렵에 피를 쏟는다고 이야기해 주셨잖아요."

"그려."

"반군이 쳐들어오기 전날 밤에 그런 꿈을 꾸었어요."

"무슨 꿈인지 말해 보거라."

나는 한 시간 남짓 이야기를 쏟아냈다. 꿈과 반군과 그들의 얼굴에 대해서 말이다. 겁탈당하여 압둘을 낳은 일과 압둘이 죽자 나 자신을 한없이 비난했던 것까지 남김없이 말했다. 수용소에서 구걸하며 살았던 것과 런던을 다녀오고 나서 토론토로 가게 된 상황까지 깡그리 털어놓았다.

이야기를 마쳤을 때 우리 자리에는 그늘이 내려앉았고 수탉들이 꼬끼오하면서 울음을 길게 빼냈다. 마을 꼬마들은 숨바꼭질하느라 뛰어다녔고, 남자애들 둘이서 막대기로 타이어의 금속테두리를 두들겼다.

"그때 할머니가 나랑 마나마에 있었으면 어떻게 하셨을까요?"

"몹쓸 꿈을 꾸고 일어났다면?" 할머니는 잠시 뜸을 들인 후에 말을 이었다. "이 할미는 악귀가 물러가도록 주문을 외웠을 게다."

"주문을 어떻게 외우는데요, 할머니?"

"호수로 가서 잠잠한 물의 한복판에 큼지막한 돌덩이를 던졌겠지. 그러곤 우릴 둘러싼 영혼에게 머릿속에 악귀를 내쫓아달라고 빌었을 게다. 그럼 악귀들이 반군이 되어 나타나지 않았을 테지."

"할머니는 내 말을 믿어 주셨겠지요?"

"믿하나 마나지. 마리아투야, 헌데 전쟁으로 바뀐 건 한둘이 아니란다. 그리고 마법으론 옛날을 못 바꾸는 법이여. 주문을 외웠음 넌 몹쓸 짓을 당하진 않았을 게다. 허지만 다치고 힘들었어도 넌 제 길로 갔잖느냐. 악귀가 또 보이거든 지금껏 네 앞에 나타난 천사들을 생각해 보거라."

술라이만 삼촌이야말로 천사였다. 파트마타도 카디도 아담세이 언니도 아비바투 고모도 모하메드 오빠도……. 이름은 줄줄이 이어졌다. 캐나다에서 크리스마스 때, 술라이만 삼촌이 돌아가셨다는 소식을 들었었다. 어느 날 아침에 깨어났는데 숨을 제대로 못 쉬었다고 한다. 숨을 쌕쌕 몰아쉬며 기침을 쏟아내더니 일어나지 못했다. 프리타운 가게에서 바늘과 실과 과자를 팔던 삼촌은 그날 못 나갔다. 대신에 온종일 누워 있어야 했다. 마리아투 숙모는 삼촌의 이마에 물수건을 대주었다.
 삼촌의 호흡은 점점 가빠졌고 쿡쿡 찌르는 지독한 통증은 양쪽 팔로 옮겨갔다. 숙모는 삼촌에게 밥을 일일이 떠먹여 주었으나 결국 심장이 멎고 말았다.
 나는 그 소식을 듣는 순간 망연자실했다. 삼촌은 서른 살도 채 못 넘기고 목숨을 잃었다. 반군에게 부상당한 나와 사촌들의 병원비를 대느라 정작 삼촌에게 필요한 약값이나 진찰비는 한 푼도 남아 있지 않았다.
 삼촌의 부음을 듣고서 나는 죽은 지 40일이 되는 날에 치르는 장례식 비용을 냈다. 시에라리온에서는 사람이 죽으면 장사를 지내는 날과 40일이 되는 날, 그리고 일 년이 되는 날에 죽은 자를 애도한다. 삼촌은 욘크로에 묻혔다. 삼촌과 아버지와 고모들이 자라나던 곳이었다. 삼촌은 아버지 곁에 누웠는데 아버지는 내가 캐나다에 있을 때 노환으로 이미 세상을 떠났다.

 할머니를 남겨 두고 두 채의 움막집 사이 골목길을 빠져나오자 공터가 나왔다. 여자들이 화톳불 위에 커다란 솥에다가 밥을 짓고 닭을 삶았다. 그곳에 마리아투 숙모가 보였다. 상중이라는 것을 나타내느라 머리부터 발끝까지 온통 검은색이었다.
 여자들 몇 명은 밥을 설탕에 굴려 시에라리온에서 흔히 먹는 후식을 만들었다. 나는 그 주먹밥을 숙모에게 건네며 말했다. "상심이 크시겠어요." 나는 눈길을 떨어뜨리며 말했다. 숙모는 죄스러워하는 내 심정을 아는 듯 이렇게 대답했다. "삼촌은 널 도와준 걸 후회한 적이 없어." 숙모가 상냥하게 덧붙였다. "단 한 번도 말이야."
 그 동안 엄마는 자식을 열 명이나 낳았다. 그래도 여전히 젊어 보였다. 하지만, 비쩍 말라 있었다. 아프리카 전통 치마는 지저분했고 티셔츠는 한쪽 어깨가 찢어졌다. 카디는 삼촌의 장례식에서 입으라며 나에게 하얀색, 푸른색, 분홍색이 섞인 아프리카 전통 도켓 라파를 사주었다. 도켓 라파 차림에 은귀고리까지 달고 있는 나 자신이 어쩐지 어색했다.

나는 여동생인 마빈티를 한 번도 만나본 적이 없었다. 그런데도 자매라는 것을 한눈에 알아봤다. 엄마가 소개해준 여덟 살짜리 여동생의 얼굴에서 나와 똑 닮은 갈색 눈동자와 미소를 찾아냈다. 우리는 얼싸안고 웃음을 터뜨렸다. 그런데 일분도 지나지 않아 마빈티가 울음을 터뜨렸다.

"언니, 난 아파. 삼촌처럼 숨을 못 쉬겠어. 어떨 때는 온종일 꼼짝없이 집에서만 지내야 해."

내가 보기에 마빈티는 천식을 앓고 있었다. 포트 로코와 룬사에서 한참 떨어진데다 큰길에서 멀리 벗어난 외딴마을이니 의사에게 보였을 리가 없었다. 1999년 반군이 쳐들어오기 전에 내가 살던 모습으로 마빈티는 살고 있었다.

마빈티는 눈물을 훔친 뒤 나를 마을 구석구석 데리고 다니며 구경시켜 주었다. 마빈티의 말에 따르면 자기가 태어나기 전에 반군이 욘크로의 오두막에 불을 질렀다고 한다. 그래서 마을 사람들은 진흙 벽돌을 하나씩 옮겨서 다시 집을 세워야 했다.

마을 곳곳을 유랑하는 이맘이 회관 뒤에서 오두막을 그늘 삼아 설교하고 있었다. 이맘은 삼촌의 죽음을 되새기며 코란의 구절을 암송했다.

"여자애를 낳느니 염소와 닭을 한 마리씩 갖는 편이 낫다." 이맘은 주변에 둘러앉은 열 명의 남자들에게 이야기하고 있었다.

나는 일어나서 여자들에게 갔다. 그리고 생각했다. '할머니, 세상이 참 많이 바뀌었어요. 그런데도 변함없는 게 있네요.'

욘크로에서 하루를 보내는 동안 내 말수는 차츰 줄어들었다. 나는 이제껏 본 장면을 곰곰이 곱씹어 보았다. 식구들의 구겨지고 더러운 옷과 눈가에 드리워진 서글픔. 이상기후로 과거 몇 달간의 우기가 이제 몇 주로 줄어들어서 바짝 말라버린 농작물. 내가 시에라리온에 살았을 때는 그러려니 했다. 그런데 내가 사는 다른 곳은 집집이 차가 두 대이고, 새 옷을 매달 사들이고 아무 때나 외식을 했다.

프리타운으로 돌아오는 길에 창문 너머의 억새풀과 이리저리 흔들리는 망고나무를 물끄러미 바라보았다. 이브라힘 오빠가 떠올랐다. 기니에 살면서 일자리를 찾고 있지만 늘 헛수고였다. 아담세이 언니는 마사이카에서 떨어진 자그마한 마을에 사는데 이름이 카디자인 다섯 살배기 딸아이의 엄마가 되었다. 언니는 시에라리온을 떠나지 못했다. 자선 단체는 언니에게 두 번 다시 손을 내밀어 주지 않았다. 언니는 큰길가의 자그마한 밭에서 농작물을 거두어 팔았다. 딸을 학교에 보내고 싶은 마음이야 굴뚝같지만, 학비나 교복에 댈 돈이 없었다. 그런데도 한 번도 불평하지 않았다. 나와 만난 자리에서도 이렇게 말했다. "네가 얼마나 보고 싶었는지 몰라. 넌 우리 엄마가 일러 준 대로 살아야 해. 무조건 앞만 바라보는 거야!"

큰길에는 오토바이를 탄 청년들뿐만 아니라 여자와 아이들로 북적였다. 그들은 머리에 이고 온 함지박에서 망고나 코코넛, 플랜테인 등을 꺼내 들고 팔았다. 나는 소형 버스 기사에게 워털루에 세워달라고 부탁했다. 프리타운의 외곽에 있는 작은 주택가인데 모하메드 오빠를 찾아가는 길이었다.

오빠는 나를 보더니 남들과 마찬가지로 깜짝 놀랐다. 처음에 오빠는 나를 보고 얼굴에 긴가민가한 표정을 지었다. 나 자신은 그렇게 많이 변했다는 생각을 못 했다. 전보다 살이 약간 올랐으며 머리카락을 촘촘히 땋아 어깨까지 늘어뜨렸다. 그리고 옷을 단정하게 입었을 뿐이다. 예전에 마우리치오 신부님에게서 얻어 입은 해진 옷과는 달랐다.

"왜 그래? 나 맞아." 나는 웃음을 터뜨렸다.

오빠는 내 팔을 잡더니 한참을 꼭 안아 주었다. 어찌나 탄탄해 보이던지! 오빠가 북아메리카에 살았더라면 날마다 체육관에 들락거리느냐며 짓궂게 놀렸을 정도다. 활짝 웃는 순간 하얗고 고른 이가 고스란히 드러났다.

오빠는 눈을 반짝이며 넉 달되었다는 딸 사피아를 무릎에 앉혔다. 사피아는 빳빳한 면으로 만든 푸른색 옷을 입었고 머리에는 같은 색 나비 리본을 꽂았다.

오빠는 환하게 웃었다. "내가 사랑에 빠지다니. 믿어지냐?"

사실 믿기지 않았다. 내 마음속의 오빠는 항상 내 머리카락을 잡아당기고 음식을 슬쩍 해치우는 장난꾸러기였다.

오빠는 외국의 자선 단체가 전쟁 부상자를 위해 마련했다는 비좁은 콘크리트 집에서 살았다. 오빠를 따라 워털루 주택가를 구경했다. 전쟁 중에는 애버딘처럼 불구자를 모아놓은 수용소로 쓰였다. 이제는 온갖 잡동사니가 카펫처럼 바닥에 쫙 깔려 있었다. 깡통은 물론이고 개와 고양이의 시체까지 하수구를 꽉꽉 메웠다.

오빠가 말했다. "난 아직도 시계탑에서 구걸하고 있어. 그런데 예전처럼 돈을 벌기가 어려워. 거리 곳곳에 우리 같은 사람들이 워낙 많으니까 회사원들이 그냥 지나가거든. 교복 차림의 여자애와 남자애들이 집으로 가면서 우리한테 욕을 퍼붓기도 해."

나와 동행한 소리어스가 촬영을 시작하자 오빠는 평소와 달리 반감을 드러냈다. 오빠가 소리를 죽이며 씩씩거렸다. "저놈들은 우릴 이용했어. 나라에서는 애버딘 수용소의 아이들을 앞세워 외국의 돈이나 기자들을 끌어모으는 거야. 그렇다고 우리한테 뭐가 돌아왔는데? 고작 이게 전부야." 오빠는 팔을 내밀어 오두막을 가리켰다. 단칸방 건물들 주변에는 망고나무들이 있어서 그나마 따가운 햇볕을 막아 주었다. 하지만, 근처에 농사지을 땅이 없고 프리타운 시내나 시계탑까지는 반나절을 걸어가야만 했다.

4년 전에 극단 단원들이 시위를 벌이느라 프리타운 거리 곳곳이 온종일 막혔었다. 그들은 대통령에게 바라는 내용을 펼침막에 적어 높이 쳐들었다. "우리의 삶에 필요한 것은 교육이다!"라는 구절이었다. 모하메드 오빠를 비롯하여 전쟁 부상자들이 여럿 참여했다. 오빠는 행렬의 맨 앞줄에 섰으며, 무려 1000여 명의 거대한 군중이 팔짱을 끼고 모퉁이를 돌아 대통령궁으로 향했다.

"아무 소용없었어." 오빠의 목소리는 울분으로 가득했다. "정부는 우리가 소리 지르는 것을 지켜볼 뿐, 눈도 깜빡이지 않아." 오빠는 잠시 말을 멈췄다. "여기 아이들은 전쟁놀이를 하며 놀아. 반군들이 자기 부모님의 손을 잘랐다며 그들을 총으로 쏘거나 죽이는 놀이를 하는 거야." 오빠가 나지막이 덧붙였다. "마리아투, 그냥 떠나가. 캐나다로 돌아가서 다시는 여기에 신경 쓰지 마."

나와 카디와 수전은 프리타운의 바모이 호텔에 묵었다. 새로 지은 호텔답게 세탁소, 텔레비전, 에어컨, 피자와 스파게티 식당 등 서양식 편의시설이 넘쳐났다. 호텔 입구에는 네 명 이상의 직원들이 제복차림으로 어느 때나 지키고 있었다. 건물 둘레에는 높은 시멘트 담장이 있었고 그 담장 꼭대기에는 가시철조망을 감아놓았다.

우리가 도착하기 일주일 전에는 세계적인 축구 스타 데이비드 베컴이 유니세프를 방문하느라 머물렀다고 한다. 지금은 호주, 미국, 영국 억양이 묻어나는 중년의 남자들이 북적였다. 그들은 프리타운의 여러 자선 단체와 손잡고 일하거나 정부가 세금을 어떻게 집행해야 할지 알려 주었다.

시에라리온에 머물면서 우리나라의 인간개발지수(HDI)*가 최하위라는 사실을 알았다. 고향 방문의 첫 주에는 동부지역에서 펼치는 유니세프의 활동을 지켜보게 되었다. 그때 가난에 찌든 시에라리온 사람들을 많이 만났다. 나는 그들의 아기들을 안아 주었다. 나는 때로는 함박웃음을 터뜨리기도 했고, 가끔은 펑펑 울기도 했다. 시에라리온은 학교에 다니는 아이들의 숫자가 다른 나라에 비해 적다 뿐만 아니라 기대수명도 훨씬 낮다. 캐나다에서는 90세에도 건강한 사람들이 많지만, 시에라리온의 경우 40세까지만 살아도 운이 좋은 편이다. 시에라리온이 수출이나 산업을 통해 벌어들이는 돈은 보잘것없다. 야봄에게 들은 대로 이 나라에는 천연자원이 많다. 다이아몬드와 보크사이트, 금, 철광석, 망간을 비롯하여 깨끗한 물과 물고기도 풍부하다. 하지만, 외국인들이 수익의 대부분을 가져간다.

나는 생각했다. '내가 만약 백만장자라면 모하메드 오빠랑 내 동생 마빈티, 아담세이 언니, 메무나투, 고모, 고모부, 이브라힘 오

---

*인간개발지수(HDI) : 국제연합개발계획(UNDP)이 매년 각국의 소득, 교육, 빈곤, 실업, 환경, 건강, 종교 등 생활과 관련된 기본 요소들을 기초로 인간이 사회생활에서 느끼는 행복감과 삶의 질을 측정하는 지수다.

빠, 할머니, 그밖에 여러 사람들을 소형 버스로 데려와서 비행기에 태워 토론토로 날아갈 텐데. 그렇지만 난 돈이 없는걸. 어떻게 하면 우리 가족을 도와줄 수 있을까? 어떻게 하면 시에라리온 사람들에게 도움이 될까?'

이스마엘의 책을 보면서 내 이야기를 풀어내고 싶었다. 이스마엘이 토론토 연설에서 "앞으로는 전쟁을 겪은 소녀의 이야기를 듣게 되기를 바랍니다."라고 말하는 순간 나는 가슴이 뛰었다. 목표를 찾아낸 기분이었다. 전 세계에 전쟁과 가족과 시에라리온에 살던 여자애의 이야기를 전해 주는 것이다.

그런데 돌아오지 말라던 모하메드 오빠의 충고가 귓가를 맴돌았다. 내 이야기는 그저 시에라리온에서 일어난 사건 중 하나일 따름이다. 특별히 다른 점이 뭐가 있을까?

한편으로는 마사이카 너머의 작은 마을이나 욘크로에서 가족과 함께 살고 싶은 마음도 들었다. 전쟁이 내 삶에 영향을 미치지 않았더라면 막보로에서 무사라는 이름의 남자애와 결혼했을지도 모른다. 할머니와 모하메드 오빠를 만나고 나자 오히려 혼란스러웠다.

호텔 뜰을 걷던 나는 수영장 주변에 있는 의자에 주저앉았다. 수영장 물살이 햇볕에 부서졌다. 잠시 후, 자그마한 새 한 마리가 격자 울타리 꼭대기에 올라앉은 모습이 눈에 들어왔다. 예전에 땅바닥에 떨어진 막보로의 베짜는새처럼 갈색과 노란색이 섞여 있었다.

"난 어쩌면 좋지?" 자그마한 베짜는새에게 물었다.

베짜는새는 세 번 짹짹거리고는 포르르 날아갔다. 반군에게 부상당한 내가 숲을 하염없이 걷던 장면이 떠올랐다. 으르렁거리고 마구 짖어 대던 개들과 코브라가 눈앞을 스쳐 갔다. 포트 로코로 가는 진흙길까지 데려다준 남자의 초췌한 얼굴도 기억났다. 나에게 먹어 보라며 망고 한 조각을 건네던 남자의 떨리는 손도 보이는 듯했다.

순간 내가 할 일을 깨달았다. 나에게 손은 없지만, 목소리가 남아 있다. 캐나다에 아무리 좋은 집이 있다고 해도 내 고향은 시에라리온이다. 고향에 대해서 나는 고마운 마음이 들었다. 그것은 내가 나 자신을 희생자가 아니라, 이 세상에서 뜻깊은 일을 할 수 있는 사람이라고 여기도록 도와준 시에라리온 사람들에 대한 마음이었다.

나는 벌떡 일어나서 2층의 객실로 올라가 옷가방을 열었다. 카디가 토론토에서 마련해 준 빨간색과 금색의 전통 아프리카 의상을 꺼냈다. 구김살을 손으로 펴고 나서 여행 가방에서 금귀고리가 담긴 작은 상자를 집어 들었다.

"그래." 방에 아무도 없었지만 나는 큰소리로 외쳤다. "난 내일 대통령을 만날 거야. 아무도 귀담아듣지 않던 나의 이야기를 전하겠어."

내 속의 무언가가 변했다. 이제 나는 앞뿐만 아니라 뒤도 함께 볼 것이다. 아무런 미련 없이.

마리아투와 나

시에라리온 내전의 어린 희생자가
들려주는 생존과 희망의 이야기

- 수전 맥클리랜드

카디와 나는 널따란 침대 위에서 다리를 쭉 펴고 벽에 기댄 채 누워 있었다. 우리는 시에라리온의 프리타운에서 한 시간쯤 떨어진 외곽, 마시아카의 게스트 하우스에 묵었다. 우리가 작업하는 다큐멘터리 영화의 제작자 소리어스 사무라는 방안에서 강력 살충제를 뿌려대고 있었다. 나는 이 살충제에 들어 있는 물질이 혹시 캐나다에서 인체에 유해하다고 금지한 성분이 아닐까 하는 생각이 들었다. 어쨌든 시에라리온에서는 서구에서 금지된 많은 것들, 티셔츠에서부터 2008년형 메르세데스 벤츠까지 시장에서 단종된 물건들을 자주 볼 수 있었다. 하지만, 이건 다른 문제였다.

카디와 내가 시에라리온에 처음으로 오게 된 이유는 바로 마리아투 때문이었다. 그런데 그 마리아투 카마라는 우리와 떨어져서 첫 번째 밤을 보내고 있었다. "마리아투는 잘 잘 거야 그리고 아침에 기분 좋은 얼굴로 나타나겠지." 2002년에 마리아투가 캐나다로 이주한 후 쭉 함께 살았던 카디가 말했다. 최근까지 마리아투는 카디와 지냈다. 시에라리온에서도, 온타리오의 피커링에서도.

"물론 그럴 거야." 내가 대답했다. 그날 밤 마리아투는 큰 여행 가방 두 개를 들고, 진흙과 시멘트로 된 벽에 얇은 지붕을 얹은, 침실이 두 개 딸린 사촌 집으로 갔다.

　방충제 라벨에는 방충제를 3분 이상 뿌리지 말라고 쓰여 있었지만, 소리어스는 5분 넘게 뿌리고 있었다. 그 건물은 시멘트 벽돌 말고는 아무것도 없었고 천장은 약 2미터 높이밖에 안 되었다. 카디와 나는 방충제 때문에 숨이 막힐 지경이었다. 이건 심각한 문제였다.

　우리는 복도에서 소리어스와 몇몇 남자들이 다투는 소리를 들었다. 그들은 우리가 고용한 운전사들로 마리아투를 사촌이 사는 마을에 데려다 주고 오는 길이었다. 그들은 방금 경찰서에서 돌아온 모양이었다. 경찰이 우리가 돈을 주지 않으면 밤중에 우리 차를 지켜주지 않겠다고 으름장을 놓았다고 한다. "돈을 더 달라고?" 소리어스가 내가 이제 좀 이해하기 시작한 크리오 말로 외쳤다. "뇌물을 달라는군." 카디가 기침을 하며 말했다. "분명히 마을 사람들이 이곳은 도난이 많은 위험한 곳이라고 말했을 거야." 카디가 덧붙였다.

　"너도 알다시피" 나는 카디를 돌아보며 심각한 목소리로 이야기했다. "내가 기사를 쓰는 인물마다 지나치게 간섭하며 나를 질책한 편집자가 하나 있었어." 나는 계속해서 카디에게 다음의 이야기를 했다.

　당시 그 편집자는 내가 인터뷰하는 사람들을 기사가 나간 뒤에 커피를 마시며 편안하게 수다를 떨기에는 부적합한 상대들이라고 생각했었다. 내 기사에서 다루는 인물은 소위 저널리즘의 세계에서 개인적인 친분을 맺어야 좋다고 말하는 정치인, 유명인 또는 프로 하키 선수들이 아니었다. 그보다는 여자 마약 중독자, 동물 보호 운동가, 매춘부와 전쟁의 어린 희생자들이었다. 거기에는 2003년 〈맥클린〉에서 전쟁이 아이들에게 준 충격에 대한 기획 기사를 쓸 때, 내가 처음으로 만났던 마리아투도 들어있었다.

우리가 소리어스의 독성 살충제를 피해 벽을 따라 기어가는 크고 검은 거미를 보았을 때, 카디가 "아악!" 하고 소리를 질렀다. "넌 그 편집자의 말을 들었어야 했어."

"하지만, 그때는 이 모든 것들이 그리웠었어." 내가 말했다. "이곳은 방이나 게스트하우스라고 말하기도 뭐한 환경에다가 나중에 우리가 바퀴벌레 모텔이라고 별명을 붙였지만, 여기는 내가 회고록의 소재를 썼던 곳이고 마리아투와 함께 있었던 곳이야."

2008년 2월에 마리아투와 나 그리고 1970년대에 캐나다로 이민 왔던 카디, 이렇게 셋이서 시에라리온에 왔다. 사실 이 여정의 끝을 마무리하면서 나는 내가 지금까지 써왔던 어떤 기사보다도 이번 일이 내가 추구하는 것에 더 가까이 와 있다고 결론 내렸다. 이 여행은 공식적으로 2007년 여름, 마리아투와 내가 그녀의 이야기를 책으로 내기로 계약하면서 시작되었다.

지금 전쟁의 희생자였던 마리아투는 스물두 살이 되었고, 캐나다 유니세프와 함께 활동하고 있다. 시에라리온 반군이 그녀가 머물렀던 마을을 습격해서 마리아투를 인질로 잡고 두 손을 잘랐을 때가 고작 열네 살이었다.

우리가 시에라리온으로 여행 온 이유 중 하나는 마리아투의 고향을 돕는 유니세프 프로그램을 함께하며 마리아투와 친해지기 위해서였다. 게다가 마리아투의 책 《망고 한 조각》을 완성하고 거기에 쓴 사실들을 확인하려고 왔다. 또한, 우리는 시에라리온의 유명한 영화제작자 소리어스와 다큐멘터리도 찍고 있었다. 그 다큐멘터리는 11년이나 계속되었던 시에라리온 내전의 어린 희생자들과 그들이 겪은 고통, 또 오늘날 그들이 어떻게 사는지를 담고 있었다.

내가 지금 하는 일들이 불가능할 거라고 그 편집자는 내게 누누이 말했었지만, 나는 5년 전에 마리아투와 인터뷰를 했고 계속해서 일을 진행해 나갔다. 당시에 마리아투는 카디와 아부 부부와 함께 살고 있었다. 카디와 아부는 토론토에서 시에라리온 이주자들의 정착을 돕기 위해 활동하고 있었다. 내가 마리아투를 처음 만났을 때만 해도 마리아투는 두 팔을 아프리카 옷에 숨기고, 모국어인 템네말로 조용히 이야기했었다. 그리고 아부가 옆에서 통역을 해 주었다.

마리아투는 시에라리온 서쪽의 한 작은 마을에서 태어났다. 전쟁을 겪어본 적이 없었던 마리아투는 그저 평범한 시골생활을 하고 있었다. 전쟁만 일어나지 않았더라면 마리아투는 적어도 십대 후반에 결혼했을 거다. 아마도 생계를 위해 농사를 짓고 바늘과 실 따위의 물건을 사려고 여분의 농작물을 팔며 살았을 거다.

그러나 전쟁은 마리아투의 삶을 송두리째 바꿔 놓았다. 특히 여러 가지로 마리아투를 처참하게 만들었다. 반군들로부터 도피해 있는 동안에 마리아투는 강간을 당했다. 마리아투는 성폭행으로 아기를 가졌고, 어린 나이에 아기 엄마가 되었다. 그러나 그 아이는 영양실조로 마리아투가 지냈던 프리타운 에버딘 수용소에서 1년도 채 안 되어 숨을 거두었다.

우리가 첫 번째 인터뷰를 하는 동안, 마리아투는 눈을 아래로 내리깔고 단조로운 목소리로 기자들에게 들려줬었던 이야기를 상세하게 했다. "내 이름은 마리아투에요. 반군들이 내 팔을 잘랐을 때 나는 열네 살이었어요. 내게는 아이가 하나 있었는데 난민 캠프에서 죽었어요. 나는 지금 캐나다에 살아요." 그러나 인터뷰가 끝날 즈음에 마리아투는 나를 보며, 그녀가 알고 있는 몇 개 안 되는 영어 단어로 이렇게 말했다. "나는 고향에 가고 싶어요. 만약 당신이 나와 함께 가 준다면, 시에라리온을 다시 보고 싶어요." 그때의 요청이 이렇게 실현되리라고 그 누가 상상이나 했을까?

    2007년 이른 봄으로 거슬러 올라가 보자. 〈글로브 앤드 메일〉지에서 나보고 이스마엘의 이야기를 쓰라고 했었다. 나는 편집자에게 그 기사에 마리아투의 추적 기사로 마리아투의 현재 삶에 대해 써 보면 어떻겠냐고 제안했다.

    2003년에 우리가 처음 만났던 이후로, 마리아투는 계속 학교에 다니고 있었다. 캐나다에 올 때까지 그녀는 학교 근처에도 가본 적이 없었고, 학교를 생각한 적도 없었다고 한다. 하지만, 이제 마리아투는 영어를 유창하게 한다. 마리아투는 뮤직비디오를 보면서, 또 키퍼링에서 함께 사는 사람들한테서 처음으로 영어를 배웠다고 했다. 마리아투는 토론토의 센테니얼 대학 2학년생으로 여행과 관광학을 공부하고 있다. 마리아투는 멋진 청바지와 유행하는 티셔츠를 세련되게 입고 다녔다. 머리 모양도 땋은 머리에서 부드러운 곱슬머리로 번갈아 가며 계속 멋을 부렸다. 이제 마리아투는 휴대전화를 재빨리 꺼내서 내가 다이얼을 누르는 것보다 더 빠른 속도로 친구에게 전화를 걸 수도 있었다.

    〈글로브 앤드 메일〉에 이야기가 실린 뒤, 마리아투는 이스마엘과 만나고 싶다고 했다. 그래서 4월에 이스마엘이 토론토에 연설하러 올 때, 그 둘을 만나게 해주기로 약속했다. 사전에 복도에서 이스마엘의 홍보담당자가 "마리아투가 이스마엘에게 원하는 게 뭘까? 그녀에게 이런 짓을 한 소년병을 대표하여 사과를 받으려는 것일까?" 등의 질문을 하며 나를 몰아붙여서 나는 살짝 긴장했었다.

그러나 그러한 걱정과 긴장도 진실 앞에서는 힘을 쓸 수 없었다. "나는 오래전에 내게 이런 짓을 한 소년들을 용서하고 있어요." 마리아투가 전에 말했었다. "지금 내가 그들에게 뭘 할 수 있겠어요? 설사 그들이 내 앞에 있다 해도 내가 뭘 할 수 있을까요? 내가 할 수 있는 가장 좋은 건 용서하고 앞으로 나아가는 거지요."

따뜻한 봄날 밤, 마리아투의 예쁜 미소는 방안에 앉아 있던 모두를 무장 해제시켰다. 마리아투와 이스마엘은 곧바로 시에라리온 음식에 관한 토론을 했으며, 이야기 중에 서로 아는 친구가 있다는 사실을 발견했다. 그리고 음악에 관한 대화도 나누었는데, 둘의 음악 취향은 똑같지는 않았다. 마리아투는 힙합을 좋아하고, 이스마엘은 랩을 더 좋아했다.

분명히 그날 마리아투는 이스마엘에게 깊은 인상을 남겼던 것 같다. 후에 이스마엘이 연설하다가 방안에 서 있는 청중에게 이런 말을 했었다. "지금 우리가 들어야 하는 건, 전쟁을 겪은 소녀의 이야기입니다."

"좋아요, 수전." 마리아투가 내게 팔짱을 끼며 말했다. "언제부터 시작하면 되죠?"

우리는 6개월 동안 원고의 사실을 확인하고 마무리하기 위해 빠르게 움직였다. 마리아투는 이야기할 준비가 되었고, 나는 쓸 준비가 되었다. 우리의 인터뷰는 대개 마리아투가 내 어린 시절을 물으며 시작되었다. 마리아투는 고향의 기억을 다시 떠올리며 가족과 친구들에 관한 이야기를 했다. 우리는 또한 새로 산 신발이나 화장법, 그리고 영화와 같은 소녀적 취향의 이야기도 많이 나누었다. 그리고 나서 우리는 마주 보고 조용히 앉아서 마리아투의 삶에서 가장 처참했던 순간에서부터 승리의 순간까지 이야기했다. 마리아투가 기억하는 승리의 순간에는 11학년 때 영어로 된 《로미오와 줄리엣》을 끝까지 다 읽었던 일도 들어 있었다. "내가 책을 덮었을 때, 나는 내가 우리 반의 다른 아이들과 똑같은 수준이 되었다는 걸 알았어요." 마리아투가 말했다.

나는 마리아투가 나를 믿고 자신의 속내를 말해준 것이 정말 고마웠다. 마리아투의 이야기를 책으로 쓰면서, 내가 마리아투와 주변에 있는 많은 사람들의 삶 속에 들어가서 깊이 관여하게 될 줄은 상상도 못했었다. 마리아투는 혼자가 아니었다. 그리고 바로 그것이 마리아투가 그 엄청난 상처를 감정적으로 잘 극복할 수 있었던 주된 이유였다. 가족과 친구들의 큰 울타리가 마리아투를 지지해 주었고, 그들은 나에게도 가족처럼 살갑게 다가왔다. 지금 토론토에서 마리아투와 함께 사는 젊은 시에라리온 소녀들은 내가 방문했을 때 춤과 노래를 보여주기도 했다. 또한, 카디의 여동생은 내게 손수 바느질한 아프리카 옷을 주었다. 그리고 카사바 잎과 땅콩 수프까지 시에라리온의 다양한 음식들을 맛보았다.

다르푸르에서 아이 셋을 입양한 런던의 국회의원 글렌 피어슨이 내게 이런 말을 했었다. "서양 사람들은 아프리카를 단지 가난과 부패와 같은 문제들로만 보려고 하지. 그러나 내가 아는 아프리카는 사랑과 연대감이 있어." 그가 말했다.

알다시피, 아프리카의 연대감은 피를 나눈 가족과 친척 그 이상이었다. 한 사람과 관계를 맺은 모두는 다 고모, 삼촌, 사촌들이나 다름없었다. 이 일을 하면서 나 역시도 서로 이야기를 나누고, 내 머리를 땋아 주고, 심지어 그들의 옷까지 입혀주는 고모와 삼촌, 사촌들이 많이 생겼다. 그들의 사랑과 끈끈한 연대감 덕분에 마리아투는 자신을 희생자가 아니라 꿈도 꿀 수 있고 그 꿈과 목표를 이룰 수 있는 사람으로 생각하게 되었다. 그리고 마리아투가 시련을 극복하고 일어설 수 있게 한 아프리카의 힘을 내게 보여주었다. 마리아투의 그런 자신감은 어떤 면에서 그녀를 패션과 음악에 뒤떨어지지 않는 전형적인 북아메리카 소녀로 자라게 했다. 나는 마리아투와 힘을 모아서, 마리아투의 회고록 《망고 한 조각》에 시에라리온의 끔찍한 역사는 물론이고 시에라리온 사람들의 정신까지도 담으려고 노력했다. 그 과정에서 우리는 끊임없는 동료애와 서로에 대한 지지를 보여주었다. "내 이야기는 꼭 나에 관한 것만은 아니에요." 마리아투가 전에 내게 했던 말이다. "나를 도와주었던 모든 사람들에 관한 이야기에요. 내 이야기는 많은 다른 소녀들의 이야기이기도 해요. 전쟁으로 상처받은 소녀들, 그리고 다시 희망으로 삶을 만들어가는 사람들의 이야기에요."

마리아투는 내가 자신의 이야기를 대중에게 전한 것에 고마움을 표시했다. 하지만, 마리아투는 내게 더 큰 선물을 주었다. 게다가 마음으로 받아들인 시에라리온 가족들과 마리아투는 이제 내 가족이나 다름없었다. 작년 가을 여섯 살배기 내 딸, 로렌이 스파크에서 영령기념일(Remembrance Day, 캐나다에서 11월 11일이면 가슴에 붉은 꽃을 달고, 전쟁으로 희생당한 모든 군인을 추모하는 날)에 대해 배우고 왔었다. 그 아이가 집에 와서 왜 선생님들은 시에라리온에 대해 이야기하지 않느냐고 물었다. "내년에는 스파크로 마리아투를 데려갈 거야." 로렌이 말했다. "다른 아이들도 여전히 전쟁이 일어나고 있다는 걸 알아야 해."

마리아투는 내 딸들의 우상이었다. 심지어 네 살 난 샬럿은 마리아투를 이모로 여기고 있었다. 나는 비극과 성공을 함께 말할 수 있는 젊고 아름다운 여성, 그리고 인생의 어떤 장애물도 헤쳐 나갈 수 있는 당당한 여성으로 마리아투 말고 어느 누구도 상상할 수 없었다.

기자로서 마시아카로 마리아투를 인터뷰하러 갔던 그날 밤은 마리아투와 나의 관계를 더 깊게 만들어 준 의미 있는 밤이었다. 물론 그 게스트 하우스는 끔찍했고 어쩌면 위험할 수도 있었다. 하지만, 소리어스가 밤새 카디와 내가 살충제 가스에 숨이 막히지 않나, 혹은 얇은 종이 벽을 뚫고 도둑이 쳐들어오지 않나 지켜주고 있었다. 우리가 고용한 운전사는 차를 도난당하지 않으려고 차 안에서 자고 있었고, 마리아투 역시 우리가 나쁜 일을 당하지 않았나 확인하려고 마을 남자 몇 명을 보내왔다. 그리고 나서 마리아투는 아침에 하이힐과 청바지, 커다란 은귀고리를 달고 우리 앞에 나타나 인사를 했다. "잘 잤어요?" 마리아투는 순진하게 물었다. 나는 딱딱거리며 대답했다. "지금까지 이렇게 잘 잔적은 처음이야!"

2008년 9월 캐나다 잡지 〈모어〉에 실린 기사 전문
ⓒ 〈More〉 Canada, 2008, 9.

시에라리온

1991년부터 2002년까지 시에라리온은 끔찍한 내전에 휘말렸다. 혁명연합전선(RUF)의 무장반군이 마을과 농장을 파괴했으며 여자와 아이들 수천 명을 겁탈하고 불구로 만들고 목숨을 빼앗았다.

아프리카 서해안에 자리 잡은 시에라리온은 오늘날 세계 최악의 빈곤 국가다. 농촌의 평균 임금은 하루에 1달러도 미치지 못하며 기대 수명은 고작 40세다. 또한, 학교를 꼬박꼬박 다니는 아이들은 아주 드물다.

전쟁 중에 여자와 아이들이 받는 고통은 이루 말할 수 없다. 여자가 남자와 가족과 공동체로부터 존중받던 마을의 전통은 이제 사라졌다. 여자들은 성적으로 정서적으로 신체적으로 끊임없이 학대받고 있는데 대규모 실업과 가난이 빚어낸 결과이기도 하다. 농사를 못 짓고 직업도 없는 남자들은 가족을 부양하지 못해 외면당하는 동시에 분노하고 있다. 아이들 역시 고통 속에 있으며 특히 여자애들은 나이 든 남자들에게 자주 겁탈을 당하거나 철부지 나이에 혼인한다.

22 마리아투 카마라

마리아투 카마라는 서부아프리카의 시에라리온에서 태어나고 자랐다. 《망고 한 조각》이라는 회고록에 어린 시절 전쟁의 희생자로 겪은 참혹한 경험과 후유증을 고스란히 담아냈다.

마리아투는 현재 토론토 대학의 학생이다. 분쟁지역 아동보호 유니세프 특사로서 북아메리카 전역을 다니며 자신의 경험을 전하고 있다. 유니세프 활동 이전에는 비영리단체인 프리 더 칠드런(Free the Children)에서 연설을 담당했다.

마리아투의 희망은 유엔에서 일하며 전쟁이 어린이에게 미치는 영향을 널리 알리는 동시에 시에라리온의 학대받는 여성과 아이를 위한 주택기금을 마련하는 것이다. 또한, 애버딘 극단의 단원들을 다시 모으려는 계획도 품고 있다. 마리아투 자신이 극단을 통해 정신적인 치유를 경험했기 때문이다. 또한, 지속적인 프로젝트를 통해 자신이 유니세프나 여러 단체에서 배운 평화 유지의 방법을 젊은이들과 나누고자 한다.

여가 시간이면 음악을 듣고 요리를 하고 쇼핑을 하고 전화로 수다를 떨고 영화를 보고 파티에 즐겁게 참석한다. 가족이나 친한 친구들과 집에서 지낼 때도 많다. 마리아투는 시에라리온과 토론토에 똑같은 애정을 품고 있다. 언젠가는 양쪽을 오가며 살아가기를 희망한다.

※ 마리아투가 어떻게 지내며 시에라리온에서 어떤 활동을 펼치는지 궁금하다면 이곳을 방문하세요.

www.mariatufoundation.com

수전 맥클리랜드

수전 맥클리랜드는 토론토에서 활동하는 자유기고가다. 수전의 글은 예전에 전임기자로 근무했던 〈맥클린스(Macleans)〉를 비롯하여 〈리더스 다이제스트(Reader's Digest)〉, 〈모어(More)〉, 〈샤트렌(Chatelaine)〉, 〈캐나다 리빙(Canadian Living)〉, 〈더 왈러스(The Walrus)〉, 〈투데이 페어런트(Today's Parent)〉, 〈글로브 앤드 메일(The Globe and Mail)〉에서 볼 수 있다. 수전은 내셔널 매거진 상과 캐나다 신문기자협회 상의 보도 부문과 기사 분야에서 상을 받은 경력이 있으며 후보에도 자주 오르내렸다. 여성과 아동 문제를 주로 다루는 수전은 2005년에 엠네스티 국제 미디어 상을 받았다. www.susanmcclelland.com에서 수전의 자세한 이력과 몇몇 기사문을 볼 수 있다.